MYRICA

WOLFSHERZ

Ich drang immer tiefer in den Wald ein. Er schien endlos zu sein. Und immer mehr fragte ich mich, welche Gefahren hier noch auf mich warteten.

Lupa ist verschwunden!
Nachdem sie knapp eine Katastrophe verhindert haben, bahnt sich bereits die nächste an, doch Lynx steht dieser ohne ihre ehemalige Blutsschwester gegenüber.
Denn Lupa ist in den Tiefen des Waldes verschwunden, auf einer Mission, von der niemand wissen darf. Und das ausgerechnet mit einer alten Feindin.
Sie soll eine wichtige Rolle spielen, um Myrica zu retten, doch ist das wirklich die Wahrheit?
Lynx, Rhona, Shark und die anderen machen sich auf die Suche nach Lupa. Und müssen sich immer mehr Problemen stellen, als sie lösen können.
Werden sie Lupa rechtzeitig finden oder schwebt ganz Myrica in Gefahr?

Vierter und letzter Teil der „Myrica"-Reihe.

Kristin Wöllmer-Bergmann

Myrica

Wolfsherz

Bibliografische Information der Deutschen Nationalbibliothek: Die
Deutsche Nationalbibliothek verzeichnet diese Publikation in der
Deutschen Nationalbibliografie; detaillierte bibliografische Daten
sind im Internet über dnb.dnb.de abrufbar.

Verlag: BoD · Books on Demand GmbH, In de Tarpen 42,
22848 Norderstedt, bod@bod.de
Druck: Libri Plureos GmbH, Friedensallee 273, 22763 Hamburg

Cover und Buchgestaltung: Kristin Wöllmer-Bergmann

ISBN: 978-3-7693-2443-3

PROLOG

Der Waldboden unter meinen Füßen war federnd, als ginge ich auf einem weichen Kissen.

Trotzdem musste ich mich konzentrieren, um dem Pfad zu folgen. Wurzeln, Steine, Kuhlen ... alles wechselte sich endlos ab und forderte meine ganze Aufmerksamkeit, wenn ich nicht stürzen wollte.

Über mir brach die Nachmittagssonne immer wieder durch das dichte Laub der Bäume. Ihr Licht warf Muster auf den Boden. Ich bemerkte an der Farbe der Strahlen, wie die Zeit verstrich.

Seit Stunden legten wir in diesem scheinbar endlosen Wald Kilometer um Kilometer ohne lange Rast zurück. Nur zwei kurze Trinkpausen hatte sie uns zugestanden.

Das machte mir nichts aus. Die Wölfin in mir könnte noch ewig laufen.

Das Trinkwasser hatte sie mir gegeben.

Sie, die vor mir lief.

Meine Begleiterin.

Ich hätte niemals damit gerechnet, sie so zu nennen. Und doch waren wir zusammen unterwegs.

Ausgerechnet sie. Ausgerechnet ich.

Ich betrachtete ihren Hinterkopf mit dem kurzen dunklen Haar. Die breiten Schultern und die schmale Taille, gekleidet in Leder. Sie bewegte sich wie eine Tänzerin, ihre Stiefel verursachten kein Geräusch, wenn sie ging.

Meine Kleidung und meine Stiefel hingegen schon. Ich war immer noch erbärmlich schmutzig und meine Schuhe tropfnass. Nass vom Salzwasser. Nass von dem Meer, das mich beinahe umgebracht hatte.

Ich hatte mir geschworen, es nie wieder zu betreten.

Es gab auch keinen Grund dazu.

Ich verdrängte diese Gedanken. Sie hatten keinen Platz in meinem Kopf. In meinem Wolfsherzen.

Es gab kein Salzwasser mehr in meinen Adern. Es war ausgewaschen von der gewaltigen Magie, die heute bei Tagesanbruch hindurchgeflossen war. Mit der Magie kam und ging die Verbindung zum Meer.

Die Sirene. Jetzt war sie fort.

Die Wölfin grinste mit gefletschten Zähnen. So war es richtig. Ich war endlich, wie ich sein sollte. So, wie ich sein *musste*, um die Aufgabe zu erfüllen, die vor mir lag. Ich hatte heute erst von ihr erfahren.

Ich hatte geglaubt, einen wütenden Meeresgott in seine Verbannung zurückzuschicken, wäre Aufregung genug für die nächste Zeit. Es stellte sich heraus, dass das nicht stimmte. Meine eigentliche Aufgabe wartete auf mich. Und sie war noch viel brisanter.

Vor mir blieb die Jägerin stehen und sah sich prüfend um. Mir war aufgefallen, dass sie ständig auf der Hut war. Ihre Bewegungen waren zackig, manchmal wechselte sie im Schritt die Richtung. Ich musste mich konzentrieren, um an ihr dranzubleiben; sie marschierte verdammt schnell.

Was ich heute schon erlebt hatte, interessierte sie nicht.

Es spielte für ihre Mission keine Rolle. Ihre Mission, die nun auch meine war.

Sie brauchte mich. Ohne mich konnte sie nicht tun, was sie vorhatte.

Dieses Szenario kam mir bekannt vor. Schmerzlich bekannt. Auch Viola war damals für eine Verräterin gehalten worden. Ich wurde ausgesandt, um sie zu suchen. Von der ehemaligen Meisterin, mit der ich jetzt unterwegs war.

Dieses Mal war Scota die Gesuchte. Die Verräterin.

Und das, obwohl sie keine war.

Ihre Mission war wichtig. Und dringend.

Ich hatte Beweise dafür, wie brisant es war. Sie hatte sie mir gezeigt. Ihre Aufzeichnungen und das Amulett, das sie aus einem Juwel gefertigt hatte, das sie kannte, um sich zu verbergen, damit sie ihre Mission erfüllen konnte. Es gab keinen Zweifel an ihren Worten.

»Wohin gehen wir?«, fragte ich endlich. Ich haderte schon seit Stunden mit mir, sie endlich zu fragen.

Scota sah über ihre Schulter. Ihre rasiermesserscharfen Gesichtszüge lagen halb im Schatten, halb im Licht. Ihr schmaler Mund verzog sich. »Wir suchen einen Berg mit einem Tempel auf der Spitze. Dort soll sich das Siegel befinden.«

Ich schluckte. Schon wieder ein Siegel. Schon wieder eine geheiligte Stätte. Ich hatte genug davon. Für den Rest meines Lebens.

Und doch war ich hier und suchte danach.

»Was machen wir dann?«, wagte ich eine weitere Frage.

»Wir zerstören das Siegel, nachdem wir es durch einen Bann so verstärkt haben, dass sie nie mehr entkommen kann«, sagte Scota. »Das Siegel auf dem Berg ist dasjenige, das sie in der Bannung hält. Es ist ihr damals gelungen, es zu manipulieren und sich eines schwächeren Körpers in Myrica zu bemächtigen, nämlich den, den wir kannten. Das wusstest du, oder?«

Ich schüttelte den Kopf. »Nein, das wusste ich nicht. Sie haben uns damals nur eine Handvoll Informationen gegeben. Wahrscheinlich, weil die Meister des Ordens selbst nicht mehr wussten und erst auf die Informationen des Wesenrats warten mussten.«

Scota lachte verächtlich. »Von wegen. Meine werten Kollegen wussten innerhalb kürzester Zeit Bescheid. Sie alle mussten vor dem Wesenrat Rede und Antwort stehen. Davon abgesehen konnten sie sich viel zusammenreimen. Ich war schließlich dabei, als Mistress in die Erdwelt gegangen ist, und habe im Orden Wache gehalten. Nach ihrer Bannung durch euch hat der Wesenrat ihre Gefolgsleute gefangen genommen und ein paar von ihnen haben geredet, um ihre Haut zu retten. Lenta, Ahearn und die anderen wissen genau, was passiert ist, denn mit diesen Details sind sie bei der Anhörung konfrontiert worden. Das weiß ich sicher, ich habe eine Quelle beim Wesenrat. Dass die Meister euch von diesen Erkenntnissen nichts erzählt haben, ist typisch. Durch diese Geheimniskrämereien konnte es überhaupt nur zu der Verschwörung kommen.«

»Zu der du gehört hast«, erinnerte ich sie.

Sie warf mir einen scharfen Blick zu. »Ich habe dir gesagt, wie das gekommen ist. Wie Mistress uns getäuscht hat. Und gelockt. Ich sage ja nicht, dass ich unschuldig war, aber ich habe die Möglichkeit gesehen, endlich aus dem Schatten zu treten. Die Meister des Ordens sind zu mächtig, um sich zu verstecken. Wir verdienen mehr. Mehr Austausch mit dem Wesenrat. Mehr Anerkennung für das, was wir leisten. Das wollte ich, Lupa. Mehr nicht. Auf keinen Fall wollte ich den Dimensionswall einreißen und über irgendwas herrschen. Ich bin eine Jägerin. Wenn mir eins kein bisschen liegt, dann an einen Ort gefesselt zu sein und dort die Verantwortung für Fremde zu übernehmen.«

»Dann muss der Orden für dich wie ein Gefängnis gewesen sein«, sagte ich.

»Manchmal«, gab sie zurück. »Wenn es zu schlimm wurde, bin ich gegangen. Vielleicht erinnerst du dich. Ich war öfter als Botin für den Orden unterwegs.«

»Stimmt, das weiß ich noch«, sagte ich nach kurzem Nachdenken. Das lag alles schon so lange zurück, dass ich es vergessen hatte, doch jetzt kam es zurück.

Manchmal war sie monatelang verschwunden und ihr Unterricht fiel aus. Das waren also die Zeiten gewesen, in denen ihr der Orden zu eng geworden war. Wieder ein Beweis für ihre Geschichte.

Scota lief weiter, anscheinend war die Fragestunde zu Ende. Ich musste mich beeilen, um sie nicht zu verlieren.

Es ging immer weiter durch den Wald, Kilometer um Kilometer. Ich hatte keine Ahnung, wie weit wir mittlerweile vom Meer entfernt waren, wahrscheinlich war es weniger, als es sich anfühlte. Ich hatte den Eindruck, dass wir im Zickzack liefen.

»Wo ist der Berg, Scota?«, rief ich hinter ihr her.

Sie blieb abrupt stehen und funkelte mich an. »Nicht so laut!«, zischte sie. »Und ruf niemals meinen Namen! Ich werde gesucht, oder hast du das vergessen?«

»Es tut mir leid«, sagte ich und sah mich um.

Waren sie uns schon auf den Fersen?

Wer waren sie?

Leute vom Wesenrat?

Oder ganz andere Wesen, die nach Scota suchten?

Ich blickte wieder auf ihren Hinterkopf, als sie weiterlief.

Worauf hatte ich mich hier eingelassen?

Und was erwartete mich noch auf dem Weg zu diesem mysteriösen Tempel?

Ich lief weiter auf dem federnden Waldboden.

Weg vom Meer. Weg von den Sirenen.

Weg von allem, was mir bis vor ein paar Stunden lieb und teuer gewesen war.

.

KAPITEL 1

LYNX

Ich sah, wie Lupa davonrannte.

Kopflos. Etwas war mit ihr los. Sie roch anders als sonst. Und der Ausdruck in ihrem Gesicht machte mir Angst. Wild. Gehetzt. Als wäre sie nicht sie selbst.

Ich hievte mich aus dem Wasser und schüttelte es wütend ab. Bloß raus hier!

Hinter mir standen alle Sirenen Erskinas. Nicht wenige starrten noch auf das Wasser, aus dem der Meeresgott Llŷr gerade verschwunden war, als würden sie darauf warten, dass er gleich wieder auftauchte und sie in die Tiefe zog.

Diese einfältigen Fischfressen! Ich ertrug sie nicht mehr und wenn der Gott wirklich zurückkäme, um sie zu holen, würde ich sie ihm in die Arme stoßen. Am liebsten wollte ich abhauen und nie wieder eine Sirene sehen. Bis auf die, die gerade weggerannt war.

Ich sah auf zu Blaine.

Der Wächter hielt das Siegel, in welches der Gott gebannt war, in seiner gewaltigen Faust. Die Anstrengung stand ihm ins Gesicht geschrieben. Die Bannung hatte all seine Kräfte gefordert.

Meine auch.

Mein Körper brannte, als sei ich stundenlang gerannt, jeder einzelne Muskel fühlte sich übersäuert und wund an. Ich war klatschnass und hatte gestrichen die Schnauze voll von dieser ganzen Scheiße. Am liebsten wollte ich durch ein Portal in die Erdwelt und dort in ein Spa. Für mindestens eine Woche.

Stattdessen wusste ich, dass das hier noch nicht vorbei war. Mein Blick traf den meiner besten Freundin Atra. Das dunkle Gesicht der Schwarzelfe war wie versteinert. Jetzt beugte sie sich vor und reichte mir ihre Hand.

»Sie sind fast hier«, sagte sie angespannt und zog mich zu sich auf den Felsen. Zu den anderen, die mit uns hier waren: Rhona, Lupas beste Freundin, mit den Druiden Laird und Niall. Weiter hinten Payton und Ora, denen wir diesen ganzen Mist verdankten sowie Blaines Partnerin Leonda. Daneben die unerträglichen Chaotinnen Carnie und Nairne und die noch unerträglicheren Großkotze aus der Erdwelt, die Zwillinge Drakon und Smeja, die behaupteten, sie hätten Drachenblut in ihren Adern. Egal. Atras Worte waren wichtiger als alles andere.

Ich ballte die Hände zu Fäusten, meine scharfen Nägel gruben sich in meine Handflächen.

»Wie lange haben wir noch?«, fragte ich und rappelte mich auf. Ich war mehr als einen Kopf größer als meine Freundin und reckte nun den Hals zum Landesinneren, falls die Legion Schwarzelfen, die uns verfolgte, bereits in Sichtweite war.

Rhona kam zu mir. »Wo ist Lupa?«, fragte sie atemlos. Sie war auch nass und zitterte. Der Sturm, den der Meeresgott geschickt hatte, hatte alle erfasst.

Trotzdem galt ihre einzige Sorge nur Lupa. Wie immer. Meine ehemals engste Vertraute hatte echt ein Händchen dafür, sich Leute hörig zu machen. Alle, die hier waren, würden für sie durchs Feuer gehen.

Ich schnaubte. Das galt ja leider auch für mich Idiotin.

»Weg«, knurrte ich und trat einen Schritt zurück. Ich konnte Rhona noch nie leiden. Dieses überfürsorgliche Unschuldsding, das sie immer abzog, ging mir gewaltig gegen den Strich, es entsprach null meiner Persönlichkeit.

»Weg? Was bedeutet das?«, fragte sie alarmiert.

»Sie ist weggelaufen«, blaffte ich. »Hast du doch gesehen! Sie wird schon zurückkommen. Wir haben andere Sorgen. Die Elfen sind bald hier.«

Rhona wurde bleich und sah sich unwillkürlich nach Blaine um. Ich auch. Und der Anblick, den der Wächter bot, war beunruhigend.

Der Mann war fertig. Einen Kampf gegen eine Elfenlegion stand er auf keinen Fall durch. Wir mussten es ohne ihn schaffen. Neben ihm stand das Löwenblut Leonda. Sie war auch stark, aber nur physisch. Gegen Elfenmagie konnte auch eine Löwin nichts tun.

Scheiße.

Ich drehte mich zu meiner Freundin um. »Was jetzt?«

»Wir warten auf sie«, sagte sie. Ihre Lippen bewegten sich kaum. »Ich spreche mit meiner Mutter und versuche, alles zu klären. Haltet euch im Hintergrund. Ich regle das. Hoffentlich«, fügte sie nach einer Pause zurück.

»Lynx«, sagte eine andere Stimme hinter mir, die ich absolut nicht hören wollte. Ich knurrte und drehte mich zu Niana um, Lupas ältester Schwester.

»Was?«

»Können wir gehen?«, fragte sie. Ihr Augenlid zuckte.

»Ja, haut ab«, fauchte ich. »Je schneller, desto besser.«

Sie presste die schmalen Lippen zusammen. »Wir haben euch geholfen. Du könntest etwas netter sein.«

Ich spreizte die Hände und zeigte ihr meine Krallen. Sie zuckte zurück. »Geholfen?«, spie ich aus. »Wir haben eure fischigen Ärsche gerettet, verdammt noch mal!«

Jemand packte mich und zerrte mich mit sich, weg von Niana. Ich wehrte mich und riss mich los. Dann sah ich, dass es Shark war. Ausgerechnet er. Das machte alles noch schlimmer. Mir schwoll der Kamm und ich bekam Gänsehaut vor Wut.

»Fass mich nicht an!«, schrie ich und holte aus.

»Es reicht jetzt«, sagte er mit dieser tödlichen Ruhe, die ich so hasste. Er redete immer so mit mir. Als wäre ich eine tickende Zeitbombe. Als wäre kalte Überlegenheit das Einzige, was er für mich aufbringen konnte. Die zwei Jahre, in denen wir ein Paar gewesen waren, bedeuteten ihm nichts mehr.

Mir auch nicht.

Mir *verdammte Scheiße* auch nicht.

Ich könnte ihn umbringen.

»Lynx«, sagte eine andere Stimme. Ich fühlte mich, als wäre ich mental gegen eine Mauer gerannt. Immerhin war die Mauer einigermaßen weich. Ich wirbelte herum und sah in Nialls Gesicht.

Ausgerechnet er.

Lairds jüngerer Bruder, Druide mit Wolfsblut, stand vor mir und sah mich aus diesen treudoofen Welpenaugen an. Er war ernst und angespannt, als wäre er auch drauf und dran, mich zu packen und wegzutragen.

Ich stellte fest, dass mir der Gedanke gefiel. Noch mehr, wenn ich darüber nachdachte, ihm die Kleidung vom Leib zu reißen.

»Wir sollten uns etwas überlegen«, sagte er sanft. »Wegen der Elfen. Atra sagt, ihre Mutter sollte dich besser nicht sehen.«

»Ich lasse meine Freundin nicht allein«, zischte ich. »Ich habe das Siegel schließlich auch gestohlen!«

»Ja und genau das ist das Problem«, sagte er ruhig. Mut hatte er ja, das musste ich ihm lassen. Shark hatte schon ein paar Schritte zurückgemacht. War auch besser für ihn, sonst kratzte ich ihm endlich die Augen aus. Das war sowieso längst überfällig.

»Atra sagt, dass sie dich töten wird, wenn sie dich sieht. Du sollst von hier verschwinden«, fuhr Niall fort.

»Das kannst du vergessen«, sagte ich und ließ ihn stehen, um zu Atra zurückzugehen und ihr das gleiche zu sagen.

»Ich dachte, du bist schon weg«, sagte sie gestresst. »Hör doch wenigstens einmal auf mich, verdammt.«

»Nie im Leben«, sagte ich. »Ich bin genauso schuld wie du an der Sache. Ich bleibe bei dir.«

»Dann halte dich wenigstens im Hintergrund, dumme Katze«, sagte sie. »Vielleicht verwirrt es meine Mutter, wenn sie diese Truppe sieht.« Ich sah Atra an, dass sie selbst nicht an ihre Worte glaubte.

Dann hörte ich sie: Eine silberne Fanfare kündigte das Nahen der Elfen an. Ich verzog den Mund. Diese Wichtigtuerei war typisch und unerträglich. Was kam als Nächstes? Ein Herold der mit kreischender Stimme Atras Mutter ankündigte? Das war so lächerlich, dass ich schon wieder wütend wurde.

Es dauerte noch ein paar Minuten, dann kam die Legion in Sicht. Es waren etwa fünfzig Elfensoldaten, alle in grünes Gold gekleidet, in voller Rüstung und schwer mit Speeren bewaffnet. Die Schwarzelfen sahen alle ähnlich aus: Klein, zartgliedrig. Ihre langen Ohren ragten an beiden Seiten ihres Kopfes unter ihren Helmen empor. Und doch wäre es dumm, sie zu unterschätzen. Elfen waren saugefährlich.

Mein Herz pochte vor Nervosität. Nur meine Wut hielt mich davon ab, wegzulaufen und Ruhe im nahen Wald zu suchen.

›Lupa‹, dachte ich zähneknirschend. ›*Du dämliche Kuh, wo bist du hingelaufen? Warum hast du ausgerechnet jetzt so einen Anfall? Du kannst doch nicht einfach abhauen, wenn wir dich hier brauchen! Verdammte Scheiße, das ist mein Part!‹*

Die Schritte der Elfen waren kaum zu hören. Natürlich nicht, sie stampften ja nicht wie eine Horde Menschen, die man schon von Weitem hörte. Stattdessen kamen sie mit tänzerischer Anmut immer näher. Eine tödliche Anmut, die man nicht unterschätzen durfte.

Allen voran ritt Atras Mutter auf einem Elfenpferd. Sie trug einen Harnisch und sah fantastisch damit aus. Das Silber und Grüngold ihrer Rüstung betonten ihre nachtschwarze Haut und die silbernen Stammesmale, die sich darauf wie Blumen- und Blätterranken ausgebreitet hatten. Schade, dass sie gekommen war, um uns alle umzulegen.

Atra trat ihr entgegen.

Ich stellte mich hinter Blaine, damit die Elfenkönigin mich nicht sehen konnte, aber so, dass ich meine Freundin im Blick behielt. Meine Katzensinne registrierten Atras zitternde Hände. Sie war sich keinesfalls sicher, dass sie unbeschadet aus der Sache herauskam.

Die Bande zwischen ihr und ihrer Mutter waren wegen der langen Trennung zart. Atra war eine junge Elfe, nicht einmal fünfundzwanzig Jahre alt. Für diese nahezu unsterblichen Wesen war das ein Wimpernschlag. Und mehr als zehn Jahre von diesem Wimpernschlag war sie fort gewesen. Im Orden, damit sie nicht entführt und als Druckmittel gegen ihre Mutter eingesetzt werden konnte, als diese sich Menschen entgegenstellen musste, die ihr das Gebiet streitig machten. Die Elfen waren siegreich gewesen und Atra konnte zurückkehren, doch das reichte nicht, um die Zeit, die sie getrennt waren, auszugleichen.

Dann hatte Atra ihre Mutter auch noch bestohlen, um uns zu helfen. Ich war dabei an ihrer Seite. Deswegen hatten uns die Elfen verfolgt. Jetzt stand Atra als Fremde vor ihren Verwandten und musste sich für den Diebstahl verantworten.

Meine Fingernägel bohrten sich in meine Handflächen. Ich würde sie beschützen, wenn es notwendig wurde. Katzen waren nicht selbstmörderisch und die Personen, für die ich mein eigenes Leben riskieren würde, ließen sich an einer Hand abzählen: Atra. Lupa. Ende.

›Lupa, verdammte Scheiße, wo bist du? Jetzt bräuchte ich dich, um Atras Mutter mit deiner weinerlichen Mitleidsnummer einzulullen. Irgendwie kriegst du es immer hin. Das ist deine besondere Gabe, auf die wir immer bauen können. Warum zum Teufel rennst du gerade jetzt durch den Wald und machst einen auf einsame Wölfin?‹

»Atra«, sagte ihre Mutter von ihrem Pferd hinunter. Ihr dunkles Gesicht mit den feinen Zügen verzerrte sich leicht.

17

Man musste Elfen gut kennen, um die ganze Welt an Emotionen dahinter zu erkennen. Die Königin war wütend. Enttäuscht. Beschämt. Und rachsüchtig.

Das wurde richtig unangenehm.

»Wo ist das Artefakt?«, fragte sie. Ich spitzte die Ohren, um alles verstehen zu können. Sie sprachen nicht laut. Elfen schrien niemals. Sie redeten, wie sie mordeten: leise, beinahe lautlos. Atra war irgendwann lauter geworden, um im Orden unter den vielen anderen Wesen, die viel lauter waren als sie (mich eingeschlossen) nicht unterzugehen. Doch eine erhobene Stimme sorgte nicht dafür, dass die Elfen sie akzeptierten.

Atra sah den Bruchteil einer Sekunde zu Blaine hinüber. Ihre Mutter folgte ihrem Blick und sah den Wächter. Und mich. Ihre Augen wurden eiskalt. Tödlich.

Jetzt hatte ich ein Problem. Ich hätte mich hinter jedem verstecken können, außer ihm. Ich war so dumm.

»Ich will sie«, sagte sie. Sie musste es nicht ausformulieren. Ich wusste gleich, dass sie mich meinte. Und was sie mit mir tun wollte.

Meine Hand fuhr an meine Kehle und ich war kurz davor, sie wütend anzuschreien, dass sie sich in ihren Scheißwald verziehen und uns alle in Ruhe lassen sollte. Dass wir ihr Drecksartefakt verwendet hatten, um diesen Teil der Welt zu retten. Dass ihre Tochter eine verdammte Heldin war, die Verantwortung übernahm, was man von dem Rest der Elfen nicht sagen konnte. Und dass sie stolz auf Atra sein sollte, statt hier Ärger zu machen.

Ich hielt den Mund, denn jetzt trat Blaine vor.

Atra stellte sich zwischen die beiden. Ich wusste, warum. Blaine durfte die Elfe nicht ansprechen, wenn sie einander nicht förmlich vorgestellt wurden. Nicht hier. Als wir sie zu Hause aufgesucht hatten, hatte sie das anders geregelt, doch hier, außerhalb ihres Königreichs, folgten die Elfen ihrem Protokoll. Anscheinend kannte Blaine das auch, denn er wartete.

»Mutter, dies ist Blaine, der Wächter, der uns geholfen hat, den Gott zu bannen«, sagte sie mit bebender Stimme. Ihre Mutter verzog keine Miene. Das Protokoll sah keine Höflichkeit vor. Elfen hielten sehr viel von sich. »Blaine, dies ist Amaya, Königin der Schwarzelfen.«

Blaine neigte den Kopf zum Gruß, mehr nicht. Ich konnte nicht einschätzen, wer von ihnen stärker wäre, doch ich hoffte, dass wir es nicht herausfinden mussten.

»Das Artefakt kann nicht zurückgegeben werden«, sagte er ruhig. Seine Stimme dröhnte trotzdem über den Platz.

Ich sah, wie sich ein paar der Soldaten strafften. Wächter sagten auch ihnen etwas. Und sie wussten, wie mächtig sie waren. Hoffentlich reichte das.

»Es ist nun ein Bannsiegel für den Meeresgott Llŷr«, fuhr Blaine fort. »Es muss sicher verwahrt werden. Ihr habt den Sturm wahrgenommen, als ihr auf dem Weg hierher wart. Das blüht euch, wenn ich euch das Siegel aushändige. Bricht es, wird er sich an denjenigen rächen, die er als Erste sieht. In diesem Fall euch. Sicher versteht ihr, dass eine Rückgabe deswegen nicht infrage kommt.«

Amaya stieg von ihrem Pferd. Ich versteifte mich und wappnete mich innerlich für einen Angriff. Wenn sie ihren Leuten jetzt den Befehl gab, hatten wir ihnen wenig entgegenzusetzen. Wir waren nur wenige und die meisten von uns waren am Ende ihrer Kräfte.

Neben Blaine stand Leonda. Die Löwin knurrte bedrohlich, sogar ich hatte Respekt vor ihr. Es war sicher nicht schlecht, in ihrer Nähe zu sein, doch ich hoffte, dass wir nicht kämpfen mussten. Nicht gegen Elfenoffiziere mit zweieinhalb Meter langen Speeren.

»Zeig mir das Siegel«, forderte die Elfenkönigin.

Blaine trat auf sie zu. Ich bemerkte, wie die Elfen, die rund um Amaya standen, ihre Griffe um die Speere verstärkten.

Der Wächter hob seine gewaltige Faust und öffnete die Finger. Darin lag der kleine goldene Teller mit den feinen Elfengravuren. Mein Magen drehte sich bei seinem Anblick. Ich wusste, dass es nicht viel brauchte, um den Bann zu brechen und den Gott wieder freizulassen.

Wenn die Elfen es darauf anlegten, war es ein Kinderspiel für sie. Sie mussten uns nur angreifen, Blaine überwältigen und ihre Drecksmagie anwenden. In nicht einmal zwanzig Minuten könnte Llŷr hier wieder sein Unwesen treiben. Gut, dass ich in dem Fall schon tot wäre.

Mein Herz klopfte bis zum Hals, als Amaya jetzt knapp nickte. »Ich verlange einen Ersatz für unseren Verlust«, sagte sie. Ihr Blick glitt zu mir. »Und ich will sie. Ihr Leben als Vergeltung für den Verrat und den Diebstahl.«

»Nein, Mutter«, sagte Atra entschlossen.

Die Augen ihrer Mutter weiteten sich. »Das entscheidest nicht du«, sagte sie eiskalt.

»Du aber auch nicht. Hier ist niemand, der über Lynx' Leben verfügen kann. Und auch niemand, der es fordern kann.« Atra verschränkte die Arme vor der Brust. Seit sie mit mir das Artefakt gestohlen hatte, trug sie wieder Kleidung, die alle interessanten Körperstellen bedeckte, statt sie notdürftig zu verhüllen, so wie es die Elfen mochten. Damit fühlte sie sich viel wohler. Genau wie in meiner Nähe. Sie gehörte nicht zu den Elfen. Nicht mehr. Und das wurde gerade mir klar. Und damit wahrscheinlich auch Atra und ihrer Mutter.

Diese Sache war vorbei. Atra war keine von ihnen.

Schmerz huschte über Amayas Gesicht. Ich sah Atra nur im Profil, aber auch sie sah traurig aus.

»Ich habe da vielleicht etwas«, hörte ich Oras zaghafte Stimme. Alle drehten sich erstaunt zu der Nixe um, die unter der ganzen Aufmerksamkeit blass wurde. Jetzt trat sie vor und öffnete ihren Rucksack. Atra holte sie heran und ihre Augen wurden groß, als Ora ein Kästchen aus Bergkristall hervorholte. Ich hatte es schon einmal gesehen. In den Katakomben des Erdordens.

»Diebin! Das gehört uns!«, fuhr Smeja auf und machte einen Schritt auf Ora zu. Ihr Zwillingsbruder Drakon packte sie am Arm und redete leise auf sie ein.

Ich sah hinüber zu Tajna. Wenn es jemanden gab, der sauer sein dürfte, dass Ora dieses Kästchen gestohlen hatte, dann sie. Doch die Priesterin sah erleichtert aus.

Atra nahm das Artefakt und reichte es ihrer Mutter. Die beiden mieden den Blickkontakt. Sie waren fertig miteinander. Zumindest fast, denn manche Verbindungen ließen sich nicht kappen. Das wusste ich leider nur zu gut.

Mir tat es leid für meine Freundin, dass zu dem ganzen Scheiß hier auch noch dieser hinzukam. Ich war mir sicher, dass sie mittlerweile bereute, uns geholfen zu haben.

Amaya betrachtete das Kästchen. Ihre Finger schlossen sich darum. Dann sah sie an ihrer Tochter vorbei zu Blaine. »Was noch?«, fragte sie.

Anscheinend hatte das Ding ihr Interesse geweckt. Ich hatte keine Ahnung, was es war, aber wenn es mir den Hals rettete, war ich mit allem einverstanden.

Schweigen senkte sich über den Platz. Wieder sah Amaya mich an. »Ob sie jemand freigibt oder nicht, ist mir egal. Entweder gibt es eine Kompensation oder ich nehme sie mir - ich habe fünfzig Bewaffnete bei mir. Sicher ist es euch lieber, wenn wir nur eine von euch mitnehmen, als euch entweder zu verletzen oder sogar zu töten, wenn wir uns unser Recht erkämpfen.«

»Wir sind nicht wehrlos«, sagte Laird. Der Druide trat vor. Er hatte eine natürliche Autorität, ähnlich wie sein Vater, der seinem Zirkel vorstand. Wenn Lupa nicht da war, war Laird der Anführer.

Darauf mussten wir jetzt bauen, denn Blaine sah nicht aus, als würde er noch mehr Worte an die Elfenkönigin richten. Ich bemerkte die Blicke, die er mit Leonda tauschte: Er hatte keinen Respekt vor Amaya und ihre Elfenlegion interessierte ihn nicht. Dass sie sich bestechen ließ, widerte ihn an. Wahrscheinlich würden der Wächter und die Löwin die Elfenkönigin töten, wenn sie tatsächlich angriff, dafür reichte seine Kraft vermutlich noch. Oder Leonda war so stark und schnell, dass die Elfe sich nicht einmal wehren könnte.

Ich hoffte für Atra, dass sie heute nicht erleben musste, wie ihre Mutter von einem Löwenblut zerfleischt wurde.

»Überlegt es euch«, schloss Laird und holte meine Aufmerksamkeit zurück auf das, was sich vorne abspielte.

Verdammt, ich hatte nicht mitbekommen, was er gesagt hatte! Hatte er mich gerade ausgeliefert? Dann würde ich ihn umbringen, bevor sie mich verschleppten.

Amayas Mund war nur ein schmaler Strich. »Gut«, sagte sie hölzern. »Ich akzeptiere dein Angebot und erwarte die Einlösung bis zum nächsten Vollmond. Ich weiß, welchem Druidenzirkel du angehörst. Halte dein Versprechen, oder wir werden keine Gnade mehr walten lassen.«

»Ein Druide gibt niemals leichtfertig sein Wort«, erwiderte Laird hochtrabend. »Und er hält es immer.«

Die Elfenkönigin nickte noch einmal, dann stieg sie auf ihr Ross. Die Elfengarde drehte sich um und begann, sich zurückzuziehen. Aus dem Augenwinkel sah ich einen von ihnen aus dem nahen Gebüsch springen und sich wieder einreihen. Seine Uniform saß schief.

Kurz darauf schloss Carnie zu uns auf, sie glühte vor Energie und ihr Mund war selig verzogen.

Der Sukkubus hatte echt Nerven! Hier ging es um Leben und Tod (mein Leben und meinen Tod!) und sie verzog sich einfach mit einem Elfen ins Gebüsch, um ihn zu vögeln und ihren Energiehunger zu stillen!

Wenn ich es gesehen hatte, hatten es die Elfen todsicher auch bemerkt. Ich wollte nicht in seiner Haut stecken.

»Du bist unmöglich«, raunte ihre Freundin Nairne ihr zu.

Carnie zuckte mit den Schultern. »Einer weniger, der angreift. So musst du es sehen. Ich glaube nicht, dass er es heute weit schafft. Er war sehr ergiebig«, freute sie sich.

Ich vergewisserte mich, dass die Elfen abzogen, und lief zu Atra. Ihre Mutter hatte sie keines weiteren Blickes gewürdigt. Atra war entlassen. Aus der Elfenkolonie und aus dem Verhältnis mit ihrer Mutter.

»Wie geht es dir?«, fragte ich leise.

»Gut«, log sie noch leiser. Ich schloss meine Hand um ihre und zog sie an mich.

»Lügnerin.«

Hinter mir schnitt ich mit, dass Smeja Ora wild wegen des Diebstahls beschimpfte, aber das war mir egal. Es ging hier um meine engste Freundin, die gerade ihr Zuhause verloren hatte.

»Es tut mir leid«, sagte ich leise. »Das ist meine Schuld.«

Atra schüttelte den Kopf, ihr schwarzes Haar sandte Pheromone aus, die meine Sinne vernebelten, aber nicht so schlimm, wie der Sexgeruch, der Carnie umgab. Bis auf Nairne gingen alle auf Abstand. Entweder war Nairne schon abgestumpft oder sie würde gleich deswegen zusammenbrechen. Ich tippte auf letzteres und zog Atra ein Stück mit mir, damit ich das nicht ansehen musste.

»Es war meine Entscheidung, euch zu helfen«, sagte sie klar. »Und ich würde es jederzeit wieder tun. Ich gehöre nicht mehr zu ihnen. Nicht erst seit heute.« Ihr Griff um meine Finger wurde stärker. »Und weißt du was? Es ist in Ordnung für mich. Ich war für sie nur eine Fremde. Das ist jetzt vorbei.«

»Ich bin immer für dich da«, versprach ich.

»Das musst du auch sein«, murmelte sie. »Immerhin habe ich nur noch dich.«

Ich zog sie in eine Umarmung, dann wurde das Geschrei so laut, dass es unsere Aufmerksamkeit verlangte.

Mittlerweile hatte Smeja sich so aufgeregt, dass sie nur noch keifte. Drakan hatte die Arme um ihre Taille geschlungen und versuchte, seine Schwester wegzutragen, doch sie wehrte sich nach Leibeskräften. Anscheinend war sie stark. Oder ihr Bruder ein Schlappschwanz. Immerhin waren sie nur Menschen.

»Gut gehandelt, Druide«, sagte ich zu Laird, der das Ganze mit gequälter Miene verfolgte. Ora hatte sich hinter ihrem Freund Payton versteckt und Tajna und Rhona redeten auf Smeja ein. Nichts, wo ich eingreifen konnte oder wollte. Im schlimmsten Fall sollte Nairne sie einfach niederschlagen. Gerade waren aber weder sie noch der Sukkubus zu sehen. Carnies Pheromone hatten also gesiegt.

Laird sah mich an. »Es wurde brenzlig. Für dich.«

»Weiß ich. Danke«, rang ich mir ab. Ich hasste es, jemandem etwas schuldig zu sein.

Laird nickte knapp und sah sich um. »Wo ist Lupa?«

Ich zuckte mit den Schultern. »Der Kampf gegen den Gott war hart für uns alle. Ich denke, sie muss den Kopf freikriegen. Wir haben es auch ohne sie geschafft. Überraschung«, fügte ich hinzu, weil ich die Anspannung rauslassen musste. Sie staute sich in meiner Brust und machte mich dünnhäutig und kratzbürstig.

Ich brauchte auch Abstand. Ruhe. Ein bisschen Zeit, um zu verschnaufen. Aber da Lupa gerade unterwegs war, konnte ich es nicht tun.

Die anderen dachten, sie bräuchten sie. Sie dachten, dass sie ohne Lupa nicht klarkämen. Und wenn sie nicht da war, sahen alle mich an, als hätte ich auch nur das geringste Interesse daran, ihnen zu sagen, was sie machen sollten.

Das war Schwachsinn. Ich war eine lausige Anführerin. Eigentlich wussten das alle und Laird machte sich gut. Aber wenn Lupa nicht greifbar war, wandten sich trotzdem alle an mich. Zeit, dass der Druide sich wieder einmischte und dem Ganzen ein Ende machte.

»Hast du eine Idee, wohin sie gelaufen sein könnte?«, fragte Rhona, die neben Laird stand. Leider sprach sie nicht mit ihm, sondern mit mir. »Gibt es hier irgendeinen Ort, zu dem sie gelaufen sein könnte?«

»Nein«, erwiderte ich knapp. »Lassen wir ihr doch ein bisschen Zeit. Sie kommt schon zurück. Und ich brauche jetzt etwas zu Essen, ein paar Stunden Schlaf und ein verdammtes Bad. Ich denke, das geht uns allen so, oder?«

Rhona nickte und ich war froh, dass sie mich jetzt in Ruhe ließ. Endlich konnte ich verschnaufen.

Und Lupa bekam ihr Fett weg, sobald sie sich traute, hier wieder aufzutauchen.

LUPA

»Ich brauche mehr Informationen«, sagte ich zu Scota.

Die Schatten der Bäume wurden immer länger und ich versuchte vergeblich, mich zu orientieren. Der Wald hatte uns verschluckt. Ich müsste auf einen Baum klettern, um anhand der Sonne abzuschätzen, wo das Meer lag. Anders käme ich nicht zurück.

Mittlerweile hatte sich mein Blut etwas abgekühlt. Ich konnte klarer denken und horchte während des Laufens in mich hinein. Die Erkenntnis war erschreckend: Die Sirene blieb weiterhin verschwunden.

Dafür war ich jetzt ein reines Wolfsblut. Die Wölfin witterte. Sie schätzte ab. Sie beäugte Scota und fragte sich, ob sie wirklich eine Verbündete war. Meine ehemalige Meisterin war noch nicht in mein Rudel aufgenommen. Dazu war sie zu abweisend und fremd. Meine Wolfsinstinkte rieten mir eindringlich, vorsichtig zu sein, aber ich konnte nicht genau sagen, warum.

Die kühle Berechnung der Sirene fehlte mir, denn ihre misstrauische Art hatte mich oft geschützt. Jetzt, ohne sie, fühlte ich mich verletzlich.

Ich fand dafür nur eine Erklärung: Die schiere Macht der Magie, die ich für die Bannung aufgewendet hatte, war zu viel für sie gewesen. Jede meiner Adern schmerzte von dem Druck, mit dem ich die Magie durch mich hindurch-geleitet hatte. Mein Körper fühlte sich an, als hätte er unter Strom gestanden. Vielleicht war die Sirene, dieser elemen-tare Teil von mir, gegen den ich so lange angekämpft hatte, mit der Magie aus meinem Körper verschwunden.

Dieser Gedanke machte mir Angst, aber ich konnte es gerade nicht ändern. Sobald ich wieder bei den anderen war, würde ich Laird und Niall bitten, sich mein Blut an-zuschauen. Vielleicht hatten sie eine andere Erklärung oder die Sirene kehrte bis dahin zurück.

Jetzt drehte Scota sich endlich zu mir um. »Informatio-nen? Was willst du denn wissen?«, fragte sie rau.

»Ich verstehe, wie wichtig deine Mission ist, aber ich brauche mehr. Was genau planst du, und wie soll ich hel-fen? Ich will nicht den gleichen Fehler wie vor zwei Jahren machen und blind Befehle ausführen, die mich das Leben kosten könnten.«

Scota ging schweigend weiter. Ich lief hinter ihr und konnte ihr Gesicht nicht sehen. Entweder redete sie gleich, oder ich bekam gar keine Informationen. In diesem Fall wurde es schwer für mich, ihr zu helfen.

»Mistress hat uns alle getäuscht, aber das habe ich dir ja schon gesagt«, sprach Scota endlich. »Sie hatte ihre Lieblinge eingeweiht. Du erinnerst dich an sie, oder?«

»Ja. Eilis, das Drachenblut. Dara, die Hexe. Und Viola«, erwiderte ich. Beim letzten Namen versagte meine Stimme vor Schmerz.

Scota nickte über ihre Schulter. »Ja, die drei. Viola beschloss, diesen Plan zu vereiteln und stahl das Artefakt, wie du dich erinnerst. Dara und Eilis standen weiterhin zu Mistress. Mistress hat Viola jagen lassen, damit sie den Plan nicht gefährdet. Die anderen und ich haben zu spät erfahren, dass Mistress den Wall einreißen und sich selbst aus der Bannung befreien will. Wenn ihr das gelungen wäre, hätte sie über beide Ebenen herrschen können.«

»Warum hat sie sich nicht zuerst befreit?«, fragte ich. »Dann wäre sie doch viel mächtiger gewesen.«

»Ja, und alle hätten erkannt, was sie ist, und früher gegen sie gearbeitet«, sagte Scota. »Es war klug von ihr, das nicht zu tun. Andernfalls hätte ich ihr nicht geholfen.«

Mein Herz sagte mir, dass Scota die Wahrheit sprach. Es wäre Irrsinn gewesen, eine Göttin zu befreien. Jeder, der darüber nachdachte, kam zu dem Schluss, dass eine Unsterbliche ihre Macht nicht mit Sterblichen teilen würde.

Trotzdem hatte ich Restzweifel daran, wie viel Scota wirklich gewusst oder vielleicht geahnt oder sich zusammengereimt hatte. Wie viele Informationen sie vielleicht aus Bequemlichkeit, Angst oder Billigung ignoriert hatte. Wenn sie mich in dieser Hinsicht anlog, war das alles eine Farce. Ich wusste aber auch, dass es schwierig wurde, mich zu vergewissern, ob sie die Wahrheit sagte.

»Okay, verstanden«, meinte ich deswegen. »Aber warum brauchen wir dieses Artefakt? Mistress' Anhänger sind eingesperrt und sie beherrscht keinen Körper in dieser Dimension. Somit besteht keine Gefahr mehr, dass jemand versucht, sie zu befreien, oder?«

Scota blieb stehen und atmete tief durch. »Nein, sie beherrscht hier keinen Körper«, erwiderte sie. »Aber es gibt ein gewaltiges Problem: Eilis ist aus ihrem Gefängnis entkommen.«

Mir stand der Mund vor Entsetzen offen. »Aber, wie ist das möglich?«, fragte ich mit dünner Stimme.

»Ich habe es durch meine Quelle beim Wesenrat erfahren«, sagte sie. »Anscheinend hat sie ausgenutzt, dass ihr Drachenblut erkalten kann, und hat sich totgestellt. Als man sie aus ihrer Zelle holte, entkam sie. Soweit ich es gehört habe, hat sie ehemalige Anhänger von Mistress gefunden, die sie unterstützen.«

Ich schluckte. »Wie kann das sein? Ihre Unterstützer wurden doch bestraft und …«

»Lupa, es sind damals nicht alle eingesperrt worden, die mit Mistress nach Rumänien gekommen sind, um dich und deine Freunde zu töten«, sagte sie harsch. »Viele haben hinterher gesagt, dass sie nur Befehle ausführten und nicht wussten, worum es ging. Gerade den Schülern wurde diese Erklärung geglaubt. Außer Dara und Eilis waren nur die Druiden Oolph und Eóin in Gefangenschaft. Alle anderen sind auf freiem Fuß. Mindestens zwei halten ihr weiter die Treue. Du kennst sie: den Windgeist Adair und Blaan, das Irrlicht. Eilis hat sie gefunden und sucht nun nach dem Spiegelberg. Wenn sie das Artefakt findet, wird sie versuchen, den Bann zu lösen und Mistress zu befreien.«

Ich blieb stehen und musste mich an einem Baumstamm festhalten. Der Gedanke allein reichte, um mir die Tränen in die Augen zu treiben und meine Hände zittern zu lassen. Mein Herz klopfte heftig. Mistress befreien? In ihrer göttlichen Gestalt?

»Wo sind Eilis und die beiden anderen?«, fragte ich. Meine Stimme war heiser.

»Ich weiß es nicht«, erwiderte Scota. »Eilis ist klug. Nicht so klug wie Dara, doch es ist ihr nicht gelungen, sie zu befreien. Dennoch wird sie Informationen gesammelt haben. Wenn nicht sie selbst, dann ihre beiden Gehilfen.«

»Wieso weißt du so gut Bescheid?«, fragte ich. »Wie kann es jemanden beim Wesenrat geben, der dir trotz allem hilft?«

Scota setzte sich wieder in Bewegung. »Ich habe treue Kontakte in Myrica, obwohl mich alle Welt sucht. Dabei kommt mir zugute, dass nicht alle hinter dem Wesenrat stehen, nicht einmal die Mitglieder. Es gibt erschreckend viele Wesen, die Mistress' Plan unterstützt hätten.«

»Warum?«, fragte ich und beeilte mich, ihr zu folgen.

Sie warf mir über ihre Schulter einen kühlen Blick zu. »Wegen der Menschen.«

Ich schwieg. Scota war als Jägerin streng genommen ein Mensch. Ihre Zunft hatte feine Sinne und Instinkte, außerdem waren sie stärker und ausdauernder als Menschen und auch viele Wesen. Sie waren perfekte Killermaschinen, die ursprünglich den unbegabten Menschen geholfen hatten, Jagd auf Wesen zu machen - daher auch ihr Name. Manche, so wie Scota und Viola, waren zudem magisch begabt. Unterm Strich blieben sie aber menschlich. Dass sie sich selbst zu den Wesen zählte, fand ich sonderbar.

Zwar hatten die Menschen irgendwann die Jäger ausgeschlossen, weil diese ihre Aufgabe hinterfragt und sich zunehmend geweigert hatten, Wesen sinnlos zu töten, aber das änderte nichts an ihrem Blut.

Ich wollte keinen Streit, speicherte diese Information dennoch in meinem Gedächtnis ab. Sie sagte mehr über Scota aus, als diese vielleicht ahnte.

Was sie gesagt hatte, stimmte aber: Die Menschen breiteten sich immer weiter aus. Sie nahmen sich Land, wenn sie es brauchten, und erkämpften es sich zur Not blutig. Obwohl wir Wesen mit unseren besonderen Kräften und magischen Fähigkeiten einen Vorteil hatten, schwand dieser wegen des technischen Fortschritts, der auch in Myrica passierte, immer weiter.

Als ich in der Erdwelt war, hatte ich gesehen, was noch alles kommen würde, doch auch hier gab es mittlerweile Dampfkraft und Elektrizität. Und besonders kreativ waren Menschen schon immer beim Erfinden von Waffen.

Sobald Schusswaffen ihren Einzug in Myrica fanden, hatten wir unseren Vorteil endgültig verloren. Dazu kam, dass es so viele Menschen gab. Es wurden immer mehr.

Ich konnte sogar verstehen, dass einige mit Mistress' Plan sympathisierten. Sie hatten auch keine Ahnung, dass Mistress keine Unterschiede zwischen Wesen und Menschen machen würde. Die Wesen würden unter ihr keine Sonderrolle einnehmen, sondern genauso von ihr beherrscht werden wie Menschen. Und eiskalt und berechnend wie meine ehemalige Lehrerin war, würde sie die bevorzugen, die ihr am meisten brachten.

Darüber musste ich mit Scota nicht reden. Sie wusste es.

»Wir müssen das unbedingt verhindern«, sagte ich leise. »Und wenn es das letzte ist, was ich tue.«

»Das ist eine gute Einstellung«, sagte Scota und stieg auf einen Findling auf einer Lichtung, um sich umzusehen. »Es kann sein, dass unsere Leben in Gefahr geraten.«

»Ich kann kämpfen.«

»Das weiß ich, Wölfin.« Sie sprach die Übersetzung meines Namens seltsam aus, als stünde eine tiefere Bedeutung dahinter. Dabei hatte ich mir den Namen als Mädchen gegeben, als immer deutlicher wurde, dass ich keine vollwertige Sirene war. Eine Trotzreaktion, die meine Identität geworden war. Jetzt hatte ich das Gefühl, deswegen auf der Hut sein zu müssen.

Scota sah sich um und sprang dann vom Findling herunter. »Hier entlang«, sagte sie und führte mich in eine Richtung, die sich nur wenig von der unterschied, aus der wir gekommen waren.

»Wie lange wird es noch dauern, bis wir den Tempel erreichen?«, fragte ich.

Sie blieb stehen und schien zu lauschen, dann sah sie mich an. »Ich hoffe, dass wir spätestens übermorgen dort sind. Hältst du das durch?«

»Werde ich«, sagte ich und beeilte mich, ihr zu folgen.

Etwas auf dem Boden ließ mich innehalten. Meine Sinne schlugen Alarm, doch Scota lief weiter, ihren Blick fest auf die Karte in ihrer Hand gerichtet, ohne es zu bemerken.

»Warte«, zischte ich.

Scota drehte sich genervt um. »Was ist?«

Ich deutete auf den Boden vor uns. Dort waren tiefe Furchen im weichen Untergrund, als hätte ihn jemand mit Klauen oder einem großen Werkzeug zerkratzt.

»Das hier. Siehst du das nicht?«

Scota beugte sich über die Furchen, ihre Finger glitten vorsichtig über die Einkerbungen im Boden. Ein Schatten zog über ihr Gesicht. »Ganz frisch. Und nicht natürlich. Wie konnte ich das übersehen?«, murmelte sie dann so leise, dass ich es kaum hören konnte. Dann richtete sie sich entschlossen auf. »Wenn das Eilis' Werk ist, dann könnte sie näher sein, als wir dachten.« Sie sah mich an, ihre Augen schmal. »Wir müssen doppelt vorsichtig sein.«

Mein Magen zog sich zusammen. Die Wölfin in mir knurrte leise. »Ist das Eilis' Handschrift? Oder die ihrer Anhänger? Sag du es mir, du kennst sie besser als ich. Aber für mich sieht das so … groß aus.«

Scota sah auf. »Du hast recht. Wir können es nicht sicher sagen. Gut, dass du es gesehen hast. Jetzt sollten wir hier schnell weg, falls die Verursacher zurückkehren.«

Ich nickte mit klopfendem Herzen. Die Spuren waren ein deutliches Warnsignal und ein weiterer Beweis für Scotas Geschichte. Mit einem mulmigen Gefühl folgte ich ihr weiter in den Wald hinein.

Es dämmerte bereits, als Scota stirnrunzelnd stehenblieb und sich umsah. Ich hielt neben ihr. »Was ist los?«

»Das ist seltsam«, murmelte sie. »Ich empfange starke Magie.« Zwischen ihren Augenbrauen bildete sich eine steile Falte. Ich sah sie schweigend an. Meine Sinne schlugen nicht Alarm. Wieder wurde mir das Fehlen der Sirene bewusst. Dieses Mal schmerzte es.

Die Wölfin knurrte deswegen beleidigt, merkte aber auf, als Scota sich jetzt wieder in Bewegung setzte - schneller als zuvor. Ich beeilte mich, ihr nachzulaufen.

»Sind wir etwa doch schon da?«, fragte ich verhalten.

»Ich weiß es nicht«, gestand sie und lief noch schneller.

»Es ist merkwürdig. Meine Karte müsste präzise sein, doch diese Schwingungen sind zu stark, um sie einfach zu ignorieren. Es könnte sein, dass die Karte falsch ist. Sie ist schon sehr alt und ich konnte nur einen kurzen Blick darauf werfen. Ich musste meinen Plan aus meinem Gedächtnis erstellen. Da kann es sein, dass ich mich geirrt habe.« Sie sagte das ungläubig, als sei das noch nie zuvor geschehen. Das hätte ich über mich selbst nie behauptet. Ich neigte dazu, mich viel zu oft zu irren und dabei jedes Mal beinahe draufzugehen.

Wir bahnten uns unseren Weg durch die Stämme. Es wurde immer dunkler und das ungute Gefühl in meinem Magen wuchs. Es schlich sich meinen Rücken hinauf in meinen Nacken und prickelte dort. Doch das war nicht mein Hauptproblem: mein Körper streikte mit einem Mal.

Meine Beine fühlten sich an wie Blei, und jeder Atemzug brannte in meiner Lunge. Der steinige Boden unter meinen Füßen schien plötzlich nachzugeben, ich stolperte und konnte mich gerade noch an einem Ast festhalten.

»Was ist jetzt schon wieder los?« Scotas Stimme war scharf, fast vorwurfsvoll.

»Gib mir eine Sekunde«, keuchte ich und ließ mich auf die Knie sinken. Schweiß rann in dicken Tropfen über meine Stirn und brannte in meinen Augen.

Scota verschränkte die Arme vor der Brust. »Bist du etwa am Ende? Jetzt schon?« Ihre Worte trafen mich.

Ich hob den Kopf und sah Scota an. »Ich bin hier. Und ich werde weitermachen. Aber ich bin keine Maschine.«

Für einen Moment schwieg sie, dann nickte sie knapp. »Gut. Sammle dich. Wir haben keine Zeit zu verlieren.«

Ich atmete tief durch und zwang mich, aufzustehen. Mein Körper protestierte, aber ich ignorierte den Schmerz. Aufgeben war keine Option, also folgte ich ihr mit zusammengebissenen Zähnen.

Plötzlich spürte ich eine Steigung beim Laufen, es ging bergan. Die Bäume wurden schmaler und kleiner, dann hörten sie abrupt auf. Vor uns lag ein Hügel, der sich gegen die Abenddämmerung abzeichnete. Ich riss die Augen auf, als ich das halb verfallene Gebäude sah, das sich an seine Seite schmiegte.

Scota war ebenfalls stehen geblieben und zog nun die Lederkladde heraus, die sie mir schon gezeigt hatte. Ihre Aufzeichnungen zu dem Artefakt, das wir suchten. Sie hatte auch aufgeschrieben, wie es endgültig zerstört werden konnte, um Mistress endgültig den Weg in diese Dimension zu versperren.

»Das ist seltsam«, murmelte meine ehemalige Meisterin mit Blick auf ihre Karte. »Ich hätte schwören können, dass der Spiegelberg weiter östlich liegt.«

»Und wenn er es nicht ist?«, fragte ich.

Sie warf mir einen scharfen Blick zu. »Wir dürfen keine Fehler riskieren. Wenn ich mich geirrt habe oder die Aufzeichnungen falsch waren, könnte dies der gesuchte Tempel sein.« Ihre Wangen röteten sich vor Aufregung und ihre Augen glänzten.

»Vielleicht heute schon«, flüsterte sie. »Heute könnte alles vorbei sein.« Sie packte meinen Arm. »Komm schon, Wölfin. Wir vergewissern uns.« Sie zerrte mich den Abhang hoch. Mehrfach trat ich auf lose Kiesel und rutschte weg. Scota ließ mich frustriert los und trieb mich zur Eile. Ich war schweißgebadet, mein Atem ging keuchend. Wir erreichten die Flanke des Hügels und kletterten zu den halbverfallenen Säulen empor.

Jetzt spürte ich es auch: Ein Prickeln in meinem Nacken, ließ meine Haare zu Berge stehen. Gänsehaut überzog meine Arme und ich spürte, wie sich ein Knurren in meiner Kehle sammelte. Hier stimmte etwas nicht. Ich hatte ein dummes Gefühl dabei.

Scota erreichte den halb verschütteten Eingang des Tempels und spähte hinein. Ich spürte das Aufwallen von Magie, als sie einen Spruch vor sich hinmurmelte.

»Hier ist etwas«, flüsterte sie, ihre Augen glitzerten. »Wir sollten …«

Ein Schatten schoss aus der Finsternis. Bevor ich reagieren konnte, stürzte er sich auf Scota.

Ich stieß einen Schrei aus, als ich einen Löwenkopf, Hörner und einen Skorpionschwanz erblickte – es war ein Mantikor! Panik packte mich mit eisigen Klauen. Diese Wesen waren so selten, dass wir im Orden keinen Unterricht über sie hatten. Es hieß, sie seien ausgestorben. Das stimmte nicht. Ganz und gar nicht, denn jetzt schlug das Biest mit den Krallen nach Scota und stieß ein Brüllen aus, das mich zurücktaumeln ließ.

Scota sprang in die Luft und ich sah die Klinge ihres Dolches im Sternenlicht funkeln. Mir stockte der Atem, als sie sich in der Luft drehte, als hinge sie an einem unsichtbaren Seil und mit dem Dolch auf den Mantikor herabstieß.

Das Biest brüllte auf. Sie hatte es erwischt.

Dann fuhr seine Pranke mit unfassbarer Kraft durch die Luft und verfehlte die Jägerin nur um Haaresbreite.

»Was stehst du da herum?«, schrie sie mich an. »Renn um dein Leben, verdammt!«

Ich wollte ja, aber etwas hielt mich zurück, obwohl ich innerlich vor Angst durchdrehte. Doch es kam nicht infrage, sie einfach allein zu lassen. Die Wölfin trieb mich zum Kampf, also griff ich nach einem faustgroßen Stein, der zu meinen Füßen lag, und schleuderte ihn mit aller Kraft auf den Mantikor. Der Stein traf seinen massigen Rücken, aber das Biest reagierte kaum. Stattdessen schlug es mit der Pranke nach Scota, die gerade noch ausweichen konnte.

»Lauf!«, schrie sie wieder. Doch ich blieb und suchte hastig nach einer weiteren Waffe. Ein zerbrochener Ast lag in meiner Reichweite und ich schnappte ihn mir.

Als das Biest sich zu mir umdrehte, tobte ein Gefühlschaos in mir. Die Wölfin war wild entschlossen, zu kämpfen, doch die kühle, berechnende Stimme der Sirene fehlte. Ohne sie fühlte ich mich unvollständig. Der Teil von mir, der mir immer geholfen hatte, klar zu denken, war einfach ... weg. Panik stieg in mir auf, aber ich zwang mich, sie zu ignorieren.

Ich schwang den Ast und schlug gegen seinen Schwanz. Der Mantikor brüllte auf und sprang auf mich zu, da stieß Scota mich beiseite.

»Jetzt lauf!«, brüllte sie erneut und sprang auf ihn zu.

Diesmal gehorchten meine Beine. Ich wirbelte herum und rannte den Hang hinunter, mein Herz schlug wie wild. Die Dunkelheit des Waldes schien mich zu verschlucken, Zweige rissen an meinen Armen.

Oben hörte ich den Kampf weitergehen, der Mantikor brüllte, dann Stille.

Hatte er sie erwischt? War er jetzt hinter mir her? Wenn der Mantikor mich verfolgte, hatten meine zwei Beine gegen seine vier keine Chance.

Oben hörte ich ihn wieder brüllen.

Ich erreichte den Fuß des Hügels und wirbelte herum.

Ich war allein.

Kalte Angst kroch in mir hoch. Was, wenn er Scota umgebracht hatte? Oder wenn sie schwerverletzt dort oben lag? Ich konnte sie doch nicht einfach zurücklassen!

Und wie sollte ich hier wieder herausfinden?

Wie ... Ich kam nicht weiter mit meinen Gedanken, weil neben mir eine Gestalt auf den Boden aufschlug.

Ich schrie vor Schreck auf, dann sah ich, dass es Scota war. Sie wischte ihren Dolch in ihrer Hose ab und rieb ihre blutende Wange an ihrer Schulter.

»Wir waren falsch«, keuchte Scota. »Lauf – bevor das Ding wieder aufsteht.«

Wir hetzten durch die Dunkelheit zurück zwischen die Bäume. Ich sah über die Schulter und bemerkte, dass ihre Hände zitterten, als sie den Dolch in ihrem Gürtel verstaute. Für einen Moment wirkte sie weniger wie die unerschütterliche Jägerin, die ich kannte, sondern jemand, der gerade dem Tod entkommen war. Da bemerkte sie meinen Blick, schüttelte den Kopf und die gewohnte Härte kehrte zurück. »Wir verschwenden hier keine Zeit mehr. Und eins ist sicher: Das war kein Zufall«

»Was meinst du?«

»Ein Mantikor greift nicht ohne Grund an. Er verteidigt sein Revier, die Spuren, die du gefunden hast, waren von ihm. Und dieser war bereits verletzt. Ich glaube, wir waren nicht die ersten, die ihn gestört haben.«

Ein kalter Schauer lief über meinen Rücken. »Eilis.«

Scota nickte knapp. »Oder jemand, der für sie arbeitet. Wir sind nicht allein in diesem Wald, Lupa. Und sie wissen, dass wir hier sind.«

Mein Magen zog sich zusammen. Ich spürte, wie die Wölfin in mir knurrte, ihre Instinkte auf Kampf und Flucht gestellt. Wir mussten uns beeilen. So oder so.

Kapitel 2

Lynx

Zum ersten Mal seit Wochen hatte ich gut geschlafen – keine Albträume, keine Unterbrechungen. Als ich meine Augen öffnete, fiel sanftes Dämmerlicht durch die Zeltplane. Acht Stunden Schlaf? Das musste ein Rekord sein. Zum ersten Mal seit Wochen fühlte ich mich ausgeruht und vollkommen wach.

Das kleine Zelt aus der Erdwelt war durch unsere Reise ziemlich in Mitleidenschaft gezogen, aber trotzdem besser als alle anderen Schlafplätze, seit wir Tajnas Orden auf der Erde verlassen hatten. Neben mir lag Atra wie eine Tote, aber das kannte ich schon von ihr. Wir hatten uns im Orden ein Zimmer geteilt.

Leise stand ich auf und verließ das Zelt. Daneben stand das, in dem normalerweise Shark und Lupa schliefen. Er hatte es Carnie und Nairne überlassen, weil Lupa noch immer vermisst wurde.

Daneben gab es noch zwei solcher Zelte. In einem schliefen Tajna und Rhona, in dem anderen die Drachenzwillinge. Sie hatten sie ebenfalls von zu Hause mitgebracht. Davor brannte das Lagerfeuer von gestern Abend, an dem es sich die Übrigen bequem gemacht hatten. Blaine schlief an einen Baumstamm gelehnt.

Von Leonda fehlte jede Spur.

Jetzt blinzelte Niall und setzte sich auf. »Hey«, sagte er und kam auf die Füße.

»Hallo.« Ich ging außer Hörweite der anderen. »Ist Lupa zurückgekehrt?«

Der Druide mit Wolfsblut schüttelte den Kopf. »Nein. Wir haben lange gewartet, aber wir waren alle erschöpft.«

»Kein Wunder«, meinte ich. »Ihr habt euch auch verausgabt. Der Kampf gegen den Gott steckt uns allen in den Knochen.«

»Das stimmt«, gab er zu und streckte sich. »Aber da ginge noch was.«

Ich runzelte die Stirn. »Wie soll ich das verstehen? Willst du dich noch körperlich betätigen?« Unwillkürlich glitt mein Blick über ihn. Ich mochte ihn. Ich mochte, wie er roch. Und wie er aussah. Er war drahtig und man sah ihm an, dass er viel mit seinem Körper arbeitete.

»Vielleicht«, antwortete er mit einem leichten Lächeln.

Wollte er mich herausfordern? Da war er bei mir an der falschen Adresse. Ich war noch nie ein Feigling.

Es war leicht, mich zu provozieren, aber wer das versuchte, musste auch mit meiner Reaktion leben. Und die war in der Regel heftiger, als derjenige erwartete.

Er wollte sich also verausgaben? Mit mir? Das konnte er haben. Und jetzt, wo ich darüber nachdachte, fand ich, dass das eine großartige Idee war. Es würde helfen, noch den letzten Stress abzubauen. Dafür war Niall genau der richtige.

»Komm mit«, sagte ich und packte ihn am Arm. Er folgte mir widerstandslos zwischen die Bäume.

»Ist das dein Ernst?«, fragte er und drehte seinen Arm so, dass unsere Finger ineinander rutschten.

Ich sah über meine Schulter zurück. »Du hast gesagt, du bist nicht ausgelastet.«

»Das habe ich so nicht gesagt.« Er hielt mich auf und sah mir prüfend ins Gesicht. Ich hatte keine Lust auf dieses höfliche Getue, bei dem wir uns gegenseitig mehrmals versicherten, dass wir es ernst meinten.

Also küsste ich ihn.

Küsse hatten mir noch nie etwas gegeben. Sie verzögerten nur, worum es wirklich ging, und täuschten überflüssige Emotionen vor. Aber sie waren eine gute Möglichkeit, um meinen Standpunkt klarzumachen.

Niall zögerte eine Sekunde, dann erwiderte er den Kuss. Er zog mich etwas tiefer in den Wald. Dort wählte er eine Stelle, wo die Bäume dicht standen und man uns nicht sofort sehen konnte, wenn man aus der Richtung unseres Lagers kam.

Das war mir egal, sollte man uns doch zusammen sehen!

Ich verlor keine Zeit und zerrte an meiner Kleidung, warf meine Jacke hinter mich, öffnete meine Hose und stieg aus einem Bein. Es war so früh am Morgen noch kühl hier im Schatten, aber langsam wurde mir heiß.

Meine Vorfreude stieg.

Dann führte ich seine Hände unter mein Shirt. Er küsste mich wieder, das nutzte ich, um mich an seiner Hose zu schaffen zu machen. Ich löste die Schnürung und befreite, worauf ich es abgesehen hatte.

Wir hatten nur wenig Zeit bis jemand nach uns suchen und uns stören würde. Ich vermutete, dass es Niall nicht so egal war wie mir. Also schnell. Ich erwartete nicht viel von ihm. Nur eins und das jetzt.

»Du brauchst nicht vorsichtig sein«, flüsterte ich in sein Ohr. »Ich bin auch ein Raubtier. Ich kann es nicht leiden, wenn man mich berührt, als sei ich zerbrechlich.« Dabei fuhr ich mit dem Daumennagel über seine nackte Flanke.

Nialls Augen weiteten sich, als ich mein Bein um seine Taille legte und mich an ihn presste. »Ich habe nicht mal mitbekommen, dass du uns ausgezogen hast«, keuchte er.

»Mach was draus«, antwortete ich und stöhnte auf, als er gehorchte. Unsere Körper verschmolzen miteinander und er tat, was ich von ihm verlangte. Jemand Zerbrechliches hätte das nicht ausgehalten, aber für mich war es genau richtig.

Ich schlang die Arme um seinen Nacken und genoss jede unserer Bewegungen. Jedes Mal, wenn er sich tief versenkte, wurde ich etwas lauter und er verschloss mir den Mund mit einem weiteren Kuss.

Ich ließ ihn gewähren, auch wenn das Lautsein für mich dazugehörte. Wir taten nichts Verbotenes. Es war absolut natürlich. Und notwendig.

Es war schon eine Weile her, dass ich jemanden an mich herangelassen hatte. Jetzt merkte ich, dass mir der Sex gefehlt hatte. Obwohl die Sirene in meinen Adern kaum noch existierte, war die Verführerin Teil meines Wesens. Ich versuchte nur, sie nicht zu oft zu füttern.

Aber Niall ... Er war perfekt dafür. Sein Wolfsblut fütterte die Sirene nicht. Dafür aber die Luchsin. Ich hatte schon seit unserem ersten Treffen darüber nachgedacht, ihn zu verführen, aber bisher hatte es sich nicht ergeben und auf meine Hinweise war er nicht eingegangen.

Bis jetzt.

Ich lächelte, weil er mir nicht sagen musste, dass er auch darauf gewartet hatte. Dass er es sich vorgestellt hatte.

Sonst wäre er nicht so bereitwillig mitgekommen. Außerdem hatte ich die Erregung schon mehrfach an ihm gerochen, wenn wir nah beieinanderstanden. Jetzt bekamen wir beide, was wir verdienten. Ich presste mich noch fester an ihn, als Sterne vor meinen Augen tanzten.

Niall küsste mich erneut und ich spürte, wie der Funken in meinem Inneren zu einem Brand wurde. Seinetwegen.

Das hier lohnte sich für uns beide.

Ich unterdrückte einen Schrei, mein Herz hämmerte. Normalerweise wollte ich in solchen Momenten schnell wieder weg. Doch heute ließ ich es zu, dass er mich kurz festhielt. Nur ganz kurz. Dann schob ich ihn von mir, kam auf beide Füße und zog mich wieder an. Niall sah mich überrascht an, beeilte sich dann aber, auch seine Kleidung in Ordnung zu bringen.

»Wie ist es jetzt?«, fragte ich beiläufig und strich mein Haar glatt. Nachdem ich es gestern Abend an einem nahen Bach gewaschen hatte, fühlte ich mich wieder wohler. Katzen waren nicht gern schmutzig.

»Besser, meine Energie ist perfekt verteilt. Danke für deine Hilfe«, sagte er. Ich wollte schon gehen, da hielt er mich auf. »Darf ich noch mal darauf zurückkommen?«

»Nur, wenn du nicht so gestelzt mit mir redest«, erwiderte ich.

Er lächelte. »Einverstanden. Dann lass uns zurück zum Lagerplatz gehen.«

Dort angekommen stellten wir fest, dass die anderen mittlerweile aufgewacht waren.

Carnie sah uns kommen und grinste. Der Sukkubus wusste sofort, was los war, schließlich bestand fast ihr ganzes Leben aus Sex.

»Na, schon gefrühstückt?«, fragte sie scheinheilig.

»Allerdings. Nicht neidisch sein«, sagte ich und ließ sie stehen. Dabei hörte ich, wie sie zu Nairne sagte: »Lynx kann ja lustig sein. Wusste ich noch gar nicht.«

»War bestimmt ein Versehen«, erwiderte Nairne.

Ich schnalzte mit der Zunge. Sie hatte doch keine Ahnung! Außer Atra und Lupa kannte mich niemand in dieser Gruppe richtig. Mein Blick fiel auf Shark. Er dachte es vielleicht, aber er irrte sich. Ich war nicht mehr dieselbe wie vor vier Jahren, als das mit uns in die Brüche ging. Meine Finger tasteten an meinem Hals zu der verbotenen Rune, die ich mir danach zugelegt hatte.

Zum Glück war ich nicht mehr dieselbe. Ich hatte mich nur einmal zuvor in meinem Leben so scheiße gefühlt wie damals und das war, als meine Mutter mich von zu Hause weggeschickt hatte. Dank Shark hatte ich das Gefühl, nicht gut genug und unerwünscht zu sein, ein zweites Mal durchlitten.

Nie wieder.

Ich würde nie wieder zulassen, dass mir jemand das antat. Wenn es noch einmal jemand versuchte, würde ich ihn umbringen. So einfach war das.

»Ist Lupa mittlerweile zurück?«, fragte ich Rhona.

Lupas engste Freundin schüttelte den Kopf. »Ich hatte gehofft, dass sie dir über den Weg läuft«, sagte sie leise.

»Das sieht ihr nicht ähnlich. Sie haut nicht kommentarlos ab.« Shark sah sich unruhig um. »Ich habe ihr Gesicht gesehen, als sie aus dem Wasser geklettert ist. Sie hatte Panik. Irgendwas war mit ihr. Ich habe nach ihr gesucht, aber es fehlt jede Spur. Ich mache mir Sorgen, dass ihr etwas zugestoßen ist. Die Bannung war hart für sie.«

»Für uns auch«, fuhr ich ihn an. »Es ist ja nicht so, als hätte sie alles allein gemacht.«

Er sah mich wieder auf diese kühle Weise an, für die ich ihn so hasste. »Das weiß ich, Lynx. Aber der Gott hatte sie im Visier, weiß der Teufel, warum. Ich schwöre dir, dass sie es deswegen schwerer hatte als wir anderen.«

Ich ballte die Hände zu Fäusten, da stellte sich Niall neben mich und lächelte beruhigend. Dachte er, er könnte mich beeinflussen? Nur weil wir Sex hatten? Wenn er glaubte, dass er deswegen Einfluss auf mich nehmen konnte, hatte er sich gefährlich geschnitten. Wenn er es noch einmal versuchte, würde ich ihm zeigen, wie falsch er damit lag!

»Wir sollten nach ihr suchen«, mischte sich Tajna ein. »Es ist kein gutes Zeichen, dass sie so lange weg ist.«

»Gut, von mir aus«, brummte ich und verfluchte diesen Morgen. Es hätte mir gut gehen können, auch wegen der Begegnung mit Niall, doch stattdessen musste ich jetzt meine Zeit damit verschwenden, nach Lupa zu suchen.

›Wo bist du, verdammt noch mal? Seit wann lässt du deine Freunde im Stich? Was ist los bei dir?‹

»Wir sollten uns aufteilen und in Gruppen durch den Wald gehen«, meldete sich Rhona zu Wort und blickte Atra an. »Sind die Elfen ganz sicher abgezogen?«

»Ja«, erwiderte meine beste Freundin angespannt. »Aber sie erwarten, dass Laird in Kürze sein Versprechen einhält. Wir haben nicht viel Zeit, wenn wir keine weiteren Probleme riskieren wollen.«

»Vielleicht solltest du zu deinem Zirkel zurückkehren und die Angelegenheit regeln«, sagte Shark zu seinem Freund. »Und wenn das erledigt ist, kommen wir zu euch. Am besten zusammen mit Lupa.«

Laird sah wenig begeistert aus. Ich war es auch nicht. Ich fand den ernsten Druiden zwar sterbenslangweilig, aber er war unsere größte Stütze. Jemand, auf dessen Urteil man vertrauen konnte. Ich wusste, dass Lupa große Stücke auf ihn hielt und ihn oft um Rat fragte.

»Ich kann dich leider nicht begleiten«, sagte Rhona zu ihrem Geliebten. »Ich muss hierbleiben und nach Lupa suchen. Solange ich nicht sicher bin, dass es ihr gut geht, habe ich keine ruhige Minute.«

»Wir begleiten dich«, sagte Ora. Neben ihr stand Payton und nickte. »Es ist immerhin unseretwegen alles so gekommen«, fügte die Nixe hinzu. »Und bevor du allein gehen musst, kommen wir mit.«

Ich sah zu Niall hinüber, aber er machte nicht den Eindruck, als würde er seinen älteren Bruder begleiten wollen. Warum nicht? Er hatte doch mit Lupa nichts zu schaffen. Eigentlich wäre es sinnvoller, wenn er statt Laird ging.

Mich durchzuckte eine Erkenntnis, zusammen mit einer Erinnerung: Lupa und Niall hatten von Anfang an stark aufeinander reagiert.

Ihr Wolfsblut suchte die Nähe des anderen. Ich wusste, dass Lupa deswegen in Versuchung gekommen war. Die Wölfin hatte in Niall einen potenziellen Partner wahrgenommen. Nur die Beziehung zu Shark, die lächerlicherweise monogam war, hielt sie davon ab. Im Umkehrschluss bedeutete das aber auch, dass Niall ähnlich fühlte.

Und das hieß, dass ich wieder gegen meine frühere Seelenschwester verlor. Es fühlte sich an, als hätte jemand einen Dolch in meinen Bauch gestoßen. Lupa. Immer Lupa.

Sie war die, die jeder wollte. Die Perfekte, die jedem Rudel gerecht wurde. Und ich? Ich war nur das kratzbürstige Raubtier, das niemand wirklich mochte. Ich ballte die Fäuste, spürte, wie sich meine Nägel in die Haut bohrten.

Es war mir egal. Es musste mir egal sein.

Es ging nicht um die Männer. Es ging um das Gefühl, die zweite Wahl zu sein.

Dann war ich eben nicht so anbiedernd und umgänglich wie die Wölfin! Ein Luchs ist eine Katze, kein Hund. Wir haben es nicht nötig, uns einem Rudel anzuschließen und es allen recht zu machen! Das bedeutete aber nicht, dass wir nicht auch Anerkennung und Liebe verdienten.

Ich biss die Reißzähne zusammen.

Wie schön Lupa von ihrer Mutter umarmt worden war, als sie sich sahen! Meine hatte mich nicht einmal angesehen, als ich ging. Keine Begrüßung, kein Abschied, keine Umarmung. Nichts. Und doch kam der Schmerz zurück, als wäre es erst gestern gewesen.

›Scheiß auf sie! Ich habe niemanden. Weil ich niemanden brauche. Und wenn ich jetzt mit den anderen nach Lupa suche, dann nur aus Gefälligkeit.‹ Ich könnte aus der Haut fahren, so wütend war ich. *›Immer derselbe Dreck! Am liebsten würde ich einfach gehen. Sollen sie doch allein klarkommen!‹*

Eine Hand legte sich auf meinen Arm. Atra sah mich ruhig an. »Atme«, sagte sie leise. »Du bist nicht allein.«

»Ich wünschte, ich wäre es«, presste ich hervor.

»Mag sein, aber so leicht ist das nicht. Ob du es willst oder nicht, du bist Teil dieser Gemeinschaft. Komm, wir suchen nach Lupa.«

Rhona hatte die Gruppen eingeteilt. Ich sollte mit Niall gehen. Großartig. Ich hatte aber auch keine Lust, jetzt darüber zu streiten. Dann würde ich ihn im Wald einfach abschütteln.

Atra sollte zusammen mit Shark, Carnie und Nairne zum Sirenendorf gehen.

»Es ist ausgeschlossen, dass sie dort ist, das könnt ihr euch sparen«, knurrte ich.

»Wir sollten es trotzdem versuchen«, sagte Rhona, die mit Tajna und den Drachenzwillingen zur Steilküste gehen wollte. Das war genauso Zeitverschwendung wie nach Erskina zu gehen, doch ich hatte keine Lust mehr, zu diskutieren, also nickte ich Niall zu und lief zum Waldrand.

»Ich wollte mich von Laird verabschieden«, beschwerte er sich.

»Dann gehe ich allein. Ich hasse Gefühlsduseleien. Ihr werdet euch wiedersehen, also wozu das Drama?«, stichelte ich.

»Schon gut, ich komme mit dir. Ist alles in Ordnung?«, fragte er, während er zu mir aufschloss. »Bist du wütend? Hab ich was falsch gemacht?«

»Warum sollte ich?«, erwiderte ich finster und mied den Blickkontakt. »So wichtig bist du nicht für mich.«

»Sehr freundlich, danke«, murmelte er.

Ich schnaubte leise. Männer und ihre Egos. Schlimmer als jede Katze. Ich beschloss, das zu ignorieren. Ich war nicht seine Seelsorgerin.

Wir drangen in den Wald ein. Der Geruch von Moos und fauligem Laub schien die Luft zu ersticken. Über uns raschelten die Blätter im Wind, doch die bedrückende Stille zwischen den Bäumen ließ meinen Nacken prickeln. Ich hoffte, wir würden Lupa bald finden. Ich wollte nur noch raus aus diesem gottverdammten Teil Myricas.

»Riechst du irgendwas?«, fragte ich Niall nach einer Weile. Er zuckte mit den Schultern.

»Nein.« Er war also noch beleidigt. Wie anstrengend.

»Dann suchen wir wohl blind«, meinte ich und setzte meinen Weg fort.

Wieder fiel mir ein, wie anders Lupa ausgesehen hatte, als sie an mir vorbei aus dem Wasser rannte. Ihr Gesichtsausdruck. Ihr Geruch. Doch mein Gedächtnis war in dieser Hinsicht nicht so gut, dass ich etwas mit dieser Erkenntnis anfangen könnte. Ich war so ausgelaugt von dem Kampf gewesen, dass nur noch Verwirrung in meinem Kopf war.

Ich hoffte, dass sie nichts Dummes machte. Alles andere konnte ich sie fragen, wenn ich sie gefunden hatte.

Nachdem ich ihr eine reingehauen hatte.

»Warte mal kurz«, sagte Niall nach einer Weile und blieb stehen.

»Hast du doch was gerochen?«, fragte ich.

»Ja. Aber Lupa ist es nicht«, erwiderte er und kniete sich auf den Waldboden. Dabei legte er eine Hand auf einen Stein am Boden und murmelte dabei eine Beschwörung. Auf dem Boden leuchteten ein paar Flecken grün auf, dann stieg eine kleine Rauchwolke auf. Mein Nacken prickelte und signalisierte mir Gefahr.

Niall pfiff durch die Zähne. Ich bemerkte, dass seine blauen Augen einen goldenen Schimmer bekommen hatten. Sein Wolfsblut wurde stärker. Das war vermutlich gut für unsere Suche.

»Merkwürdig«, murmelte er. »Das ist Drachenblut.«

»Drachenblut?«, fragte ich überrascht. »Waren die nervtötenden Zwillinge hier im Wald?«

»Nicht, dass ich wüsste, sie sind in eine andere Richtung gegangen«, entgegnete er. »Außerdem kann ich mir nicht vorstellen, dass sie sich so tief hier hineintrauen würden. Die beiden sind noch sehr fremd mit unserer Welt. Und ob sie wirklich Drachenblut in sich tragen, oder es nur behaupten, kann ich nicht sagen.«

»Dann war hier wohl jemand anderes mit Drachenblut unterwegs«, meinte ich schulterzuckend.

Er sah mich lang an. »Wie viele Drachenblute kennst du?«, versetzte er.

»Keins, denn ich glaube nicht daran, dass die Zwillinge auch nur einen Hauch davon in sich tragen«, erwiderte ich. »Das sind einfach nur Wichtigtuer.«

»Abgesehen davon sind Drachenblute selten«, sagte er. »Die Drachen wurden vor Jahrhunderten ausgerottet und ihre Nachfahren mussten sich verstecken. Soweit man weiß, leben sie im Süden Myricas. Unwahrscheinlich, dass ein Drachenblut hier einfach so vorbeigekommen ist.«

»Warum kennst du dich damit so gut aus?«, fragte ich. »Sind Drachen dein Hobby? Bist du zwölf?«

»Du bist ziemlich unfreundlich«, sagte er gereizt.

»Das sollte dir mittlerweile aufgefallen sein«, zickte ich zurück. »Ich bin kein Schmusekätzchen und du brauchst dir auf vorhin nichts einzubilden.«

»Merke ich, aber danke für den Hinweis.« Niall stand auf und klopfte sich ein paar Tannennadeln von der Hose. »Komm, wir gehen weiter.« Er marschierte an mir vorbei, ohne mich eines Blickes zu würdigen.

Ich fragte mich, ob ich zu weit gegangen war. Vielleicht war mein Verhalten übertrieben und ich ließ unfairerweise meine schlechte Laune an ihm aus.

Doch dann erinnerte ich mich, dass ich für ihn nur zweite Wahl war und die Wut und der Trotz kamen zurück. Ich musste mich seinetwegen nicht bemühen.

»Tu doch nicht so, als würde es dich wirklich interessieren«, murmelte ich, doch zu leise, als dass er mich hören könnte. Ein Teil von mir wollte ihn konfrontieren und die brutale Wahrheit aus seinem Mund hören – der Rest von mir hatte Angst davor. Zu viel, um die Wut gewinnen zu lassen.

Wir liefen schweigend weiter, die Stimmung war angespannt. Schließlich bereute ich mein Verhalten doch ein wenig, aber ich wusste nicht, wie ich aus der Sache her-auskommen sollte. Ich wusste, dass ich es vermasselt hatte. Wie immer.

Ich biss mir auf die Lippe, ein unangenehmes Ziehen breitete sich in meiner Brust aus. Das passierte mir immer wieder. Immer stieß ich diejenigen weg, die versuchten, mir nahezukommen, bis sie es aufgaben. Warum sollte sich auch jemand die Mühe machen? Niemand war auf mich angewiesen. Ich hatte nichts, was ich jemand ande-rem geben konnte.

Atra hatte mehrere Monate gebraucht, um sich mit mir anzufreunden. Das war anfangs eine Notwendigkeit, weil wir uns das Zimmer im Orden geteilt hatten und wir mit-einander auskommen mussten. Später wurde eine echte Freundschaft daraus, doch ich machte es niemandem leicht.

Die Einzige, die ich je unvoreingenommen als Freundin akzeptiert hatte, war verschwunden und ich suchte nach ihr. Zusammen mit dem Typen, der auf sie stand, aber mit mir Sex hatte.

Ich blies ein paar blonde Strähnen aus meiner Stirn.

Was für eine Freakshow.

Dieses Wort von der Erdwelt war hängen geblieben, weil es mein Leben leider sehr gut beschrieb.

Mein Blick fiel auf eine Feder, die auf dem Boden lag. Sie war braun mit schwarzen und roten Punkten und fast so lang wie mein Arm. Ich beugte mich hinunter und hob die Feder auf. Sie war viel zu schwer. Sofort prickelten meine Fingerspitzen, als hätte ich einen Stromschlag be-kommen. Die Luft schien sich zu verdichten, und ein dumpfes Pochen erklang in meinen Ohren.

»Niall«, rief ich scharf.

Er trat näher, und ich hielt ihm die Feder hin. Er betrachtete sie und hob die Augenbrauen. »Das sieht nach einem gewaltigen Vogel aus. Bei der Länge muss die Spannweite riesig sein. Mindestens fünf Meter.« Er rieb sich die Stirn. »Was mag das sein? Ein Greif?«

»Ich habe noch nie gehört, dass es hier Greife geben soll«, sagte ich finster. »Und gibt es die wirklich oder sind die schon im Land der Drachen? Du kennst dich damit doch aus.«

»Nein, das weiß ich nicht«, gestand er und streckte die Hand danach aus. Sein Gesicht verdunkelte sich, als seine Fingerspitzen sie berührten. »Das ist nicht gut«, murmelte er und schloss seine Finger um den Kiel. Irrte ich mich, oder zitterten sie leicht?

Wieder murmelte er den Zauberspruch, mit dem er schon das Drachenblut erkannt hatte. Aus dem aufsteigenden Rauchwölkchen erklang ein Schrei wie von einem Adler. Gänsehaut überzog meine Arme und ich machte unwillkürlich zurück. Mein Herz raste, die Gänsehaut auf meinen Armen war so stark, dass sie beinahe brannte.

»Was ist das denn?«

Nialls Augen wurden noch größer. »Scheiße«, Niall wich einen Schritt zurück, sein Blick flackerte zwischen der Feder und den Bäumen um uns herum. »Das ist noch viel schlimmer als ein Greif.«

»Was denn?«, fragte ich gestresst und sah mich um. War das Ding noch in der Nähe? Wurden wir gleich aus dem Hinterhalt angegriffen?

»Das ist eine Harpyien-Feder«, sagte er tonlos. Mir stand der Mund offen und ich spürte Panik in mir aufsteigen.

»Was ist das für ein Scheiß-Wald, wenn hier Drachenblute und Harpyien herumstrolchen? Wieso sind sie hier?

Hier ist doch nichts in diesem von allen Göttern verlassenen Teil Myricas. Nichts außer einer stinkenden Sirenenkolonie und dunklen Bäumen«, flüsterte ich. Hier war etwas absolut falsch, und ich wollte hier so schnell wie möglich raus – aber nicht ohne Lupa.

»Keine Ahnung«, murmelte er und rieb sich den Nacken. »Wusstest du, dass viele Harpyien für den Wesenrat arbeiten? Vielleicht suchen sie jemanden für den Rat und ihre Anwesenheit hat nichts mit uns zu tun.«

»Oder viel zu viel und sie beobachtet uns«, knurrte ich. »Die ganze Sache mit dem Gott hat der Rat doch bestimmt mitbekommen. Sicher fanden sie das sehr spannend. Vor allem, weil wir ihnen die ganze Arbeit abgenommen haben.«

»Da hast du sicher recht. Wir sollten die Augen offenhalten. Ich möchte der Harpyie nicht über den Weg laufen. Sie sind sehr unangenehm, soweit ich weiß. Und wenn sie wirklich unseretwegen hier sind, haben wir ein ernstes Problem.« Er roch an der Feder. Seine Brauen schnellten in die Höhe und er fluchte unterdrückt. »Auch das noch!«

»Lass es raus. Wie schlimm kann's sein?«, meinte ich lakonisch.

»Fuchs«, zischte er.

»Okay, Füchse sind nicht selten«, sagte ich. »Weder als Fuchsblut noch als Fuchsdämon. Vielleicht hat die Harpyie einen gejagt und ihn mitgenommen. Fall gelöst.«

Niall presste die Lippen zusammen. »Wir sollten Lupa schnellstens finden. Hier ist irgendwas los. Und ich glaube nicht, dass es uns gefällt.«

»Kann auch nicht schlimmer sein als ein wütender Meeresgott«, meinte ich schulterzuckend.

Ein Laut durchbrach die Stille. Er war nicht nah, aber eindeutig da – ein Rascheln in den Büschen hinter uns.

Mein Herz raste, und ich wirbelte herum. Nichts, doch meine Sinne täuschten mich selten.

»Hörst du das?«, flüsterte ich.

Niall nickte, seine Augen schimmerten golden. »Lass uns weitergehen. Jetzt.«

Ich beeilte mich, ihm zu folgen, immer tiefer in den Wald hinein.

LUPA

Wir hatten höchstens drei Stunden geschlafen. Mehr ließ Scota nicht zu. Außerdem kam ich kaum zur Ruhe, die Begegnung mit dem Mantikor steckte mir in den Gliedern. Dazu kam, dass mich mein Wolfsblut im Stich ließ und ich immer müder wurde.

»Ich halte das nicht mehr lange durch. Die letzte Zeit war zu anstrengend«, sagte ich am Mittag zu Scota, nachdem wir einen weiteren Hügel hinaufgeklettert waren. »Wir müssen eine Pause machen. Ich muss schlafen und etwas essen und trinken. Sonst kann ich dich nicht begleiten.«

Das passte ihr gar nicht, aber ich konnte es nicht ändern. Meine Knie waren weich und mein Körper schweißgebadet. »Nur zwei Stunden«, sagte ich. »Das reicht mir schon. Bitte.«

Scota sah mich an, als hätte ich den Verstand verloren. Ihr kantiges Gesicht verzerrte sich. Kurz dachte ich, sie würde mich einfach zurücklassen, da holte sie tief Luft.

»Gut«, stieß sie hervor und ließ ihren Rucksack auf den Boden fallen. »Ich erkunde die Gegend und komme zurück, wenn deine Pause vorbei ist. Nutz die Zeit.«

Ich sah noch, wie sie zwischen den Bäumen verschwand, dann lehnte ich mich gegen einen umgestürzten Stamm, schloss die Augen und war sofort eingeschlafen.

Ich gehe durch den Wald, doch als ich hinuntersehe, wate ich knietief im Wasser. Es ist salzig, sagt mir meine Nase. Wie kann das sein? Wie kann ich ...

»Einst zweigeteilt brauche ich dich jetzt, so wie du sein sollst«, flüstert eine körperlose Stimme zwischen den Stämmen. »Nur ein Teil von dir ist gefragt. Nur ein Teil von dir wird überleben. Lass die Vergangenheit hinter dir. Geh in die Zukunft. Erfülle deine letzte Mission.«

Mir wird eiskalt bei diesen Worten. Ich wirble herum und suche nach dem Körper, zu dem die Stimme gehört.

Ich bin allein.

Das ist doch nicht möglich!

Das Wasser steigt.

Die Blätter rauschen im Wind.

Ich zucke zusammen, als das Wasser meine Hüfte erreicht. Angst breitet sich in mir aus.

»Erfülle deine letzte Mission«, flüstert die Stimme wieder. »Sei so, wie du sein solltest.«

Das Wasser steigt bis zu meinen Schultern und erreicht meine Kehle. Panik flutet meinen Körper.

»So wie ich sein soll? Wie denn?«, rufe ich und suche nach etwas, an dem ich mich festhalten kann. Da ist nichts. Das Wasser steht mir bis zum Hals. Ich verliere den Boden unter den Füßen.

Ein Sog erfasst mich.

Ich schreie, als ich im Wasser versinke.

Ich schrak hoch, als hätte mich jemand in kaltes Wasser geworfen. Meine Haut war klamm, mein Atem ging heftig. Es dauerte Sekunden, bis ich verstand, wo ich war. Benommen schüttelte ich den Kopf und versuchte, den Traum loszuwerden, doch Angst kroch durch meinen Körper.

»Lupa, komm hoch.« Scota stand vor mir und sah sich um. Ihre Miene war finster.

»Ist etwas passiert?«, fragte ich und rappelte mich auf.

»Ja, allerdings«, knurrte sie.

Ich holte eilig die Wasserflasche und etwas zu essen aus meinem Rucksack, dann war ich bereit, weiterzulaufen. Mein Herz schlug mir bis zum Hals und ich fühlte mich beobachtet. Scota sah sich angespannt um.

»Was ist denn?«, fragte ich, als wir losliefen.

»Ich habe Hinweise gefunden«, sagte sie. »Hinweise auf den Spiegelteller, beziehungsweise den Tempel, in dem er verwahrt wird. Dieses Mal muss es der richtige sein. Ich habe die Karte erneut mit den Texten abgeglichen, die ich gelesen hatte und habe einen konkreten Ort im Kopf. Wenn wir Tempo machen, können wir ihn übermorgen erreichen.«

»So weit ist er entfernt?«, fragte ich überrascht. In zwei Tagen konnten wir ohne Weiteres fünfzig Kilometer zurücklegen - so groß konnte dieser Wald unmöglich sein.

»Nicht so weit, wie du jetzt denkst, aber ich muss unsere Spuren verwischen«, sagte sie kühl. »Dir ist ja sicher schon aufgefallen, dass wir uns im Zickzack bewegen.«

»Ja, aber warum? Es wäre doch besser, wenn wir schnell ankommen, oder?«, fragte ich irritiert.

Sie warf mir einen undurchdringlichen Blick zu. »Manchmal ist der schnellste Weg nicht der sicherste«, sagte sie knapp.

Ich schluckte. »Anscheinend nicht.«

»Gut, dann erspare mir solche Fragen bitte. Wir werden verfolgt«, sagte sie im gleichen Atemzug. »Und unsere Verfolger sind schnell und gerissen. Wir müssen falsche Fährten legen, um sie in die Irre zu führen. Wenn wir den Tempel erreichen, brauchen wir Zeit, um den Plan durchzuführen. Auf keinen Fall will ich unterbrochen und angegriffen werden.«

Ich erinnerte mich an Mistress' ausgebrochene Jüngerin. Eilis war beides: Schnell und gerissen. Und zusätzlich völlig fanatisch. Ihr Blut machte sie stark. Ich wollte nicht in ihr magisches Drachenfeuer geraten.

»Wie viel weiß Eilis?«, fragte ich.

»Das kann ich nicht mit Sicherheit sagen, aber es gibt mehr Befürworter, als der Wesenrat denkt. Diese Wesen unterstützen und verstecken Eilis und ihre Begleiter. Ich vermute, dass diese Leute die letzten zwei Jahre nicht untätig waren. Sie könnten ähnliche Schlüsse gezogen haben wie ich - vor allem, wenn sie noch im Orden waren und sich Zugang zur Bibliothek verschaffen konnten.«

»Adair und Blaan begleiten sie, richtig?«, fragte ich. Scota nickte. »Die beiden sind nicht sehr stark. Sie stellen keine ernsthafte Gefahr für uns dar.«

»Frontal vielleicht nicht, aber wenn sie sich mit Eilis zusammentun, wird es kritisch«, erwiderte die Jägerin.

»Eilis wird versuchen, uns zu töten«, sagte ich.

»Ja«, knurrte Scota. »Auch deswegen will ich vorbereitet sein, wenn sie uns findet. Dann machen wir kurzen Prozess mit ihr.«

Ich biss mir auf die Unterlippe. Ich wollte niemanden töten und hasste es, zu kämpfen. Wenn ich musste, würde ich es tun, aber nur im äußersten Notfall.

Ich ahnte, dass Scota solche Skrupel nicht hatte. Sie würde sich wehren und dabei einen Hinterhalt nutzen, um die Sache schnell und endgültig hinter sich zu bringen. Die Jägerin war kompromisslos und pragmatisch. Eilis und ihre Begleiter hatten in diesem Szenario keine Chance.

Ich hoffte, dass es dazu nicht kam. Ich wollte nicht sterben, sondern nur das hier erledigen und dann wieder zu meinen Freunden zurück.

Meine Gedanken stolperten, zum ersten Mal seit dem Kampf gegen den Meeresgott dachte ich über sie nach. Über Rhona, Carnie und Nairne. Über Lynx.

Und Shark.

Mein Herz verkrampfte sich, als mir etwas einfiel.

Er war eine Sirene.

Ich nicht mehr.

Ich hatte keine Ahnung, was das mit uns machte.

Wenn ich nie wieder mit ihm ins Wasser ging.

Wenn ich es nicht mehr ertrug, was er war, weil ich dieses Wesen aus meinem eigenen Blut getilgt hatte.

Ich ballte die Hände zu Fäusten und schüttelte den Kopf.

Ich liebte ihn. Doch das, was uns verband, fühlte sich fremd an. Ein kalter Gedanke bohrte sich in mein Herz: Konnte unsere Liebe das überleben?

Er konnte nicht verstehen, wie es mir ging. Die Zerrissenheit der zwei Blutlinien kannte er nicht. Ich konnte sie ihm auch nicht erklären.

Alles, was ich hatte, lag gerade auf dem Weg vor mir.

Auch davon wussten weder Shark noch meine Freundinnen. Wenn sie davon erfuhren, gab es Ärger. Diskussionen, bis sie verstanden, warum ich es tun musste. Ich hoffte, dass ich noch die Gelegenheit bekam, es ihnen zu erklären.

Es bestand immer noch die Möglichkeit, dass Eilis uns erwischte und umbrachte, bevor wir unsere Mission erfüllen konnten. In diesem Fall erfuhren sie nie, was mit mir geschehen war.

Mein Herz verkrampfte sich. Das wollte ich auf keinen Fall. Aber ich hatte keine Wahl mehr.

Vor mir hielt Scota abrupt an und ging in die Knie.

Ich duckte mich ebenfalls und sah mich um. Nahm die Witterung auf.

Da roch ich etwas. Es war unvertraut und sorgte dafür, dass sich meine Nackenhaare sträubten.

»Das ist nicht Eilis«, sagte ich und schnaubte, um den Geruch aus der Nase zu bekommen.

»Das weiß ich«, erwiderte Scota und richtete sich auf. In der Hand hielt sie eine riesenhafte Feder. »Das ist die Feder einer Harpyie, die hier nicht zufällig herumliegt. Das hier ist eine Botschaft an mich. Deswegen kann ich dir sogar sagen, welche es ist.«

»Eine Harpyie?«, fragte ich erschrocken. Mir war noch nie eine begegnet, doch es rankten sich schauerliche Geschichten um diese Wesen: Sie besaßen einen Frauenkopf und -rumpf, doch ihre Beine endeten in adlerhaften Klauen und ihre Arme waren Flügel.

Harpyien waren mächtig, beherrschten Windmagie und konnten einem anderen Wesen mit bloßen Klauen das Herz herausreißen. Soweit ich wusste, lebten sie in schroffen Gebirgen und brachten jeden um, der ihnen zu nahe kam.

»Ja. Sie heißt Larna und sucht für den Wesenrat nach mir. Ich bin ihr schon ein paarmal entkommen«, sagte Scota finster und ließ die Feder angeekelt fallen. Dann sprach sie einen Bann, der ihre magische Signatur löschte. Falls die Harpyie hier vorbeikam, konnte sie Scotas Anwesenheit nicht mehr erkennen.

»Wenn sie vor uns hier war ...« Ich schluckte.

»Ich habe dir doch gesagt, dass unser Weg nicht gerade ist. Wir waren gestern Abend schon hier«, unterbrach mich die Jägerin. »Hier kreuzt er sich. Gut, damit weiß ich wenigstens sicher, wer uns auf den Fersen ist. Vielleicht müssen wir uns dem Ziel doch schneller nähern.«

»Wenn die Zeit drängt ...«, begann ich.

»Das tut sie nur, wenn wir es zulassen«, unterbrach sie mich erneut. »Momentan sind wir im Vorteil. Die Harpyie wird nicht erraten, wonach wir suchen. Eilis schon, aber es ist unklar, ob sie eigene Informationen hat oder uns folgt. Wir gehen von letzterem aus, weil ich noch keine Spur von ihr gefunden habe. Alle sind uns auf den Fersen. Wenn wir nicht darauf achten, uns einen Vorteil zu verschaffen, werden sie uns einholen. Also müssen wir sie in die Irre führen und dafür sorgen, dass der Abstand größer wird. Das funktioniert nicht, wenn wir den Kopf verlieren.«

Ich starrte beim Gehen auf ihren Hinterkopf. Was trieb Scota wirklich an? Reines Pflichtgefühl oder doch etwas Persönlicheres? Ich wusste es nicht, und sie würde es mir bestimmt nicht freiwillig erzählen.

Sie blieb plötzlich stehen, und ich sah, wie sich ihre Gesichtszüge anspannten. Ein seltsames Gefühl legte sich auf meine Brust, als ob die Luft um uns herum schwerer wurde. Etwas war nicht in Ordnung.

»Scota? Was ist los?«, flüsterte ich, aber sie hob nur eine Hand, um mich zum Schweigen zu bringen.

»Sei still« flüsterte sie kaum hörbar. »Da ist etwas, wie ein Echo.« Sie schloss die Augen und ich spürte, wie sich

Magie in der Luft verdichtete. Ihre Augen öffneten sich, und ich sah darin einen unheilvollen Glanz. Scota griff nach meiner Hand, und in dem Moment, als ihre Finger meine Haut berührten, durchzuckte mich ein Blitz. Ich blinzelte – und stand plötzlich nicht mehr im Wald.

Eilis' Augen funkeln im düsteren Unterholz des Waldes.
»Wo sind sie?«, fragt ihr Begleiter. Es ist Adair.
Ihre Lippen verziehen sich zu einem kalten Lächeln.
»Nah«, erwidert sie. »Viel näher, als sie ahnen.«
»Ich kann es kaum erwarten«, raunt er zurück.
»Noch ein wenig Geduld, dann haben wir sie.«
Der Windgeist nickt und zieht einen Dolch. »Ich freue mich schon darauf, mich endlich zu rächen.«
»Gut«, erwidert Eilis und richtet ihren Blick gen Himmel, wo ein unheilvolles Leuchten schwebt. »Lasst uns die Jägerin zur Strecke bringen.«

Ein kalter Schauer lief mir über den Rücken, als die Vision verschwand. »Was war das?«, fragte ich erschrocken.

»Eilis hat Adair und Blaan bei sich«, sagte Scota, während sie sich hektisch umsah, als erwartete sie, dass sie uns jeden Moment überfielen. »Den Rest hast du selbst gesehen.«

Mein Herz raste. »Sie werden uns nicht kriegen«, sagte ich mit einer Entschlossenheit, die mich selbst überraschte. »Wir werden schneller sein.«

Scota nickte, ihre Augen funkelten. »Wir haben keine Zeit zu verlieren. Wenn sie unsere Spur haben, wird es brenzlig.«

»Und wenn ich umkehre?«, fragte ich. »Ich könnte versuchen, sie von dir wegzulocken.«

»Ich brauche eine zweite Person, um den Teller zu zerstören«, erwiderte Scota harsch. »Und glaub mir, sie würden dich schneller aufspüren, als du denkst. Sie würden dich nicht nur töten – sie würden dich brechen, um herauszufinden, wonach ich suche. Das ist keine gute Idee. Du bleibst bei mir.«

Ich schluckte. Sie hatte sicher recht. Und wenn ich in den Tod rannte, hatte niemand etwas davon. Ich musste Scota vertrauen - egal, wie schwer mir das gerade fiel.

Ich hatte langsam das Gefühl, dass es dumm von mir war, ihr blind zu folgen. Aber ihre Argumente waren gut und was sie vorhatte, war wichtig. Außerdem war ich so durcheinander von dem Kampf und meinem Wolfsblut gewesen, dass ich nicht so nachdenken konnte, wie ich es normalerweise tat.

Wieder fehlte mir die kühle Berechnung der Sirene. Dazu kam, dass ich noch nie allein losgezogen war. Aus gutem Grund, denn normalerweise hatte ich in Rhona einen vernünftigen Konterpart, der mich erdete und zurückholte, wenn ich unüberlegt handelte. Sie fehlte mir. Auch Sharks bisweilen alberne Herangehensweise an Dinge vermisste ich, weil er dadurch Ungereimtheiten aufdeckte.

Verdammt, sogar Lynx Genörgel fehlte mir, weil sie alles so kritisch sah und nie etwas tat, von dem sie nicht überzeugt war.

Ich betrachtete meine Begleiterin.

Scota war undurchsichtig und servierte mir die Geschichte nur häppchenweise. Es lagen noch viele Details im Dunkeln und wenn sie es nicht für nötig hielt, dass ich sie kannte, würde sie sie mir auch nicht verraten. Die Informationen über Eilis und die Harpyie waren schlimm genug. Jetzt hatte ich das Gefühl, komplett von ihr abhängig zu sein. Das gefiel mir überhaupt nicht.

Scota wandte sich um und lief weiter.

Gänsehaut bildete sich auf meinen Unterarmen und ich sah mich um. Von Harpyien und Drachenbluten verfolgt zu werden, hatte ich mir wirklich nicht ausgemalt. Ich hatte mich selbst in eine Situation gebracht, um die ich besser einen Bogen gemacht hätte.

Wieder fragte ich mich, wie es den anderen ging. Sicher suchten sie nach mir. Es gab keinen anderen logischen Schluss. Rhona würde darauf bestehen. Shark auch.

Und niemand würde mich in den Tiefen der Wälder finden. Rhona würde einen Suchzauber versuchen, aber sicher hielt Scota uns versteckt. Sie hatten keine Chance, mich zu finden.

Verdammt, was hatte ich mir nur dabei gedacht, ihr einfach ohne ein Wort an meine Freunde zu folgen?

Vielleicht war das die dümmste Entscheidung meines Lebens. Ich hatte das Gefühl, dass ich das bald herausfand.

KAPITEL 3

LYNX

I ch war stinksauer, als ich spätabends mit Niall von unserer Suche zurückkam.

Von unserer erfolglosen Suche.

Wir hatten den ganzen Tag verschwendet und nicht einmal einen kleinen Hinweis darauf gefunden, wo Lupa war. Ich knirschte mit den Zähnen, bis mein Kiefer schmerzte. Diese dumme Kuh! Wo war sie geblieben? Was trieb sie, wo auch immer sie war? Und mit wem? Mir konnte niemand weismachen, dass sie tagelang allein durch die Gegend streifte.

Mittlerweile waren es fast zwei Tage und ich hatte ein ganz mieses Gefühl. So eins von der richtig beschissenen Sorte. Es sagte mir, dass Lupa etwas zugestoßen war. Dass sie so durch den Wind gewesen war, nachdem wir den Meeresgott gebannt hatten, dass sie kopflos in den Wald rannte und dort etwas Dummes gemacht hatte.

Der Wald. Er war groß, aber nicht endlos. Allerdings beunruhigte mich die Feder. Und Nialls dämliche Aussage zu einer Harpyie. Und dem Drachenblut, das er angeblich gefunden hatte.

Ich war immer noch sauer auf ihn, aber er teilte sich den ersten Platz auf meiner Shitliste. Mit allen anderen.

Ich bereute den Sex nicht, aber ich hätte nicht damit gerechnet, dass es danach auf diese Weise weiterging.

Mittlerweile redeten wir nur das nötigste miteinander. Er ging mir auf die Nerven.

Es war schon dunkel, als wir uns auf den Weg zum Lager machten. Natürlich hätten wir noch weitersuchen können, aber ich wollte mit den anderen sprechen. Wir brauchten einen besseren Plan, um Lupa zu finden. Denn dass sie noch verschwunden war, stand für mich fest.

Die Geräusche des Waldes schienen gedämpft, als hielten die Wesen der Nacht den Atem an. Ein entferntes Rascheln ließ meine Nackenhaare aufstellen, obwohl es nur der Wind sein konnte. Ich schüttelte das ab und konzentrierte mich wieder auf meinen Frust.

Deswegen bemerkte ich den Nebel erst, als er den Weg komplett verhüllte, so tief war ich in meine Gedanken versunken.

Irritiert blieb ich stehen. Niall stoppte so dicht hinter mir, dass ich seinen Atem in meinem Nacken spürte.

Sofort bekam ich Gänsehaut und erinnerte mich an unsere Begegnung heute Morgen. Sein dummes Verhalten änderte nichts daran, dass es mir gut gefallen hatte. Ich untertrieb; es hatte mir verdammt gut gefallen und würde es nur zu gern wiederholen.

Ich drehte mich um und sah in seine Augen.

Irrte ich mich, oder waren die goldgelben Sprenkel in seiner Iris intensiver geworden? Unsere Blicke trafen sich, ich spürte, dass es ihm genauso ging.

»Weißt du ...«, begann ich und strich mit meinen Nägeln über seinen Hals. Er bekam Gänsehaut und trat noch näher. Sein Atem war zittrig und ich roch seine Erregung. »Wir könnten es erneut tun. Gleich hier, ohne jemanden in der Nähe. Dieses Mal ausgiebig, nicht nur kurz hinter einem Baum. Wenn ich richtig in Stimmung bin, kann ich mir dafür ewig Zeit nehmen.«

Niall war jemand, dem ich diesen Raum geben würde. Er beugte sich näher zu mir, seine Lippen streiften meine. Meine Worte zeigten Wirkung, er hielt es auch kaum noch aus. Der ganze Streit war vergessen.

Ich fuhr mit den Fingern durch sein dichtes braunes Haar und zog ihn näher. Er packte mich und presste mich an sich. Ich spürte seinen Körper der Länge nach und lächelte: Das heute Morgen war nur ein Vorspiel. Jetzt kam der Hauptgang. Und vielleicht brauchte ich gleich noch einen Nachschlag.

Neben uns knackte es im Unterholz, da drehte Niall schon knurrend den Kopf.

Erschrocken ließ ich ihn los und sah mich um. Der Nebel war noch dichter geworden. Viel zu dicht für einen natürlichen Nebel. Er kroch wie ein lebendiges Wesen um unsere Beine, dicht und schwer wie Blei.

Ich sah mich um, da knurrte Niall leise. »Hier ist jemand. Ich rieche ihn.«

Ich konzentrierte mich und verließ mich auf mein feines Gehör. Ich hörte jemanden atmen. Kleidung raschelte. Ein Zweig brach.

Ich machte einen Satz und verfehlte um Haaresbreite einen Baumstamm.

Vor mir stand jemand im dichten Nebel. Ich riss die Augen auf, als ich ihn erkannte. »Aber ...«

Neben mir schnellte Niall durchs Unterholz und rammte ihn weg. Der andere stieß einen Schrei aus und verschwand im Nebel.

»Niall, warte, lass das!«, rief ich.

»Warum?«

»Der Nebel wird gleich verschwunden sein. Das war ein Irrlicht.«

»Woher weißt du das?«, fragte das Wolfsblut und kam auf mich zu. Schon lichtete sich der Nebel.

»Weil ich es kenne. Aus dem Orden. Sein Name ist Blaan.« Ich runzelte die Stirn. »Ich habe nur keine Ahnung, was er hier wollte.«

Endlich verzog sich der Nebel vollständig und zeigte uns den Weg, auf dem wir gekommen waren. Ich sah Niall noch einmal an, aber die Spannung zwischen uns, die eben noch gebrannt hatte, war verschwunden. Stattdessen fragte ich mich, warum ich Blaan gesehen hatte.

War er es überhaupt gewesen? Ich hätte es schwören können, doch was machte er in diesem gottverdammten Wald? Was konnte ein Irrlicht wie er hier wollen? Dasselbe fragte ich mich auch bei allen, deren Spuren wir entdeckt hatten. Wer trieb sich hier noch alles herum?

»Wir sollten endlich zurückgehen«, sagte ich rau. »Es dämmert schon.«

Er sah mich bedauernd an, nickte dann aber. »Du hast recht. Komm.«

Wir legten die restliche Strecke zurück und traten aus dem Wald und auf die Lichtung, wo wir heute Morgen losgezogen waren.

Die anderen waren schon zurück.

Ich stutzte und sah in die Runde. Nein, nicht alle.

»Wo sind Blaine und Leonda?«, fragte ich Rhona, um das Wichtigste zu klären.

Sie presste die Lippen zusammen. »Weg. Sie sind ohne ein Wort gegangen.«

Sprachlos starrte ich sie an, dann schüttelte ich langsam den Kopf. »Das kann doch nicht deren Ernst sein«, sagte ich. »Sie haben doch mitbekommen, dass wir Lupa suchen.«

»Kann ja sein, aber was geht die das an?«, fragte Smeja frech. Das war doch die blanke Provokation. Nach diesen langen Tagen wollte sie mich ernsthaft reizen? Konnte sie haben. Ich war kurz davor, ihr eine reinzuhauen.

»In Erskina ist sie nicht«, mischte sich Niana ein. Ich warf Lupas ältester Schwester einen vernichtenden Blick zu. Was wollte die denn hier? Ich brauchte sie hier ebenso wenig wir Scana, Lupas andere Schwester, die ebenfalls hier war und mich aus ihren hohlen Fischaugen anglotzte.

»Danke für die Information. Du kannst jetzt abhauen«, zischte ich. Ich wollte sie unbedingt loswerden. Ich ertrug sie nicht mehr. Sirenen. Das Meer. Mein Schutzpanzer wurde ihretwegen noch dünner und ich konnte mich kaum noch zusammenreißen.

Die Sirene presste die dünnen Lippen zusammen. »Ich will auch wissen, wo sie ist.«

»Das hat dich die letzten zwölf Jahre nicht interessiert, du Heuchlerin!«, fuhr ich sie an. »Ich weiß, warum du hier bist: Weil Lupa dir versprochen hat, sich darum zu kümmern, dass du nicht mehr an Erskina gebunden bist. Das ist der einzige Grund. Deine Schwester ist dir doch scheißegal!«

Niana zuckte zurück, aber sie schaffte es nicht einmal, mich anzulügen, um sich zu verteidigen.

Ich wandte mich angeekelt ab. Klar, Katzen waren auch auf ihren eigenen Vorteil bedacht, aber das schlug dem Fass den Boden aus. Das stieß sogar mich ab.

»Mir ist sie nicht egal!«, mischte sich Scana ein. Sie hatte uns gegen den Meeresgott geholfen, wenn auch anfangs widerwillig, aber von allen war sie am ehesten jemand mit Gemeinschaftssinn. Deswegen glaubte ich ihr sogar, aber das änderte nichts daran, dass ich sie und Niana zum Kotzen fand. Und das konnten sie auch gern wissen.

»Wir hatten alle kein Glück bei der Suche«, meldete sich jetzt Tajna zu Wort. Sie war eine der wenigen, die ich nicht schlagen wollte, sobald sie den Mund aufmachte. Damit war sie in der Minderheit. »Aber wir brauchen eine Pause. Und einen guten Plan«, fügte die Priesterin hinzu.

Ich hatte die Schnauze voll, musste aber einsehen, dass sie recht hatte. Außerdem hatten Niall und ich etwas zu berichten, denn sowohl das Drachenblut als auch die Harpyienfeder und die Begegnung mit dem Irrlicht beschäftigten mich.

»Setzen wir uns. Wir sollten alle etwas essen«, sagte Atra. »Und dann machen wir uns Gedanken darüber, wie wir weiter vorgehen.«

Ich nickte und setzte mich ans Feuer. Keine Ahnung, woher es kam, aber jemand hatte sich ums Essen gekümmert. Jetzt merkte ich, wie hungrig ich war.

»Du solltest ihnen erzählen, was du entdeckt hast«, sagte ich zu Niall und stürzte mich auf die Mahlzeit. Alle Augen richteten sich auf den Druiden, der eben anfangen wollte zu essen. Er warf mir einen gereizten Blick zu und ließ den Teller wieder sinken.

»Wir haben eine Harpyienfeder gefunden. Im Wald. Und einen Hinweis auf einen Fuchsdämon. Letzteres ist nicht ungewöhnlich, die Harpyie aber schon.«

Alle sahen einander betroffen und ratlos an. Erneut stieg Frust in mir auf. Gerade jetzt hätten wir Blaine und Leonda gebraucht. Die ehemalige Ordenswache kannte sich bestens mit Wesen aus. Sie hätten uns sagen können, ob wir uns deswegen Sorgen machen mussten.

Stattdessen waren sie abgehauen und wieder einmal hing alle Hoffnung an Laird. Der Druide war klug, aber er konnte auch nicht alles wissen.

Entsprechend gestresst sah er jetzt aus.

Ich runzelte die Stirn. »Warum bist du hier?«, fragte ich. »Ich dachte, du wolltest zu eurem Zirkel gehen.«

»Das wollte ich«, sagte er. »Aber ich fand nicht, dass ich gehen konnte. Also habe ich eine Nachricht geschickt, damit mein Teil der Vereinbarung eingehalten werden kann. Ich denke, das ist in deinem Interesse.«

Ich hatte immer noch keine Ahnung, worum es ging, aber wir hatten auch anderes zu tun. Darum konnten wir uns später kümmern. Also nickte ich nur.

»Ich kenne mich mit Harpyien nicht gut aus«, gab Laird an Niall gewandt zu. »Und kann euch beim besten Willen nicht sagen, ob wir etwas vor ihnen zu befürchten haben.«

»Ich weiß, dass einige für den Wesenrat arbeiten«, sagte Niall. »Es war vor ein paar Jahren mal eine Harpyie im Druidendorf und fragte nach einem Flüchtigen. Vielleicht ist diese auch eine Sucherin.«

»Aber wen sucht sie?«, fragte Nairne stirnrunzelnd. »Doch wohl niemanden von uns.«

»Vielleicht Blaine«, sagte Niall. »Als wir ihn und Leonda fanden, erwähnten sie, dass der Rat nach ihnen sucht, um sie nach den Ereignissen vor zwei Jahren zu befragen. Und dass noch viele andere ihre Hilfe wollen. Vielleicht sucht die Harpyie nach ihnen.«

»Was ist eine Harpyie?«, fragte Scana.

Sofort spürte ich, wie die Wut in mir hochkochte. Ich konnte nicht in ihrer Nähe sein. Die Sirenen brachten alles wieder hoch. Sie sorgten dafür - egal was sie taten, dass ich mich beschissen fühlte und beinahe durchdrehte.

Ich spürte eine warme Hand auf meiner Schulter.

Niall.

›*Will er ein paar aufs Maul?*‹, dachte ich wütend, doch dann sah ich in sein Gesicht.

Ich fühlte mich, als hätte jemand einen Eimer eiskaltes Wasser über mir ausgeleert. Meine Wut und der Hass schrumpften. Stattdessen betrachtete ich das interessante Hellblau seiner Augen. Die braunen und goldenen Sprenkel um die Iris, die immer größer wurden, weil sein Wolfsblut mehr Raum bekam.

Meine Hand zuckte, wollte ihn berühren. Was war denn jetzt los mit mir? Verlor ich den Verstand?

Ich riss mich von ihm los und konzentrierte mich wieder auf die anderen. Dabei sah ich an den beiden Sirenen vorbei, damit ich ruhig blieb. Mein Herz klopfte, aber das hatte nichts mit Niall zu tun. Garantiert nicht.

Inzwischen hatte Laird es Scana und Niana erklärt. Und ich spürte Sharks irritierten Blick auf mir. Ich warf ihm ein mörderisches Grinsen zu, das ihn schnell wegsehen ließ.

»Außerdem habe ich einen Hinweis auf Drachenblut gefunden und Lynx und ich sind in eine Irrlichtfalle getappt«, berichtete Niall.

»Es war Blaan aus dem Orden«, sagte ich. »Aber er war zu schnell weg, um mit ihm zu reden.«

»Was ist in diesem Wald, dass es in ihm vor Wesen nur so wimmelt?«, murmelte Atra. »Als ich hindurchging, ist mir nichts besonderes aufgefallen.«

»Was sollen wir jetzt tun?«, fragte Nairne. Sie sah zurück zum Wald. »Wahrscheinlich ist Lupa irgendwo dort, aber es ist stockfinster mittlerweile. Und wenn diese ganzen Gestalten da herumlaufen, mache ich mir Sorgen. Drachenblute sind doch auch saugefährlich, oder?«

»Ja, das stimmt. Und die Dunkelheit ist für die meisten von uns ein Problem. Wir sollten mit dem Weitersuchen warten, bis es dämmert«, räumte Laird ein.

»Für mich ist das kein Problem«, warf ich ein.

»Mag sein, aber ich halte es für unklug, wenn du allein gehst. Und auch du musst dich ausruhen«, versetzte der Druide.

»Wenn Lupa etwas zugestoßen ist, können wir hier nicht einfach herumsitzen«, beharrte ich. »Ich muss sie finden und ihr dafür in den Arsch treten, dass sie abgehauen ist.«

»Da bist du nicht die einzige«, grummelte Nairne finster.

Ich warf ihr einen scharfen Blick zu, doch in ihren grünen Augen war kein Rot, das auf einen Anfall ihres Berserkerbluts hindeutete. Wenigstens etwas.

»Nein, wirklich nicht«, sagte Shark, der die ganze Zeit nervös von einem Bein aufs andere trat.

Ich blickte zum Wald und wog meine Möglichkeiten ab. Hier zu bleiben und weitere wertvolle Zeit zu verlieren, brauchte mich fast um. Ich brauchte unbedingt Gewissheit, was mit ihr passiert war.

Doch allein konnte ich nicht gehen, das wäre zu dumm.

Ich sah hinüber zu Niall. Er könnte mich begleiten. Er war ausdauernd und er fand sich im Wald zurecht.

Er erwiderte meinen Blick, doch dann schüttelte er den Kopf. »Das ist keine gute Idee, Lynx«, sagte er. »Wir sollten eine Pause machen und morgen früh noch einmal losziehen. Rhona und Laird können versuchen, Lupa magisch aufzuspüren.«

»Das haben wir schon«, meldete sich Rhona zu Wort. Mich überraschte nicht, dass sie es probiert hatten. Es war nur logisch. Und so unglücklich, wie Rhona aussah, waren sie erfolglos geblieben.

Jetzt trat Shark zu mir. »Es gefällt mir noch weniger als dir, aber es hat heute Nacht keinen Sinn mehr, die Suche fortzusetzen«, sagte er.

Ausnahmsweise redete er nicht mit mir, als wäre ich zu dumm, um ihn zu verstehen. Seine Worte gefielen mir aber auch nicht.

»Ich verstehe euch nicht«, sagte ich gepresst. »Irgendwas ist los bei Lupa, sonst wäre sie nicht schon seit zwei Tagen weg. Wie könnt ihr euch seelenruhig schlafen legen?«

»Das kann keiner von uns«, mischte sich Carnie ein. Ihre Wangen waren rot vor Ärger. Natürlich sah sogar das an einem Sukkubus verführerisch aus. »Glaub mir, ich drehe gerade durch. Aber kopflos in den Wald zu rennen, ohne zu wissen, wo wir suchen sollen, hilft ihr auch nicht weiter.« Sie drehte sich zu Rhona und Laird. »Warum hat es nicht mit dem Aufspürzauber geklappt?«

Rhona starrte auf ihre Hände, die noch von der letzten Zauberformel glommen. »Ich hab es mit jedem Zauber versucht, den wir kannten«, murmelte sie, »aber es fühlte sich an, als wäre da eine Mauer, die ich nicht durchbrechen kann. Möglicherweise wird sie abgeschirmt.«

»Verdammte Scheiße«, murmelte Shark. »Abgeschirmt? Von wem? Von der Harpyie? Einem Drachen?«

»Ich weiß es nicht, Shark!«, erwiderte Rhona, ihr Kopf wurde knallrot. »Ehrlich, ich versuche hier alles. Sie ist meine beste Freundin, okay? Ich trödele hier nicht rum und versuche zum Spaß mal ein Zauberchen! Mich nimmt das genauso mit wie dich oder Lynx! Also lass mich jetzt in Ruhe!« Sie drehte sich brüsk um, ich sah die Tränen in ihren Augen trotzdem.

Shark starrte sie stumm an. Ihm fehlten die Worte. Wie immer, wenn es wichtig oder kompliziert wurde. Ich hätte ihm gern stellvertretend für Rhona eine reingehauen. Dann ginge es mir auch besser.

»Wir schlafen jetzt und im Morgengrauen treffen wir uns wieder«, ordnete Laird an. Jetzt spielte er seine Autorität voll aus. Sie war so ausgeprägt, dass sogar ich gehorchte.

Ich nickte Atra zu, damit sie mir folgte, und holte meine Sachen, um mich bettfertig zu machen.

Kurz darauf lag ich neben ihr im Zelt. Der Tag forderte seinen Tribut, ich war fix und fertig, trotzdem kam ich nicht zur Ruhe. Mein Kopf wälzte Gedanken hin und her. Was, wenn wir Lupa nicht fanden? Ich konnte mir nicht einmal ansatzweise vorstellen, mein Leben ohne sie leben zu müssen. Tränen stiegen in meine Augen, doch ich blinzelte sie weg.

Ich atmete durch und kniff die Augen zusammen. Morgen, schwor ich mir. Morgen finde ich sie. Koste es, was es wolle.

Ich stehe im Wald. Hier ist es ruhig und dunkel. Ich spüre Frieden. Ein wenig Ausgeglichenheit.

Trotzdem sind meine Ohren gespitzt.

Ich suche sie immer noch. Auch hier. Auch allein.

Im Unterholz knackt es.

Ich fahre herum und versuche zu ergründen, woher das Geräusch kam.

»Lupa?«, rufe ich und lausche.

Keine Antwort.

Ich mache ein paar Schritte zwischen die Bäume.

Jemand kommt auf mich zu.

Niall.

»Wir müssen weitersuchen«, sage ich.

»Gleich.« Er drückt mich gegen einen Baum und küsst mich. Ich schmelze in seinen Armen, doch es fühlt sich falsch an.

Ich stoße ihn zurück. »Dafür habe ich jetzt keine Zeit, Niall!«, zische ich.

»Das ist schade. Ich schon.« Er greift nach meiner Hand. »Komm schon, jetzt ist so gut wie jeder andere Moment. Und wenn Lupa nicht zurückkommt, bist du die interessanteste Frau hier.«

Ich starre ihn an. Mein Mund steht offen und es kostet mich Mühe, ihn wieder zu schließen. Dann entreiße ich ihm meine Hand. »Verschwinde, Niall!«

»Warum denn? Das ist doch die Wahrheit.«

»Deine Wahrheit, nicht meine«, knirsche ich. »Und dein Urteil ist mir egal.«

»Von wegen. Ich weiß selbst, wie es ist, immer im Schatten zu stehen. Du hast dich lange gut behauptet. Aber gegen eine Alpha-Wölfin hast du keine Chance. Finde dich damit ab, Lynx.«

Ich trete auf ihn zu und bohre meinen Zeigefinger in seine Brust. »Ich muss mich mit nichts abfinden, Niall«, knurre ich. »Denn da gibt es nichts. Ich muss mit niemandem konkurrieren. Schon gar nicht mit Lupa. Ich muss mich nicht verbiegen, um irgendwem zu gefallen, auch nicht deinetwegen. Und wenn du sie so interessant findest, bitte. Versuch dein Glück. Ich werde zusehen, wie sie dich abblitzen lässt.«

Er sieht mich überrascht an, als hätte ich ihn ertappt.

Hält er mich für so dumm?

»Eins noch, Niall«, sage ich zu ihm, als ich mich zum Gehen wende. »Du solltest selbst versuchen, aus dem Schatten zu treten. Dann fällst du vielleicht zukünftig richtige Entscheidungen.«

Ich lasse ihn stehen und spüre, wie sich etwas in mir löst. Ich brauche niemanden.

Wen ich an mich heranlasse, erhält dieses Privileg, weil ich es will. Sonst nichts. Ich brauche niemanden, weil ich von ihm abhängig bin. Das werde ich auch nie sein.

Dass ich Lupa suche, entscheide ich aus meinem Herzen. Sonst nichts.

Und wer das nicht versteht, kann mir nur leidtun.

Ich dringe tiefer in den Wald ein, doch es scheint mir, als würde es heller werden. Licht bricht durch die Zweige und zeichnet ein Muster auf den Boden. Es kommt mir vertraut vor, als würde ich nach Hause gehen.

Ich finde einen neuen Weg.

Zu mir? Zu ihr?

Ich tauche weiter zwischen die Bäume, da hören sie plötzlich auf.

Ich blicke mich um, suche meinen Weg.

Dann sehe ich sie.

Ich fuhr mit einem Ruck aus dem Schlaf hoch und brauchte einen Moment, um mich zu orientieren. Der Traum hing nach und mein Herz klopfte. Da war immer noch Wut über Nialls Verhalten in meiner Brust. Und Abscheu, weil er sich mir gegenüber so verhalten hatte.

›*Das war nur ein Traum*‹, erinnerte ich mich energisch. ›*Der Traum verdeutlicht die Dinge, die dir im Kopf herumgehen. Er zeigt nicht die Realität. Sondern*‹, ich musste es mir eingestehen, ›*deine Ängste. Und wie du mit ihnen umgehen kannst. Wie du ihn runtergeputzt hast, war nicht schlecht. Denk nicht darüber nach, was es noch alles bedeuten könnte. Das bringt nichts.*‹

»Lynx, alles okay?«, riss Atras Stimme mich aus meinen Gedanken. Ich blickte zu meiner Freundin, die neben mir im Zelt lag.

»Nur ein dummer Traum«, murmelte ich. »Die Suche nach Lupa trägt nicht dazu bei, dass ich besser entspannen kann. Ich will die Begegnung mit dem Gott einfach nur vergessen und weit weg vom Meer sein. Stattdessen höre ich es rauschen, wenn ich einschlafe und wenn ich aufwache. Und jetzt nerven uns auch noch Lupas Schwestern. Ich will hier einfach nur weg.«

»Ich bin mir sicher, dass dich niemand aufhalten würde, wenn du gehst«, sagte sie ruhig. »Ich würde mit dir kommen.«

»Das weiß ich. Und ich würde dich mitnehmen«, erwiderte ich. »Aber ich halte mich selbst auf. Solange ich nicht weiß, was mit ihr ist, kann ich hier nicht weg.«

Atra nickte, ihre silbernen Augen waren nachdenklich. »Ich frage mich die ganze Zeit, was passiert ist«, murmelte sie. »Sie war verändert, als sie aus dem Wasser kam. Und davor spürte ich die gewaltige Macht, die von ihr ausging. Sie überstrahlte alle anderen. Sogar dich und Shark und ihr leuchtet schon hell«, fügte sie hinzu.

Ich kniff die Augen zusammen. »Ich leuchte? Wie kann das sein, wir haben die Sirene doch schon vor Jahren aus meinem Blut gewaschen.«

»Soweit es ging, ja«, erwiderte sie. »Aber es ist unmöglich, diesen Teil von dir zu löschen. Egal, wie sehr wir uns bemühen, die Sirene wird immer ein Teil von dir sein. Und damit verlierst du deine Sirenenmagie niemals ganz. Und als du mit den anderen zusammen gesungen hast, ist sie wiederauferstanden. Spürst du keine Veränderung?«

Ich schüttelte den Kopf. »Nein. Zum Glück nicht. Und ich weiß, wie sich die Sirene anfühlt, wenn sie in meinen

Adern ist. Sie ist nicht zurück. Aber anscheinend habe ich Zugriff auf meine Sirenenmagie.« Ich streckte mich und gähnte. »Lass uns aufstehen. Sicher ist der Sonnenaufgang nicht mehr weit.«

Atra seufzte, stand aber mit auf. Wir machten uns frisch und traten dann zurück ans Lager. Die meisten anderen waren schon wach. Niall auch.

Ich mied den Blickkontakt mit ihm, denn seine Blicke fühlten sich wie eine Erwartung an. Als würde er denken, dass wir nun zusammengehörten oder eine Verbindung hätten. Der Sex war eine dumme Idee, das musste ich leider einsehen. Das passierte mir nicht noch mal.

Ich wusste, dass der Traum mit der Realität nichts zu tun hatte. Keins der Worte hatte er zu mir gesagt. Trotzdem hallten sie noch nach. Ich ertrug ihn gerade nicht. Es war besser, wenn ich mich so weit wie möglich von ihm fernhielt.

Er kam zu mir, doch ich wandte mich Rhona und Laird zu, bevor er mich ansprechen konnte. »Wir sollten uns einen guten Plan überlegen. Heute müssen wir sie finden.«

Rhona nickte. Ihr stand der Stress ins Gesicht geschrieben. »Wir haben uns überlegt, dass wir uns noch einmal aufteilen, aber diesmal nur im Wald suchen. Lynx, würdest du mit Shark, Tajna, Niall und Niana suchen? Wir gehen mit den Restlichen. Ihr habt die besseren Instinkte und wir werden es magisch versuchen. Niall und Laird werden miteinander Kontakt halten und sich gegenseitig informieren, wenn etwas passiert.«

Meine Mundwinkel zogen sich herab. Die Truppe passte mir überhaupt nicht. Shark nicht, Niana nicht, Niall nicht und Tajna glich das nicht aus. Fehlte nur noch die dumme Ziege Smeja, um die Horrortruppe zu komplettieren.

Rhona deutete meinen Gesichtsausdruck richtig. »Ich denke, das ist die beste Idee«, sagte sie sanft, trat aber vorsorglich einen Schritt zurück.

»Schon gut, ich mach's«, grollte ich. Ich hatte keine Lust auf Diskussionen. Und auf keinen Fall würde ich hier ausbreiten, warum ich etwas wollte oder nicht. Im Ignorieren war ich einsame Spitze, also würde ich es auch mit dieser Truppe hinkriegen. »Sind alle schon da, sodass wir wenigstens bald aufbrechen können?«

»Noch nicht. Gib ihnen noch eine halbe Stunde«, sagte Laird gelassen, doch das kaufte ich ihm nicht ab. Ich bemerkte seinen angespannten Blick in Richtung Wald. Den harten Zug um seinen Mund. Und die kleinen Bewegungen seiner Hände, die Muster in die Luft zeichneten, als würde er Schutzzauber sprechen. Zwischen seinen Fingern stoben Funken. Seine Augen flackerten kurz golden auf. »Noch eine halbe Stunde«, sagte er, aber seine Stimme war so angespannt, dass niemand widersprach.

Nein, hier war niemand mehr gelassen und seine Nervosität übertrug sich auch auf mich. Wir alle wollten wissen, was mit Lupa los war. Und dann schleunigst hier weg.

Ich schauderte und blickte zum Rand der Lichtung und die Finsternis dahinter. Es fühlte sich an, als hätte der Wald begonnen, uns zu beobachten. In mir regte sich die Katze. Sie wurde aggressiv und wollte denjenigen zur Strecke bringen, der sie verärgerte.

Doch statt endlich loszulaufen, musste ich wieder warten. Ich hatte keine Wahl, so sehr es mich ankotzte.

LUPA

Ein Knacken im Gebüsch riss mich aus meinem Schlaf.

Ich setzte mich auf und sah Scota, die bereits auf den Füßen war. Sie hatte ihr Messer in der Hand, ihr Gesicht war angespannt. Sie hob ihren Finger an ihre Lippen, damit ich mich ruhig verhielt.

»Sei leise, oder ich kann für nichts garantieren!«, zischte sie. Mein Herz klopfte mir bis zum Hals.

Waren sie das? Unsere Verfolger, wer auch immer sie waren? Eilis und ihre Begleiter? Die Harpyie?

Und wenn sie uns in die Finger bekamen, was war besser? Die einen wollten Scota (und mich) tot sehen, die Harpyie wollte Scota fassen und vor den Wesenrat schleifen. Keine Ahnung, was sie mit mir machen würde. Aber wenn das gelang, konnte Eilis ungehindert zum Tempel. Das durfte auf keinen Fall passieren.

Mein Mund wurde trocken und ich versuchte, mich leise aufzurappeln, damit ich nicht so ein leichtes Ziel abgab. Scota behielt alles im Auge.

Momentan war es totenstill.

Ich biss mir auf die Unterlippe und vertraute auf meine Wolfsinstinkte. Und wenn es jemand war, der nach mir suchte, nicht nach Scota? Meine Freunde suchten sicher nach mir, sie machten sich riesige Sorgen, das wusste ich.

Sie hatten keine Ahnung, wo ich war. Scota versteckte uns magisch, sodass niemand uns aufspüren konnte. Das schloss auch Laird und Rhona mit ein. Leider.

Ich hatte mir schon mehrfach gewünscht, sie wären hier. Ohne mein Rudel fühlte ich mich einsam und verlassen. Andererseits wollte ich sie nicht schon wieder einer tödlichen Gefahr aussetzen. Sowohl Eilis als auch eine Harpyie waren gefährlich. Ich wollte nicht darüber nachdenken, was uns in dem Tempel erwartete. Noch ein Mantikor? Oder etwas noch Tödlicheres?

Das Artefakt, das den Gott gebannt hatte, hatte jeden Eindringling mit Flüchen attackiert. Payton hatte immer noch eine Brandnarbe auf der Brust. Es war besser, dass ich mit Scota allein war. Egal, wie sehr ich meine Freunde vermisste, ich war froh, dass sie in relativer Sicherheit waren. Zumindest hoffte ich das.

Wieder knackte es. Nein, wir waren nicht allein und Scotas Gesichtsausdruck zeigte mir, dass sie auf der Hut war. Sie wusste anscheinend schon, wer kam. Und sie hatte einen Plan.

Endlich kam ich auf die Füße und sah mich um.

Meine Wolfssinne schlugen an und warnten mich vor einer Gefahr im Unterholz.

Jemand näherte sich uns, doch er war so geschickt, dass ich ihn nicht ausmachen konnte. Noch nicht. Und wenn es mir gelang, war es wahrscheinlich fast zu spät.

Ich ging leicht in die Knie und wappnete mich für einen Angriff. Ich musste schnell sein. Tödlich, falls nötig.

Ich wollte nicht töten, nur, wenn ich mein Leben verteidigen müsste.

Die Jägerin neben mir kannte solche Skrupel nicht. Ich wollte sie fragen, wer es war, doch sie schüttelte den Kopf, bevor der erste Ton über meine Lippen kam. Sprechen war zu gefährlich. Das konnten wir nicht riskieren.

Mein Herzklopfen war so laut, dass ich kaum noch etwas anderes hören konnte.

Wieder ein Knacken.

Mein Gesicht wurde heiß, doch meine Hände waren eiskalt. Blut schoss in meine Beine, ich machte mich bereit, wegzulaufen.

Ich schnüffelte, versuchte, herauszufinden, wer es war.

Füchse würde ich sofort erkennen.

Eilis auch.

Stattdessen fing ich einen schwachen Hauch von etwas anderem auf.

Was war das? Ein Vogel?

Ich riss die Augen auf, als ich begriff, wer auf uns zukam.

Im gleichen Moment zerriss ein schrilles Kreischen die Luft, so grell, dass ich die Augen zusammenkniff und die Hände auf meine Ohren presste. Es vibrierte durch meinen ganzen Körper und tat so weh, als würden meine Augen zerplatzen.

Als Nächstes stieß mich jemand brutal beiseite, sodass ich mich über die Schulter abrollen musste.

Scota! Aber warum?

»Sie ist nicht allein!«, rief sie. Ich verstand gar nichts mehr. Mühsam kam ich wieder hoch und sah sie: Die Harpyie sprang mit ausgebreiteten Flügeln und gekrümmten Krallen auf Scota zu. Sie war so groß wie ein Mensch, doch ihre Beine endeten in Adlerklauen und ihre Arme waren Flügel mit langen Krallen. Ihr Gesicht wäre wunderschön, wenn es nicht eine Maske aus tödlichem Hass gewesen wäre. Die Harpyie trug einen ledernen Harnisch und eine knielange Hose. Ihr Haar und ihre Federn waren sattbraun mit blauen Reflexen. Ich konnte mich gar nicht an ihr sattsehen, zu faszinierend war dieses Wesen. Majestätisch und doch eine wilde Kriegerin.

»Endlich habe ich dich!«, fauchte sie. »Die Nummer eins auf der Gesuchten-Liste des Wesenrats!«

Scota grinste höhnisch. »Dann kannst du deinen Auftraggebern einmal mehr davon berichten, wie du versagt hast, Larna. Das wievielte Mal ist es jetzt? Das dritte oder vierte? Was macht der Flügel? Soll ich mich um den anderen auch noch kümmern?«

»Versuch es doch, Miststück!«

Sie sprangen wieder aufeinander zu. Mir blieb keine Zeit, den Kampf zu beobachten, denn jetzt nahm ich aus dem Augenwinkel eine weitere Gestalt wahr: Der Fuchs stürzte aus dem Gebüsch zu meiner Linken auf mich zu. Meine Instinkte hatten im letzten Moment angeschlagen.

Ich duckte mich und sprang beiseite, so entging ich seiner Attacke. Der Fuchs landete neben mir auf dem Boden, nur zwei Armlängen entfernt. Ich riss die Augen auf, als ich seine langen schwarzen Klauen sah. Sein Körper und sein Gesicht waren menschlich, doch sie wurden von den Zügen eines Fuchses wie eine Maske überlagert.

Ich hatte noch nie zuvor einen Fuchsdämon gesehen, doch in Wesenkunde im Orden hatte ich einiges über sie gelernt. Er war nicht nur gerissen und stark. Vor allem vor seinem magischen Fuchsfeuer musste ich mich in Acht nehmen, sonst war ich so gut wie tot. Ich musste darauf achten, dass er es nicht einsetzen konnte.

Er grinste mich an. »Ich habe die Bonus-Beute. Bin gespannt, was der Rat zu dir sagt. Und ob ich dich überhaupt ausliefere oder zum Spielen behalte.«

»Weder noch«, erwiderte ich.

Er machte einen weiteren Hechtsprung auf mich zu, dem ich nur knapp entkam. Meine Haare flatterten, als er mich nur um Zentimeter verfehlte.

Er machte einen Ausfallschritt und drehte sich.

Meine Chance!

Ich sprang in die Luft und trat ihm gegen das Brustbein.

Fauchend fiel er hin, fing sich aber und kam wieder auf die Füße. Er fletschte seine Reißzähne, scharf und spitz wie die eines Raubtieres, das er war.

»Das bereust du, Köter! Genug gespielt!«, fauchte er und holte Luft, um sein Fuchsfeuer zu sammeln. Seine bernsteinfarbenen Augen funkelten mich hasserfüllt an, da schrie die Harpyie erschrocken auf und rissen seinen Blickkontakt zu mir ab. »Larna, pass auf!«

Ich sah ebenfalls hinüber: Scota setzte soeben zu einem Hieb mit ihrem Dolch an. Die Harpyie stieg in die Luft, doch sie war nicht halb so schnell, wie ich es erwartet hätte. Dabei fiel mir auf, dass ihr linker Flügel schief war.

Sie war verletzt!

Scota machte einen atemberaubenden Sprung über zwei Äste in die Luft hinauf, sodass sie auf gleicher Höhe war. Sie bewegte sich, als würde sie die Schwerkraft mühelos überwinden. Ich hatte gewusst, dass sie gut war, doch als sie jetzt der Messer im Sprung über ihren Kopf hob und nach der Harpyie stach, stand mir der Mund offen.

»Larna!«, stieß der Fuchsdämon entsetzt hervor und machte einen Satz auf sie zu. Doch die Harpyie wich im letzten Moment aus und brachte sich so in Sicherheit. Scota landete elegant wie eine Artistin auf dem Waldboden, den Dolch erhoben.

Jetzt wandte sich der Fuchsdämon wieder mir zu und wischte sich über sein seltsames Zweigesicht. »Du steht nicht auf der Liste. Hast du dir die falsche Begleitung ausgesucht oder bist du einfach dumm? Egal, ich schulde dir was«, zischte er und zeigte mir erneut seine Reißzähne.

Ich sparte mir die Antwort und duckte mich unter einem rechten Haken hindurch, als er erneut ausholte. Die Pause war vorbei und ich hatte den Eindruck, dass die Sorge ihn schneller und besser machte. Die Harpyie war seine Partnerin. Sie behielt ihn ebenfalls im Auge.

Das könnte ein Vorteil sein, mit dem ich bis eben nicht gerechnet hatte. Ich wollte auch nicht, dass Scota verletzt wurde, doch wir nahmen keine Rücksicht aufeinander.

Sie war nicht meine Freundin, kein Teil meines Rudels, ich wusste nicht einmal, ob ich ihr wirklich vertrauen konnte. Und ich bedeutete ihr nichts, außer dass ich ihr half. Wir waren nur eine Zweckgemeinschaft.

Die Erkenntnis tat nicht einmal weh. Es war einfach eine Tatsache.

Während er ein Auge auf Larna hatte, konnte ich mich darauf verlassen, dass Scota auf sich selbst aufpasste. Und dass sie nicht zu mir käme, wenn der Fuchsdämon mich erwischte. Ich war auf mich gestellt.

Das schaffte ich. Wenn möglich, ohne ihn zu töten.

Doch der Fuchs war schnell. Drahtig. Außerdem hatten Füchse zurecht den Ruf, gerissen und falsch zu sein, vor allem im Kampf. Und das hier war ein Fuchsdämon. Ich war stärker als er, doch gegen Magie konnte ich nichts ausrichten. Und grünes Fuchsfeuer war etwas, dass ich nicht am eigenen Leib spüren wollte.

Er sprang direkt vor mir und versetzte mir einen Stoß, der mich taumeln ließ. Schnell ging ich in die Knie, sodass sein nächster Schlag ins Leere ging und ihn aus dem Gleichgewicht brachte. Ich spürte, wie sein Arm über mir durch die Luft zischte, dann schnellte ich hoch und versetzte ihm von unten einen Kopfstoß unters Kinn, als er gerade sein Feuer sammelte.

Mit einem ekelhaften Klappern schlugen seine Zahnreihen aufeinander. Jaulend taumelte der Fuchsdämon zurück und hielt sich mit tränenden Augen den Kiefer.

Wenigstens blutete er nicht, davon wurde mir übel.

Aber wenn ich jetzt nachließ, würde er meins vergießen, soviel war sicher.

Ich nutzte die Gunst des Moments und rammte ihn mit meiner Schulter, sodass er zu Boden ging.

Seit wann konnte ich so kämpfen? Seit wann war ich so schnell? So aggressiv und präzise? Meine Instinkte, meine Kraft … als wäre ich jemand anderes. Aber wieso?

›*Weil du Wolf bist, nicht mehr Sirene. Das wirst du immer mehr erkennen. Es ist noch nicht vorbei.*‹

Ich wirbelte herum, um zu Scota zu sehen. Vielleicht war dies der Moment, um zu fliehen. Doch die Harpyie stieg auf und stieß auf sie herab. Wieder dieses Kreischen, dass meine Nerven malträtierte.

Ihre Krallen waren rasiermesserscharf. Wenn Scota nur eine Millisekunde zu langsam war, schlitzte sie sie auf.

Dieses Mal war ich auf das Kreischen gefasst und bedeckte meine Ohren mit den Händen. Schnell sah ich wieder zum Fuchsdämon hinüber.

Er lag nicht mehr auf dem Boden, sondern rannte auf mich zu. Grüne Flammen züngelten um seinen Mund. Jetzt musste ich schnell sein.

Ich drehte mich zur Seite, doch dieses Mal schlug er einen Haken und erwischte mich.

Ich jaulte auf, als seine Faust meine Rippen traf. Hitze schoss an meinem Gesicht vorbei. Schmerz raste durch meinen Körper und explodierte vor meinen Augen. Seine Krallen schabten über das Leder meiner Jacke.

›*Nicht diese Jacke!*‹, dachte ich panisch. Sie hatte Viola gehört. Ich trug sie jeden Tag, um mich an meine Freundin zu erinnern. Sie war mir etwas zu groß, aber das hatte mich immer nur daran erinnert, was für ein Vorbild sie gewesen war. Wie groß ihre Taten gewesen waren. Und die Sache, für die sie gestorben war.

Auf keinen Fall würde ein dämlicher Fuchsdämon dieses Andenken zerstören.

Ich knurrte auf und sprang direkt vor ihn, als er wieder sein Feuer sammelte. Meine Hände schnellten nach oben und ohne darüber nachzudenken, schlug ich ihm auf die Ohren.

Die Flamme verlosch. Er kreischte auf und taumelte zurück, dabei krümmte er sich. Eventuell hatte ich sein Trommelfell zerstört.

Neben mir sprang Scota erneut in die Luft. Sie rief etwas und plötzlich zischte ein Blitz über die Lichtung, so hell, dass ich die Augen zusammenkneifen musste. Mit einem triumphalen Schrei erwischte Scota die Harpyie mit etwas, das wie ein Energieball aussah. Ich holte erschrocken Luft und machte einen Satz rückwärts.

Der Energieball traf die Harpyie mitten auf die Brust. Ihre Flügel erstarrten und sie stürzte zu Boden.

»Larna!«, schrie der Fuchsdämon. Er blutete aus den Ohren und stürzte jetzt auf seine Partnerin zu. Er zerrte an ihr und redete auf sie ein.

Neben mir landete meine ehemalige Meisterin elegant auf dem Boden. »Lupa! Lauf!«, rief Scota und versetzte mir einen Stoß. »Bevor er sie wieder hinkriegt!«

Wie von Sinnen rannte ich los, mitten in den Wald hinein. Sie war direkt neben mir, überholte mich dann aber und gab mir den Weg vor.

»Zum Teufel, wer war das?«, schrie ich panisch. Adrenalin pumpte durch meinen Körper und meine Beine fühlten sich weich an. Die Stämme der Bäume flogen an uns vorbei, ich war so aufgewühlt, dass ich nur meinen eigenen Atem hörte.

»Nicht so laut!«, fuhr sie mich an. »Das waren Sucher vom Orden, die mir schon lange auf den Fersen sind. Jetzt haben sie auch dich gesehen und wissen, dass du bei mir bist. Du hast es dem Fuchs ordentlich gezeigt. Das wird er nicht auf sich sitzen lassen. Also renn!«

Und ich rannte. So weit und so schnell wie mich meine Wolfssinne und meine Angst vor einem weiteren Kampf trieben. Immer tiefer in den dunklen, scheinbar endlosen Wald hinein und unserem Schicksal entgegen.

KAPITEL 4

LYNX

Ein greller Blitz zerriss den Nachthimmel, tief im Wald und doch so hell, dass wir ihn sehen konnten. Ein dumpfer Knall folgte, der den Boden unter meinen Füßen erzittern ließ. Ich blieb stehen, die Luft schmeckte nach Metall. Meine Begleiter hielten ebenfalls an. Nialls Miene war finster.

»Was war das?«, fragte Tajna. »Blitze ohne Gewitter?«

»Ich glaube nicht, dass das ein Blitz war«, sagte der Druide. Er hielt seinen Arm auf Brusthöhe. Die dunklen Haare auf seinem Unterarm standen zu Berge. »Das war Magie.«

»Und was für welche?«, fragte ich ungeduldig. Meine Nackenhaare sträubten sich, bei dem Gedanken, dass Lupa das Ziel dieser Magie gewesen sein könnte. Nur mühsam unterdrückte ich den Impuls, loszurennen und mich zu vergewissern, dass es ihr gut ging.

Niall schüttelte frustriert den Kopf. »Ich kann es nicht bestimmen. Nicht auf die Distanz und allein.«

Neben mir schnaubte Shark, als hätte Niall keine Ahnung, wovon er redete. Ich war mittlerweile sicher, dass er mitbekommen hatte, wie Lupa auf Niall ansprang.

Er war eifersüchtig. Geschah ihm recht! Shark war so eingebildet und von sich selbst eingenommen, dass er dachte, alle Frauen würden sich ihm zu Füßen werfen. Mir hatte es gefallen, als Lupa ihn noch hasste und ihn ständig abblitzen ließ. Das hatte ihm den nötigen Dämpfer verpasst. Doch dann hatte sie leider ihre Meinung geändert und die geifernden Sirenen in Erskina hatten dem ganzen die Krone aufgesetzt.

Er war sich seiner Sache immer zu sicher. Und jetzt bekam er zu spüren, dass sein perfektes ›Wölfchen‹ ihm nicht mit Haut und Haaren gehörte. Ich wünschte, sie hätte auch Sex mit Niall gehabt und Shark hätte sie dabei überrascht. So hätte er was zum Nachdenken bekommen.

›*Du kannst doch nicht immer so wütend sein*‹, sagte eine Stimme in meinem Kopf, die verdächtig nach Atra klang.

›*Doch, kann ich. Denn Wut ist besser als Selbstzweifel und Ohnmacht. Solange ich wütend bin, kann ich etwas tun. Ich bin kein Opfer. Nicht einmal mein eigenes*‹, hielt ich innerlich dagegen.

»Wie viel Sinn hat das noch?«, mischte sich Niana ein. »Wir rennen kopflos durch den Wald, ohne eine Ahnung, wo Lupa ist. Ich habe es satt, in Lebensgefahr zu schweben. Mit unserer Zeit können wir Sinnvolleres anfangen.« Sie warf ihr dunkles Haar hinter sich und sah Shark aufreizend aus ihren großen Fischaugen an. »Vielleicht ist es zu spät und wir müssen ohne sie weitermachen.«

Sharks goldene Augen weiteten sich bei ihren Worten und sein Mund wurde schmal. Niana sprach aus, worüber sicher wir alle schon nachgedacht haben. Ich auch. Auch ich hatte Angst davor, dass wir zu spät kamen. Dass Lupa etwas zugestoßen war, das sie das Leben gekostet hatte.

Doch diese Vermutungen akzeptierte ich nicht aus Nianas Mund. Sie hatte kein Recht, die Suche infrage zu stellen. Sie hatte kein Recht, Lupa totzusagen und vorzuschlagen, die Suche abzubrechen.

Sie sollte einfach in ihr stinkendes Sirenendorf verschwinden und mir nie wieder unter die Augen treten!

Ich machte einen Satz auf sie zu und pikte ihr mit dem Zeigefinger gegen die Brust. Meine Augen sprühten vor Zorn. »Kannst du mir mal sagen, was du hier willst, Fischfresse? Du bist uns nur ein Klotz am Bein – langsam, nervig und egoistisch. Hau ab, wenn dir deine Schwester egal ist. Hast du nicht zwei Töchter? Bring denen doch bei, wie man ein kaltes, herzloses Miststück ist. Dürfte dir leichtfallen.«

Niana schlug meine Hand weg, ihre bleichen Wangen färbten sich rot und ihre Augen glänzten, bevor sie hektisch blinzelte. Meine Worte hatten sie getroffen, stellte ich zufrieden fest.

»Ich interessiere mich dafür, was mit Lupa ist, sonst wäre ich ja nicht hier!«, zischte sie und sah schnell zu Shark hinüber. Daher wehte der Wind also: Sie hatte es auf ihn abgesehen. Das war so ekelerregend typisch für sie.

»Und du meinst, wenn du weißt, dass sie tot ist, kannst du sie bei ihm beerben?« Ich deutete mit dem Daumen auf Shark, der erschrocken die Augen aufriss und einen Schritt zurücktrat. Er war sowas von stumpf. »Träum weiter.«

»Weil du dir Chancen ausrechnest?«, zischte sie mit knallrotem Gesicht. »Ich sehe dir doch an, wie sauer du bist, dass sie ihn bekommen hat und nicht du!«

»Ich wiederhole: Träum weiter!«, machte ich sie an. Ich ballte die Hände zu Fäusten. Noch ein Wort und ich ging auf sie los. Ich glaubte nicht, dass einer der anderen Lust hatte, mich aufzuhalten, nicht einmal Tajna.

Außer Niall könnte es auch niemand. Nianas weicher schmaler Körper würde unter meinen Fäusten zerbrechen wie Ton. Ich hörte schon das Knacken ihrer Knochen. Es klang wie Musik in meinen Ohren.

»Hey ihr zwei, kriegt euch wieder ein«, sagte Shark und hob die Hände. »Das bringt doch nichts. Lupa ist nicht tot und wir werden sie finden. Die Diskussion ist«, er warf einen scharfen Blick zu Niana. »Sinnlos. Aus mehreren Gründen.«

»Weiß ich«, blaffte ich und funkelte ihn an. Manchmal konnte ich mich nicht entscheiden, wen ich von allen am meisten hasste. Es war ein Kopf an Kopf-Rennen mit vielen Teilnehmenden. Trotzdem war da ein Hauch von Befriedigung, dass er Niana so abgekanzelt hatte.

»Was ist nur los mit euch?«, fragte Niall kopfschüttelnd. »Lupa ist verschwunden und ihr streitet euch? Über was? Über einen potenziellen Partner? Können wir bitte erstmal feststellen, wo sie ist? Das ist ein schreckliches Verhalten.« Sein Blick blieb an mir hängen. Seine Augenbraue hob sich missbilligend. »Von euch allen.«

Mir schwoll der Kamm, mir wurde so heiß, dass ich beinahe auf ihn losgegangen wäre.

Was fiel ihm ein? Schon wieder! Meinte dieser Druiden-Wolfs-Mischling wirklich, dass er hier den Ton angab? Als moralische Instanz? Mit welchem Recht urteilte er über mich? Er warf mir schlechtes Benehmen vor? Er meinte, ich sei eine Heuchlerin? Und das von jemandem, der schon sein ganzes Leben vorgab, jemand zu sein, der er nicht war.

Das war mehr als ich ertragen konnte.

»Kümmere dich um deine eigenen Angelegenheiten, Niall«, fauchte ich. »Ich bin hier, weil ich Lupa finden will. Ich will die Zeit mit keinem von euch verbringen, ist das klar? Ihr alle seid mir ein Klotz am Bein, der mich daran hindert, richtig nach ihr zu suchen. Wenn nicht körperlich, weil ihr langsam und schwach seid, dann wenigstens nervlich, wegen Dummheit und Ignoranz.« Ich sah ihn vernichtend an. »Ich könnte wirklich kotzen, dass ich mit euch hier festhänge.«

»Lynx«, versuchte Tajna es ruhig und trat einen Schritt näher. Das Menschenmädchen sah mich ernst an. »Ich verstehe deinen Ärger, aber gerade werden Dinge gesagt, die allen hinterher leidtun werden. Bitte, lass uns jetzt runterkommen und versuchen, uns auf die Suche zu konzentrieren. Wir sind doch alle wegen Lupa hier.«

»Ja, bis auf Niana. Die hofft, dass sie es neben der Leiche ihrer Schwester mit Shark treiben kann«, fuhr ich auf und warf der Sirene einen mörderischen Blick zu.

Niana spuckte vor mir auf den Boden und Shark schüttelte nur angewidert den Kopf. Das überstieg sogar seine kaum vorhandene Toleranzschwelle deutlich.

Niall sah mich an, als hätte ich den Verstand verloren.

Das verstand ich sogar, denn ganz konnte ich für mich selbst nicht garantieren. Manchmal hatte ich das Gefühl, dass alles bei mir am seidenen Faden hing. Auch mein Verstand, bedauerlicherweise, aber ich schaffte es gerade nicht, mich zu beruhigen und halbwegs normal zu verhalten. Ich wollte nur weg. Die anderen trieben mich in den Wahnsinn.

»Wir sollten weitergehen«, versuchte Tajna es erneut mit Vernunft. »Hier geht etwas vor sich und wir sollten uns vergewissern, was es ist. Wenn es etwas mit Lupa zu tun hat, müssen wir uns beeilen.« Sie ballte die Hände zu Fäusten. »Ohne die Gewissheit, was mit ihr passiert ist, werde ich nicht gehen.«

»Ich auch nicht«, sagte Shark und lief weiter.

Tajna folgte ihm auf den Fuß, dann Niana.

Niall stand noch schräg neben mir und betrachtete mich. »Ich dachte, Lupa und Shark sind ein Paar«, sagte er.

Mein Mund wurde trocken. »Sind sie auch«, sagte ich knapp und wollte weitergehen.

»Und was meinte Lupas Schwester in Bezug auf dich?«, fragte er.

»Keine Ahnung«, blaffte ich ihn an. »Sie ist nur eine dumme Seekuh, die ihr Dorf noch nie verlassen hat. Sie weiß nicht, was sie redet. Von Beziehungen haben Sirenen keine Ahnung. Und Niana ist die schlimmste. Statt eines Herzens hat sie einen Eisklumpen in ihrer Brust. Sie hätte Scana sterben lassen, genau wie ihre Töchter. Alles, was sie sagt und tut, geschieht aus purem Eigennutz. Ich wundere mich sowieso, warum sie hier ist. Dass sie überhaupt so tief in den Wald eindringen kann, ist merkwürdig.«

»Das haben Laird und ich veranlasst. Wir hatten nur noch keine Zeit, den kompletten Bann zu brechen, der die Sirenen an ihre Dörfer fesselt«, erwiderte Niall.

Ich sah ihn an. »Dann ist ja alles klar. Sie hat Angst, dass wir einfach verschwinden, wenn das alles überstanden ist. Und zwar ohne den Bann zu brechen. Dazu spekuliert sie noch auf ein reinrassiges Kind mit einer männlichen Sirene. Shark ist sowas wie der begehrteste Junggeselle auf einer Party, wenn er auf andere Sirenen trifft«, sagte ich und jedes Wort brannte auf meinen Lippen.

»Das weiß ich, Laird hatte mir schon vor längerer Zeit von ihm erzählt und Shark hat uns früher besucht. Wir kennen uns seit Jahren und ich habe einiges über ihn mitbekommen.« Niall zog die Augenbrauen hoch, er sah mich forschend an. »Das heißt, du bist auch hinter ihm her für ein reinrassiges Kind?«

»Ganz sicher nicht!«, fuhr ich ihn an. »Ich wäre froh, wenn ich ihn nie wieder sehen müsste. Außerdem bin ich keine Sirene. Ich bin ein Luchsblut, dessen Mutter bedauerlicherweise eine Sirene ist. Und wenn ich eins sicher nicht tun werde, dann Kinder in diese Scheiß-Welt zu setzen. Und dann auch noch mit Shark?« Ich riss die Augen auf und lachte höhnisch. »Du träumst doch.«

»Ja, das scheint so und ich glaube dir das alles. Und doch wart ihr zu dritt unterwegs, obwohl du ihn so hasst«, versetzte er und ließ mich nicht aus den Augen, als würde er versuchen, in meinen Kopf zu schauen.

Mir reichte es.

»Niall, was willst du von mir?«, fragte ich direkt. »Anscheinend glaubst du, ich müsse mich vor dir rechtfertigen, ich weiß nur nicht, warum. Ich schulde dir nichts. Keine Erklärungen und auch keine Entschuldigung für mein Verhalten. Hör sofort damit auf, dich wie ein eifersüchtiger Geliebter aufzuführen!«

Er sah mich ein paar Sekunden fassungslos an. Erstaunt stellte ich fest, dass ich ihn wieder verletzt hatte. Ich wollte etwas hinterherschieben, da schüttelte er den Kopf, als müsste er etwas loswerden. »Ich vergesse manchmal, wie du so drauf bist«, murmelte er und machte einen Schritt zurück. Er sah ehrlich schockiert aus.

»Ich erinnere dich gern, damit kein falscher Eindruck entsteht«, erwiderte ich schroff, denn mit seinen Gefühlen konnte ich nicht umgehen. Ich konnte sie nicht richtig deuten und das alles war einfach zu viel für mich.

»Und ich dachte kurz wir … «, sagte er leise, brach aber ab und sah mich mit hartem Blick an. »Danke für die Klarstellung.« Er legte einen Zahn zu und ließ mich stehen.

Ich sah ihm und den anderen nach und unterdrückte den Drang, zu schreien. Oder zu kotzen. Oder beides abwechselnd. Meine Wut überdeckte das dumme Gefühl, dass ich gerade einen Fehler gemacht hatte.

›Ich bin schon wieder zu weit gegangen. Ich habe ihn weggestoßen. Er ... er macht mich rasend. Was will er bloß von mir? Ständig mäkelt er an mir herum und wenn ich mich wehre, ist er beleidigt. Ich ertrage das nicht mehr. Noch ein paar Mal, dann habe ich ihn wahrscheinlich so weit, dass er nicht mehr mit mir redet. Endlich. Verdammt noch mal, endlich.‹

Und dann mit Atra irgendwohin, wo man uns verdammt noch mal in Ruhe ließ. Mir reichte es, in dieser großen Gruppe unterwegs zu sein.

Katzen waren Einzelgänger und ich ignorierte das schon viel zu lange.

Mein Geduldsfaden war hauchzart. Ein weiteres Wort von Niall hätte gereicht, um ihn endgültig reißen zu lassen.

Was wollte er von mir? Mehr Sex? Eine Romanze? Das konnte er sich alles abschminken. Ich war durch mit ihm. Anscheinend merkte er das auch gerade und war deswegen so widerlich zu mir.

Ich sah nach vorn, wo er mittlerweile neben Tajna lief. Die beiden unterhielten sich leise, es sah so aus, als würde sie ihm gut zureden. Wegen Lupa? Meinetwegen, weil ich ihn so angefahren hatte? Da bekam ich doch glatt Mitleid mit ihm. Oder auch nicht.

Tajna streckte die Hand aus und tätschelte seinen Arm.

Meine Augenbraue schnellte nach oben und mein Mund verzog sich zu einem grimmigen Grinsen. Na also, so schlimm konnte es ja nicht sein, wenn er sich gleich von ihr trösten ließ. Im Druidendorf lebten genug Menschen, da würde Tajna gar nicht auffallen. Und warum verkrampfte sich mein Herz bei diesem Gedanken?

›Reg dich ab‹, befahl ich mir. ›Konzentriere dich auf das, was wichtig ist: Lupa. Und sobald sie gefunden ist, kratzt du die Kurve. Mit Atra.‹

Ich atmete tief durch. Diese Situation war bald vorbei und ich konnte wieder tun, was ich wollte. Allein. Nur mit meiner besten Freundin, die genau wie ich keinen Anker in ihrem Leben hatte. Das konnten wir füreinander sein.

Familie.

›Scheiß auf alle anderen. Bis auf Lupa, verdammt noch mal. Warum muss eine von zwei Personen auf der Welt, die mir wichtig ist, verschwinden?‹

»Lynx!«, rief Tajna von weiter vorne und riss mich aus meinen Gedanken. Sie und Niall waren stehen geblieben, Niana und Shark traten gerade zu ihnen. Ich schloss zu ihnen auf und sah der Priesterin erwartungsvoll ins Gesicht. Die anderen sahen erschrocken aus. »Was ist los?«

»Da ist Blut«, sagte sie und deutete auf einen Busch und einen Baumstamm. Das Blut glänzte dunkelrot auf der dunklen Rinde, wie eine Warnung. Es war frisch, so frisch, dass es noch tropfte. Mein Herz raste. Wer auch immer es hinterlassen hatte, war nicht weit. Jetzt stieg mir der schwere metallische Geruch in die Nase.

Gefährlich.

Ganz gefährlich.

Ich riss die Augen auf und beugte mich näher heran. Neben mir keuchte Shark auf und wollte zum Baumstamm stürzen, doch ich wies ihn mit einem Blick zurück, damit er die Spuren nicht verwischte.

»Ist es von Lupa?«, fragte Niana dünn.

»Nein, das kann nicht sein«, sagte ich fest.

»Wie kommst du darauf?«, fragte Tajna ängstlich, doch ich tauschte einen Blick mit Niall. Der Druide war immer noch sauer auf mich und erwiderte meinen Blick stumm.

»Die Spur ist zu hoch am Baum«, erklärte ich.

»Sie könnte gesprungen sein«, meinte Tajna. »Während sie vor etwas wegrannte.«

Shark presste die Lippen zusammen und sah sich wieder um. Niall schüttelte den Kopf. »Lynx hat recht, das war nicht Lupa«, erwiderte er. »Erkennst du den Geruch auch wieder? Wir kennen denjenigen, der sie verursacht hat.«

Ich runzelte die Stirn und beugte mich an die Blutspur. Meine Nase war fein, aber nicht so fein wie die eines Wolfs. Deswegen dauerte es ein paar Sekunden, bis sich mein Geruchssinn und mein Gehirn synchronisiert hatten.

Erschrocken riss ich die Augen auf.

»Natürlich. Ein Zentaur!«, rief ich aus.

Shark starrte mich an, als hätte ich den Verstand verloren, und Tajna schlug die Hand vor den Mund. Nur Niana runzelte die Stirn.

»Dann ist es doch gut, oder nicht? Und was ist ein Zentaur?«, fragte die dumme Kuh. Ich ignorierte sie, sonst platzte mir der Kragen.

»Ich weiß auch welcher, denn ich habe seinen Geruch gleich erkannt«, erwiderte Niall. »Das Blut stamm von eurem ehemaligen Meister Ahearn.«

Ich schluckte. Das war auch mein erster Gedanke (weil ich keine anderen Zentauren als Ahearn kannte), aber ich hatte gehofft, dass ich mich irrte. Sah nicht so aus.

Schnell drehte ich mich um die eigene Achse, doch ein so großes Wesen wie den Zentauren hätten wir längst gesehen, wenn er hier wäre. Sein Kopf war ungefähr auf zweieinhalb Metern Höhe. Die Blutspur wies auf seine Flanke hin.

Ich schüttelte den Kopf, zwischen meinen Schläfen pochte es. »Es wird immer verrückter. Immer unlogischer. Warum ist Ahearn hier? Und was kann es hier in diesem verfluchten Wald geben, das einen Zentauren angreift und verletzt?«, murmelte ich. »Abgesehen von einer Harpyie, einem Drachenblut und einem Irrlicht und wer weiß, was noch, natürlich. Das ist doch Wahnsinn.«

Niall presste die Lippen zusammen, doch es war Shark, der sich einmischte. »Lupa war es definitiv nicht!«, sagte er heftig, als stünde das zur Diskussion. »Sie würde Ahearn niemals angreifen. Das bedeutet, dass etwas sehr Gefährliches hier unterwegs ist. Vielleicht die Harpyie, vielleicht ein Drachenblut, ich weiß es nicht. Aber wenn es Ahearn verletzen kann, ist Lupa in noch größerer Gefahr als wir dachten. Wir müssen uns beeilen, bevor es sie auch noch findet.«

»Warte!«, unterbrach ich ihn. »Mit Lupa war etwas, als sie weglief. Sie konnte es kaum erwarten, aus dem Wasser zu kommen.« Ich holte Luft, als mir etwas einfiel. »Sie roch anders. Mehr nach Wolf. Vielleicht war die Sirenenmagie der Overkill für sie und hat die Sirene so geschwächt, dass die Wölfin die Oberhand gewonnen hat. So ähnlich habe ich das damals bei mir gemacht, um sie loszuwerden. Und ich weiß, wie hart es ist, wenn eine Seite plötzlich voll durchschlägt.«

Ich sah in die Runde. Tajna und Niana sahen mich verständnislos an. Sharks Augen waren aufgerissen. Er konnte es auch nicht nachempfinden, aber er hatte eine Ahnung, worüber ich sprach. Lupa hatte es ihm sicher erklärt, wie es sich mit ihren beiden Blutlinien verhielt.

Das hatte ich auch getan.

Damals, als es Shark noch interessierte, was mit mir los war und wie es mir ging.

Ich riss mich von ihm los und sah zu Niall hinüber. Er beobachtete mich. Jetzt nickte er unmerklich, obwohl sein Gesicht finster war. Er wusste auch, wie es war. Und er beobachtete, wie Shark und ich miteinander umgingen. Argwöhnisch, als gäbe es da etwas, das ihn etwas anginge und das er ans Licht zerren wollte.

Wut kochte in mir hoch. Was stimmte nicht mit diesem Typen? Warum gab er mir ständig das Gefühl, dass ich alles falsch machte und es besser war, wenn er noch mal ein Auge darauf warf? Er sollte doch zur Hölle fahren, verdammt! Ich brauchte ihn nicht. Niemand brauchte ihn.

»Du meinst also, dass Lupas Wolfsblut sie so wild gemacht haben könnte, dass sie Ahearn angegriffen hat«, fasste Shark zusammen.

Endlich kapierten es auch Tajna und Niana. Die beiden Frauen wurden blass. Sie hatten wohl gedacht, dass wir Lupa beim Blumenpflücken auf einer Wiese finden würden, vorzugsweise in einem weißen Seidenkleid.

Wie dumm konnte man sein?

»Ja, das ist möglich«, erwiderte ich kühl in Sharks Richtung. Ich musste mich zusammennehmen, eine Eskalation brachte uns nicht weiter. Auch wenn ich Spaß daran hätte, einfach mal alles rauszulassen.

»Ich frage mich, was euer Meister hier will. Oder verlässt er den Orden häufiger, um durch die myrischen Wälder zu streifen?«, fragte der Druide weiter.

»Ich kenne seine Ausflugs-Gewohnheiten nicht«, sagte ich und verschränkte die Arme vor der Brust. »Aber dieser Wald ist viel zu weit vom Orden entfernt, als dass er zufällig hier sein könnte. Er muss ein Ziel haben. Vielleicht haben die Meister doch noch etwas gefunden, um uns zu helfen, und weil er am schnellsten läuft, ist er hergekommen.« Ich kratzte mich am Nacken. »Aber wenn er unseretwegen hergekommen ist, um uns im Kampf gegen den Gott zu unterstützen, warum ist er dann nicht nach Erskina gekommen? Durch den Eulenexpress von Meister Ceit muss der Orden mitbekommen haben, dass der Kampf gelaufen ist. Dieser Wald liegt nicht auf dem Weg vom Orden nach Erskina.«

»Dann können wir auch nicht sein Ziel gewesen sein«, schlussfolgerte Niall.

»Verdammte Scheiße, was ist hier bloß los?«, stöhnte Shark. »Wie immer stolpern wir von einer Katastrophe in die nächste.«

»Das wissen wir doch noch nicht«, meinte Tajna. »Das sind alles nur Mutmaßungen.«

»Kann sein, aber erstens: Wenn er nicht zu uns wollte, was will er dann hier?«, erwiderte Shark. »Und zweitens: Wer oder was kann so wichtig sein, dass Ahearn sich auf den Weg macht? Und drittens: Es ist denkbar, dass Lupa ihn angegriffen hat, wenn Lynx mit ihrer Theorie recht hat, aber wie wahrscheinlich ist das?« Er sah Niall an. »Ich weiß, dass es mit euch durchgeht, wenn die Wilde Jagd reitet. Angenommen, Lupa befindet sich in einem solchen Zustand, würde sie einen Zentauren angreifen?«

Niall dachte nach.

»Was ist denn jetzt schon wieder die Wilde Jagd?«, nölte Niana. »Und was ist ein Zentaur?«

Ich rollte mit den Augen. »Zentaur: Mischwesen aus Mensch und Pferd. Menschlicher Oberkörper, Pferdeleib. Wilde Jagd: Alle Wesen, die auf den Mond reagieren, treffen sich bei Vollmond und rennen wie die Bekloppten durch den Wald.«

»Und Wesen, die mit Mondwesen zusammen sind«, meldete sich Shark zu Wort. »Ich renne auch seit zwei Jahren bei Vollmond durch den Wald.«

Niana schüttelte verständnislos den Kopf, doch ich hatte keinen Nerv mehr, ihr noch mehr zu erklären. Das war freundlich genug. Für den Rest ihres Lebens.

»Vollmond ist in zwei Tagen«, erwiderte Niall. »Und ja, er verstärkt den Jagdtrieb. Aber egal, wie stark der Drang bei mir wird, einen Zentauren würde ich nicht angreifen. Nicht allein. Nicht ohne Grund. Lupa müsste außer sich sein, wenn sie das Risiko eingegangen wäre.«

»Also ist es unwahrscheinlich«, fasste ich zusammen.

»Und das bedeutet, dass hier jemand im Wald ist, der durchaus kein Problem damit hat, einen Zentauren anzugreifen und zu verwunden«, beendete Shark. »Eine Harpyie. Ein Drachenblut. Beide könnten es gewesen sein. Ich glaube nicht, dass Blaan, das Irrlicht, eine Gefahr darstellt, aber wir wissen auch nicht, warum er hier ist.«

Ich schluckte und fuhr herum, als es im Unterholz knackte. Mit klopfendem Herzen sah ich zwischen die Zweige der Bäume und Büsche.

Es war nichts zu sehen.

Momentan.

Das musste aber auch nichts heißen.

In Myrica gab es mehr als Wolfsblute und Sirenen. Mehr als Druiden, Sukkuben und Elfen. Und viele waren in der Lage, sich zu verstecken, sodass man sie erst im letzten Moment bemerkte, wenn es fast zu spät war.

Wind strich über die Bäume und ließ Blätter rascheln.

Ich bekam Gänsehaut, doch meine Sinne blieben ruhig. Ebenso gab Niall kein Zeichen, dass Gefahr drohte.

Shark hatte recht: Neben Harpyien gab es noch andere unangenehme Wesen, denen ich lieber nicht in die Quere kommen wollte.

Es wurde Zeit, dass wir unsere Suche fortsetzten.

»Kommt«, sagte ich mit tauben Lippen. »Wir sollten zusehen, dass wir Lupa finden. Oder wenigstens Ahearn und herausfinden, was er hier will.«

Wir setzten uns in Bewegung. Doch etwas in der Dunkelheit beobachtete uns. Ich konnte es nicht sehen, aber ich wusste, dass es da war. Und es wartete auf seine Chance.

LUPA

Meine Beine zitterten, und ich stolperte über eine Wurzel. Die Taubheit in meinen Füßen stieg in meine Knie, ließ jeden Schritt schwerer werden.

»Scota!«, rief ich verhalten und blieb stehen.

Die Jägerin seufzte und kam zu mir. »Was ist?«

»Ich kann nicht mehr«, keuchte ich und lehnte mich an einen Baum. »Mir stecken die letzten zwei Wochen in den Knochen und dieser Kampf hat mir den Rest gegeben. Ich brauche eine Pause.« Ich schloss die Augen und versuchte, meinen Puls zu beruhigen. Vergeblich.

Scotas Miene war finster, als sie zu mir zurückkam. »Sie können uns jederzeit einholen«, schnappte sie. »Die Sucher des Wesenrats folgen mir seit Monaten. Es ist ihnen schon ein paar Mal gelungen, so nah an mich heranzukommen. Ich weiß, wie gefährlich die Harpyie und der Fuchs sind. Du hast es doch auch herausgefunden, obwohl du dich gut gewehrt hast. Giordyn ist fast ein genauso harter Brocken wie Larna.«

»Woher kennst du ihre Namen?«, fragte ich.

»Weil ich wissen muss, wer hinter mir her ist, damit ich mich auf sie einstellen kann. Sie wissen jetzt, dass du bei mir bist, und werden dich ebenso suchen.«

Ich sagte ihr nicht, dass ich mir um mich nur wenig Sorgen machte. Wenn ich allein wäre und die Harpyie und der Fuchsdämon mich allein antreffen würden, vielleicht, aber wenn ich ehrlich war, glaubte ich nicht, dass ihr Interesse an mir groß war, außer um sich für die Blessuren im

Kampf zu rächen. Im Wesenrat kannte man meinen Namen. Zur Not würde ich mich ergeben und mich ihren Fragen stellen. Ich wollte keinen Ärger machen, außerdem war es Scota, die sie wollten. Und zwar unbedingt.

Nach diesem Kampf hatten sie zudem die Gewissheit, dass sie noch hier war.

»Ich habe Eilis' Signatur wahrgenommen«, sagte Scota beinahe beiläufig, als redete sie übers Wetter.

Ich sah erschrocken auf. »Was? Wo?«

Sie warf mir einen scharfen Blick zu. »In der Nähe. Sie folgt uns. Das hättest du bemerken können.«

Ich ging über den Vorwurf hinweg. »Aber wie kann das sein? Du hast doch unsere magischen Signaturen verschwinden lassen, dachte ich.«

Ihre Augen wurden schmal. »Das ist auch so, doch es gab bei der Bannung des Meeresgottes diesen einen Moment, der sie auf meine Spur gebracht hat. Die Magie, die ihr verwendet habt, war so stark, dass für einen Moment alle anderen Banne und Zauber ausgehebelt waren. Meine Signatur muss wie ein Leuchtfeuer für alle gewesen sein, die nach mir suchen«, sagte sie dumpf. Ich sah ihr an, wie sie das stresste. Für sie war das eine immense Gefahr. Sie war nicht halb so gelassen, wie sie vorgab.

»Ich wusste in diesem Moment, dass mir die Zeit davonläuft«, fuhr sie wie zu sich selbst fort. »Der Wesenrat und Eilis sind ununterbrochen auf der Suche nach mir. Sie wissen, was ich weiß, und sie glauben zu wissen, was ich vorhabe. Abgesehen davon wollen sie mich zur Rechenschaft ziehen. Der Wesenrat denkt wahrscheinlich, dass ich den Plan zu Ende bringen will. Das dachtest du auch, weil es zu meiner Legende passt. Eilis wiederum weiß aber, dass ich Mistress' Aufstieg verhindern will. Sie will mich stoppen. Und so schließt sich der Kreis unserer Verfolger immer enger.« Wieder sah sie sich misstrauisch um.

Mir kam ein Gedanke. »Was passiert, wenn die Harpyie und Eilis zuerst aufeinandertreffen?«, fragte ich.

Über Scotas Gesicht huschte ein kleines Lächeln. »Das wäre wunderbar und würde unsere Probleme lösen, denn vermutlich hätte es Priorität, Eilis zu fangen.« Ihr Lächeln erlosch. »Aber darauf können wir nicht hoffen. Wenn es hart auf hart kommt, stehen wir uns alle im Tempel gegenüber. Hoffentlich, nachdem wir den Spiegelteller vernichtet und Mistress' Rückkehr ein für alle Mal verhindert haben.«

Ich senkte den Blick auf meine schmerzenden Beine und Füße. Meine Befindlichkeiten waren so viel kleiner als die Sache, wegen der wir unterwegs waren. Und trotzdem kam ich nicht weiter. Ich brauchte dringend eine Pause.

»Wie weit ist es denn noch?«, fragte ich kläglich.

»Nicht mehr weit. Ich glaube, dass ich die Karte jetzt richtig deute und den richtigen Berg gefunden habe. Mein Gedächtnis ist gut, was ich einmal gesehen habe, vergesse ich nicht mehr. Der Tempel des Mantikors gestern hat mich kurz zweifeln lassen, doch jetzt weiß ich, dass meine Erinnerung richtig war. Ich kann mich noch gut an den Ausschnitt der Karte erinnern. Allerdings war es nur ein abgerissener Teil einer größeren Karte, deswegen hat es lange gedauert, bis ich das richtige Gebirge fand.« Sie blickte mich an. »Glück im Unglück, dass du zur richtigen Zeit an diesem Ort warst. Ich schaffe es nicht allein, wie ich dir schon sagte. Ich brauche jemanden, der die Essenz des Waldes und der Jagd in sich trägt.«

»Aber du bist eine Jägerin«, erwiderte ich. »Ist das nicht Jagd genug?«

Sie schüttelte den Kopf. »In erster Linie bin ich leider ein Mensch«, stellte sie klar. »Ein besonderer, ja, auch jemand mit Begabungen, aber ich bin ein Mensch. Ich trage weder die Essenz des Waldes noch der Jagd in mir.« Ihr Blick brannte sich in meinen. Mein Herz pochte. »Doch du hast Wolfsblut in deinen Adern. Das erfüllt beide Kriterien.« Sie schien etwas hinzufügen zu wollen, schwieg aber.

Ich wartete, doch als sie nichts sagte, kam ich stöhnend wieder auf die Füße. »Der Kampf war hart«, sagte ich.

»Gegen Giordyn?«, fragte sie und schnaubte verächtlich.

»Ja.«

»Sei froh, dass er dein Gegner war. Gegen Larna hättest du keine Chance gehabt. Fuchsfeuer hin oder her. Einen geflügelten Gegner zu besiegen ist etwas anderes.«

»Ich habe vorher noch nie eine gesehen«, murmelte ich. »Ich konnte mich kaum von ihr losreißen. Am liebsten hätte ich sie länger betrachtet.«

»Das verstehe ich und ja, sie sind selten, denn sie mischen sich so gut wie nie unter andere Wesen«, sagte Scota. Ihr Mundwinkel zuckte. »Larna jedoch hat ein Problem.«

»Ihr Flügel ist verletzt und sie kann nicht richtig fliegen«, nickte ich. »Das ist mir aufgefallen.«

Scota zog die Augenbraue hoch. »Ein Souvenir von unserem letzten Kampf. Dreimal hat sie bereits versucht, mich zu ergreifen, und ist gescheitert. Das nagt an ihr, deswegen hat sie jetzt den Fuchsdämon als Unterstützung. Das schadet ihrer Reputation, denn der Rat sitzt ihr im Nacken. Sie muss regelmäßig berichten und hat nie etwas vorzuweisen.« Scota verzog den Mund. »Mach dich darauf gefasst, dass der nächste Angriff wütender und verzweifelter sein wird als der Letzte.«

»Das werde ich«, sagte ich und streckte mich. Meine Knochen knackten bedenklich und ich fühlte mich elend. »Gibt es einen direkten Weg?«

»Ich habe dir schon gesagt, warum ich den direkten Weg nicht gehen will«, sagte sie.

»Und ich habe gelernt, dass der indirekte Weg meistens mehr Schwierigkeiten als der direkte Weg verursacht«, erwiderte ich.

Bilder kamen in meinem Gedächtnis hoch. Ich im Meer vor der estnischen Küste, die Wellen über mir, während ich verzweifelt versuchte, meine Gedächtnislücke zu schließen. Wälder in Rumänien, wo ich Seite an Seite mit Rhona, Carnie und Nairne stand, um Viola zu schützen, die versuchte, die Artefakte zu zerstören.

Die Schreie, als Vipera und Grant starben.

Flüche.

Der Todesschrei der Banshee.

Ich schloss die Augen und kämpfte mit mir, als mir der magische Ort wieder einfiel, an dem Viola den zweiten Versuch gestartet hatte.

An das Gefühl, als sich unsere Energien, Auren und Seelen verbanden. An die Erkenntnis, dass es uns gelungen war, die Artefakte zu vernichten. Und den Schock darüber, dass Viola diese Vernichtung mit ihrem Leben bezahlte.

Ich sah wieder, wie sich Risse auf ihrer Haut bildeten, als sei sie aus Porzellan.

Ich erlebte erneut, wie das Licht in ihren veilchenblauen Augen erlosch.

Ich spürte zum zweiten Mal die absolute Verzweiflung, weil ich nichts tun konnte, um das zu verhindern.

Viola war für ihre Sache gestorben. Wir hatten gedacht, dass damit der Krieg gewonnen war.

Jetzt, zwei Jahre später, wusste ich, dass es damals nicht einmal eine Schlacht gewesen war, die wir gewonnen hatten. Der Krieg hatte nur Pause gemacht. Mein Weg durch den Wald ins Ungewisse war der Beweis dafür.

Scota schloss die Augen und schien zu lauschen. Dann riss sie sie erschrocken auf.

»Was ist los?«, fragte ich und betete, dass jetzt nicht die nächste schlimme Nachricht kam.

»Ich spüre viele Energien im Wald. Sie suchen uns – vor allem dich. Ständig kratzen sie an meinen Wällen. Das wird langsam ärgerlich«, sagte sie gepresst. »Ich habe das Gefühl, dass sich halb Myrica auf dem Weg hierher befindet. Mit wem warst du unterwegs?«

»Das weißt du doch. Lynx, Shark, Rhona, Laird, sein Bruder Niall, Nairne und Carnie sowie die Schwarzelfe Atra, Lynx' Freundin. Außerdem Payton und Ora, sie haben das Siegel des Meeresgottes versehentlich aktiviert. Dazu die Menschen aus dem irdischen Orden: Tajna, Drakan und Smeja. Und Leonda und Blaine«, berichtete ich. »Wenn sie magisch nach mir suchen, sind es wahrscheinlich Rhona und die Druiden, vielleicht mit Atras und Blaines Hilfe.«

Scota presste die Lippen zusammen. »Leonda und Blaine sind gegangen, ich nehme sie nicht mehr wahr. Wahrscheinlich finden sie, dass ihre Aufgabe erfüllt ist. Und vermutlich hat Blaine Larna und Giordyn ebenfalls wahrgenommen. Auch er dürfte nicht erpicht darauf sein, für den Wesenrat geschnappt zu werden.«

Ich sagte nichts, doch dass Leonda und Blaine gegangen waren, versetzte mir einen Stich. Sicher wussten sie nicht, was hier passierte. Und natürlich mussten sie sich nicht dafür verantwortlich fühlen, wo ich war. Ich dachte nur, wir wären nach dieser ganzen Scheiße, durch die wir gemeinsam gegangen waren, Freunde geworden.

Anscheinend hatte ich mich geirrt.

›*Und was ist mit Lynx? Mit Rhona? Und vor allem: Was ist mit Shark? Was wird er dazu sagen, was mit mir passiert ist? Kann er mich noch lieben, wenn ich keine Sirene mehr bin? Kann ich ihn noch lieben, wenn ich keine Sirene mehr bin? Ich werde das Meer nie wieder betreten. Bei dem Gedanken, im Wasser zu versinken, wird mir sterbenselend zumute. Ich kann nie wieder mit ihm schwimmen gehen. Und wenn mein Sirenenblut verstummt ist, kann es sein, dass er anfängt, mich als Energewirtin zu brauchen. Wie damals.*‹

Mein Herz raste bei diesem Gedanken. Ich hatte Shark lange gehasst, weil er meine Gefühle ausgenutzt hatte. Damals hatte er mich auf einer geheimen Feier im Orden in eine Kammer gelotst. Als er mich zum ersten Mal küsste, spürte ich, wie er Energie aus meinem Körper saugte.

Daraufhin hatte ich eine so starke Panikattacke bekommen, dass andere eingeschritten waren. Ich hatte mich drei Jahre lang nicht davon erholt. Und Lynx hatte, statt mir beizustehen, die Chance ergriffen und etwas mit ihm angefangen. Das ging zwei Jahre mehr oder weniger gut, dann zerbrach die Beziehung. Angeblich, weil Shark Gefühle für mich hatte. Mein Verhältnis zu Lynx war vorher schon schlecht gewesen, aber danach hasste sie mich ungefähr so sehr wie ich ihn. Es hatte ewig gedauert, bis wir uns zusammengerauft hatten.

Ich zweifelte keine Sekunde daran, dass die beiden mich gerade suchten. Und sich dabei ununterbrochen stritten. Lynx war noch nie ein Sonnenschein, aber die Sache mit Shark hatte sie so verletzt, dass sie eine verbotene Rune benutzt hatte, um ihren Herzschmerz zu lindern.

Ich kannte die versteckte Stelle hinter ihrem linken Ohr, wo sich die Rune befand. Lynx litt immer noch. Unter ihrem gebrochenen Herzen und darunter, dass diese Rune ein Makel an ihr war.

Statt bei meinen Freunden zu sein und schlimmeres zu verhindern, stand ich aber hier mit meiner ehemaligen Meisterin, die noch immer herauszufinden versuchte, was in diesem Wald los war.

Ein Knacken drang aus dem Unterholz – links von uns? Rechts? Mein Herz raste. Scota fuhr herum, ihr Dolch blitzte, ein kaltes Leuchten im fahlen Licht. Der Schatten zwischen den Bäumen war weg, bevor ich ihn richtig sehen konnte. Mein Mund wurde trocken, Adrenalin flutete meine Adern. Einen erneuten Kampf stand ich nicht durch. Oder doch? Das Denken fiel mir immer schwerer.

Die Dunkelheit um uns schien zu leben. Wenn wir nicht weiterliefen, würden wir sterben.

»Komm«, knurrte sie. »Wir müssen hier weg, bevor wir heute doch noch drauf gehen. Schnell.«

Und ich hatte keine andere Wahl, als ihr zu folgen. Egal, wie am Ende ich mich fühlte.

Kapitel 5

Lynx

Hinter mir stolperte Tajna und wäre beinahe gestürzt. Shark schwieg seit Ewigkeiten, dafür jammerte Niana ununterbrochen über ihre wunden Füße. Ich stand kurz davor, entweder jemanden zu schlagen oder einfach auf Nimmerwiedersehen im Wald zu verschwinden. So, wie es war, ertrug ich es nicht mehr lange.

»Lynx«, rief Niall hinter mir. »Es hat keinen Sinn. Die anderen können nicht mehr. Wir müssen umkehren.«

»Vergiss es!«, fauchte ich. Das war noch schlimmer, als mir das Gejammer anzuhören: aufzugeben. Das kam nicht infrage. Niemals.

Der Druide sah mich ungerührt an. »Es ist mir egal, wie du das siehst: Wir schaffen hier nichts mehr. Und wir müssen langsam den Tatsachen ins Auge sehen, dass wir Lupa nicht finden. Unsere Suche ist planlos und funktioniert nicht. So finden wir sie nie, sieh es ein. Lass uns zum Lager zurückgehen und mit den anderen sprechen. Das hier ist sinnlos.«

»Verdammt, er hat recht«, meldete sich Shark zu Wort. Er lehnte erschöpft an einem Baumstamm und hatte die Hände zu Fäusten geballt. »Ich könnte kotzen, aber ich schaffe es nicht weiter. Durch die Finsternis zu laufen, ist Selbstmord für Niana, Tajna und mich. Wir müssen uns etwas anderes einfallen lassen.«

Ich ertrug ihn nicht mehr. Seine Besorgnis um Lupa erinnerte mich nur immer wieder daran, wie eiskalt er mich damals fallengelassen hatte. Wie wenig ich ihm immer bedeutet hatte.

»Dir ist aber klar, dass wir Stunden brauchen werden, um zum Lager zurückzukommen, oder?«, fuhr ich ihn an. »Dann können wir auch weitergehen!«

»So weit ist es nicht«, sagte Niall ruhig. »Vielleicht ein Kilometer. Wir sind in einem großen Bogen gelaufen und waren nie allzu weit vom Lager entfernt.«

»Einen Kilometer schaffe ich gerade noch so«, jammerte Niana. »Und dann muss ich mich dringend hinlegen.« Sie warf Shark einen aufreizenden Blick zu, für den ich ihr am liebsten eine reingehauen hätte. Es war eine sehr offenkundige Einladung, sich zu ihr zu legen. Widerlich.

Shark ignorierte das. Noch.

Keine Ahnung, wie lang das hielt, sollte sich immer weiter abzeichnen, dass wir Lupa nicht fanden. Männer waren einfach primitiv. Es wäre mir egal, wenn es nicht ausgerechnet ihre Schwester wäre.

»Fein«, knurrte ich und drehte mich in die Richtung, in die Niall zeigte, bevor ich doch noch ausflippte. »Dann eben zurück.«

Es dauerte nicht lange, bis wir das Lager erreicht hatten. Wir waren die Letzten, die eintrafen. Alle anderen hatten sich bereits eingefunden. Ich blickte ausnahmslos in müde und erschöpfte blasse Gesichter. Alle waren enttäuscht, wie der Tag verlaufen war. Es wurde nicht mehr gesprochen, nur noch leise geflüstert.

»Nichts«, sagte Rhona unglücklich und rieb ihre wunden Füße. »Wir sind den ganzen Tag gelaufen und haben trotzdem nichts entdeckt. Nicht einmal eine Spur von Lupa, obwohl wir auch magisch gesucht haben. Mehrmals.«

»Dass wir gar nichts gefunden haben, können wir nicht behaupten«, erwiderte ich und berichtete von Ahearns Blutspur. Erschrocken blickten uns alle an.

»Falls Lupa es war, die ihn verletzt hat, könnte es wegen des Wolfsbluts sein, wie du gesagt hast«, sagte Laird langsam. »Das ist durchaus eine plausible Erklärung und würde zu ihrem Verhalten nach der Bannung passen. Damit wüssten wir auch, wie wir das Problem angehen können. Und es gäbe uns einen Anhaltspunkt, wie wir uns bei der Suche aufstellen müssen.« Er sah Rhona an. »Eine solche Veränderung ihrer Persönlichkeit kann der Grund sein, warum wir sie magisch nicht orten konnten. Wir suchen quasi nach einer anderen Person.« Rhona nickte.

»Bevor ihr euch jetzt auf diese Theorie einschießt, habe ich zwei Fragen!«, mischte sich Carnie ein und stemmte ihre Fäuste in die schmale Taille. Dann warf sie effektiv ihr rotes Haar zurück. Pheromone erfüllten die Luft. »Erstens: Wie kommt ihr darauf, dass Lupa übergeschnappt ist? Nur, weil sie durch den Wind war, nachdem sie einen wütenden Gott gebannt hat, heißt das doch nicht, dass es so sein muss, wie ihr sagt. Wie kommt ihr also darauf und wo sind die Beweise dafür, dass sie Ahearn angegriffen hat? Und zweite Frage: Wo ist Ahearn überhaupt, wenn er so schwer verletzt ist, wie ihr behauptet?«

Niemand wusste es. Laird, Niall und Rhona wollten den Zentauren aufspüren, und standen auf, um ihre Magieutensilien zu holen. Ich sah ihnen dabei unruhig zu.

Shark hielt es nicht mehr auf seinem Platz. Obwohl er offensichtlich am Ende seiner Kräfte war, lief er ruhelos auf und ab.

»Setz dich, verdammt noch mal!«, fauchte ich.

Er blieb stehen und sah mich kühl an. »Hör auf, mich ständig anzumachen. Es reicht.«

»Anzumachen? Da ist dir Niana lieber, oder? Du magst es ja, wenn Frauen sich dir an den Hals werfen, egal wann und wer«, höhnte ich.

Sein Blick wurde eiskalt. »Lynx, wann kommst du endlich über die Sache mit uns hinweg? Wie kannst du mit dir selbst leben, so wütend und unzufrieden, wie du bist? Sieh doch endlich ein, dass es sinnlos ist, sich an die Vergangenheit zu klammern und ständig eingeschnappt zu sein? Wenn du es zulässt, es sollte kein Problem sein, jemanden zu finden, der dir hilft, glücklich zu sein.«

»Vielen Dank für die weisen Worte«, spie ich aus. »Ich scheiße auf sie. Auf jedes Einzelne. Ich brauche dich nicht, Seamus. Dich nicht und deine klugen Sprüche auch nicht. Ob ich über dich als Liebhaber hinweg bin? Längst! Aber einen Verrat wie deinen kann ich niemals verzeihen.« Ich ballte die Hände zu Fäusten und stampfte mit dem Fuß auf.

»Ich bin das alles hier so leid! Jeden einzelnen von euch und wie ratlos ihr hier herumlauft und jammert. Stattdessen solltet ihr nach Lupa suchen, aber das bekommt ihr ja auch nicht hin, weil ihr ach so erschöpft seid. Ich könnte durchdrehen, weil ihr alle so langsam und dumm seid.

Wenn ich könnte, würde ich sofort gehen und nie mehr zurückkommen!«

Er sah mich ohne jede Regung an. »Tu dir keinen Zwang an. Ich denke nicht, dass dich jemand aufhält. Vermutlich denken die meisten ähnlich über dich wie du über sie.«

Ich ließ ihn stehen, bevor ich das letzte bisschen Fassung verlor und mich auf ihn stürzte, um ihn endlich für alles büßen zu lassen, was er getan hatte.

»Ich hasse dich so sehr«, flüsterte ich und drehte mich um, bevor er etwas dazu sagen konnte. In meinem Hals war ein riesiger Kloß, aber ich würde niemals vor Shark weinen.

Wütend stapfte ich hinüber zu den anderen, die um Rhona und die Druiden herumstanden. Nairne sah mich kommen und hob ihre weißblonde Augenbraue. Ihr Berserkerblut schuf manchmal eine unangenehme Verbindung zwischen uns.

Deswegen mochte ich sie noch weniger als die meisten anderen. Sie sah mich manchmal so wissend an, als würde sie die inneren Dämonen, die mich quälten, nur zu gut kennen. Vielleicht stimmte das sogar, aber wenn ich eins nicht brauchte, dann jemanden, der mit mir über meine Gefühle reden wollte. Eher sprang ich über die nächste Klippe.

»Gibt es was Neues?«, fragte ich aggressiv in die Runde und ignorierte Nairne dabei.

Atra drehte sich zu mir um und runzelte die Stirn. »Sie sind noch nicht fertig. Ist alles okay bei dir?«

»Nein. Ich ...« Ich brach ab, weil ich plötzlich einen alarmierenden Geruch in der Nase hatte. Ich riss die Augen auf und wirbelte herum, Richtung Wald. Mit klopfendem Herzen trat ich ein paar Schritte vor.

»Lynx?«, fragte Atra dünn. »Was ist los?«

»Da kommt jemand«, knurrte ich und kontrollierte meine krallenartigen Fingernägel.

»Lupa?«

Ich schüttelte den Kopf und bleckte die Reißzähne, damit die Neuankömmlinge gleich wussten, mit wem sie es zu tun bekamen. Mit Lupa hatten sie leider nichts gemein. »Leider nicht. Auch nicht Ahearn.«

Ein Knacken, ein Rascheln. Dann brach die Harpyie durch das Unterholz, ihre Flügel streiften die Äste. Hinter ihr kam ein Fuchsdämon, die goldenen Augen funkelten misstrauisch.

Hinter mir wurde es still, sogar Rhona und die Brüder hörten mit dem Erschaffen ihres Bannes auf.

Nairne trat neben mich, die Hände zu Fäusten geballt. »Das wird unangenehm«, flüsterte der Berserker. »Was zum Teufel ist das?«

»Eine Harpyie und ein Fuchsdämon«, knirschte ich. Hätte ich Fell, wäre es jetzt im Nacken gesträubt »Wir haben ihre Spuren im Wald gefunden, erinnerst du dich?«

Nairne pfiff durch die Zähne. »Verdammt, ja.«

Die Harpyie hob die klauenbewehrten Hände. Verdammt waren die Dinger lang und scharf! Ich sollte lieber nicht in ihre Nähe kommen.

»Wir wollen nichts von euch«, sagte sie mit lauter Stimme, die wie ein Adlerschrei klang. »Nur eine Auskunft.«

Jetzt kamen alle zusammen und positionierten sich hinter Nairne und mir. Sofort fühlte ich mich besser. Wenn es darauf ankam, waren wir eine Einheit. Sogar ich, obwohl ich alles tat, um das zu verhindern. Doch wieder fehlte

Lupa, um das Wort zu ergreifen. Stattdessen trat Laird vor. Er wusste, was von ihm erwartet wurde.

»Die bekommt ihr, wenn ihr uns auch eine gebt. Wir haben kein Interesse an einer Auseinandersetzung, ich hoffe, das gilt auch für euch«, sagte er laut und spielte seine ganze Autorität aus. Das musste er auch, denn er war viel zu menschlich, um von allen Wesen gleich als Gesprächspartner akzeptiert zu werden. »Ihr wart im Wald, richtig? Wir suchen jemanden. Vielleicht habt ihr sie gesehen.«

Das Gesicht des Fuchsdämons verzog sich misstrauisch und er sah die Harpyie an. »Wir sollten gehen«, sagte er leise. »Wenn sie zu ihr gehören, dann sind wir hier an der falschen Stelle.«

»Warte noch. Ich bin mir da nicht sicher. Wir sollten mit ihnen reden«, erwiderte die Harpyie. Sie flüsterten, doch der Wind stand günstig und meine Ohren waren fein genug, um jedes Wort zu verstehen. Die Harpyie sah uns an. »Nach wem sucht ihr?«

»Nach einer Freundin. Sie ist ein Wolfsblut. Schwarzhaarig, goldene Augen. Sie trägt eine Lederjacke und Stiefel aus der Erddimension«, sagte Laird.

Die beiden Fremden versteiften sich. Ich spürte, dass es heikel wurde, denn sie konnten mit der Beschreibung offenbar etwas anfangen. Ich verstand nur nicht, wieso. Was könnte Lupa getan haben, dass die beiden nun doch in den Angriffsmodus kamen?

Mir fiel der verletzte Zentaur ein.

Wer war noch alles mit Lupa zusammengestoßen und verletzt worden? Die beiden Neuankömmlinge? Ich sah getrocknetes Blut an der Nase des Fuchsdämons und der lederne Harnisch der Harpyie hatte Kratzer wie von einem

Messer. Oder Klauen. Aber wie könnte Lupa ihnen etwas entgegensetzen? Allein die Harpyie war eine schier unüberwindliche Gegnerin.

Jetzt bemerkte ich die Abzeichen an ihrer Kleidung: Die Schlange, die sich selbst in den Schwanz biss und einen Kreis bildete. Das Auge mit den Strahlen in der Mitte dieses Kreises. Die beiden gehörten zum Wesenrat.

Plötzlich fügten sich die Teile zu einem Bild zusammen. Ich erkannte nur noch nicht, was es darstellte.

»Unsere Freundin ist auch eine Sirene«, mischte ich mich ein. »Sie heißt Lupa und ist vermutlich allein unterwegs. Ich merke, dass ihr mit der Beschreibung etwas anfangen könnt. Habt ihr sie gesehen? Was ist passiert?«

Die beiden wechselten einen weiteren Blick. Wieder schienen sie sich ohne Worte abzustimmen. Der Fuchs war nervös. Er beäugte uns, als rechnete er jede Sekunde mit einem Angriff.

Ich runzelte die Stirn und wartete auf die Erklärung. Irgendwas war passiert. Das Grummeln in meinem Magen sagte mir, dass es mir nicht gefallen würde.

»Ja, wir haben eure Freundin im Wald gesehen«, sagte die Harpyie endlich und trat einen Schritt zurück. »In Begleitung, wie ihr sicher wisst.«

Ich riss die Augen auf.

»Begleitung? Was soll das heißen? Wer war bei ihr? Etwa Ahearn, der Zentaur?«, fragte Shark atemlos und machte ein paar Schritte auf die beiden zu.

Wieder wechselten die beiden einen Blick, dieses Mal war er überrascht.

»Zentaur? Nein. Ich verstehe das alles nicht. Warum seid ihr alle hier in diesem Wald? Was für einen Plan verfolgt ihr?«, fragte die Harpyie misstrauisch und dehnte die Flügel. Sie waren riesig.

»Ähm, habt ihr in den letzten Tagen geschlafen und deswegen nichts mitbekommen?«, fragte Carnie irritiert und wedelte mit den Händen, während sie hektisch berichtete: »Ihr wisst schon: Gebrochenes Siegel, alle im Aufruhr, befreiter Meeresgott, Sirenenmagie am Anschlag an der Küste, jetzt wieder gebannter Meeresgott. Und so weiter. Na, klingelt es da bei euch?«

»Die Bannung des Llŷr an der Küste? Das wart ihr?«, fragte der Fuchsdämon fassungslos. Die Harpyie ließ die Flügel sinken und schüttelte den Kopf, als könne sie es nicht glauben.

»Ja, allerdings. Wir sind auf Geheiß des Ordens der Lichten Ewigkeit unterwegs«, sagte Laird und zeigte das Zeichen des Ordens, das er an seiner Tasche befestigt hatte: Die geflügelte Schlange, die sich nach links drehte.

»Das ändert einiges.« Die Harpyie entspannte sich und tippte sich mit ihrer Klaue an die Schläfe. »Lupa. Jetzt weiß ich wieder, warum mir der Name bekannt vorkam. Ihr Gesicht habe ich noch nie gesehen, aber natürlich sagt mir der Name etwas.«

»Das mag daran liegen, dass sie vor zwei Jahren daran beteiligt war, dass eine weitere Göttin namens Mistress in der Erdwelt gebannt wurde«, sagte ich gehässig. »Ebenso wie ich.«

»Gut.« Die Harpyie atmete durch. »Das ändert die Lage. Aber es macht nichts leichter. Eure Freundin ist mit einer Verräterin unterwegs, die wir jagen. Wir haben sie gesehen.«

Der Fuchs rieb sich den Kiefer. Jetzt bemerkte ich den Bluterguss, der gut zu dem getrockneten Blut passte.

»Ihr habt gegen sie gekämpft?«, fragte ich überrascht. »Warum?« Hinter mir kam unruhiges Gemurmel auf. Rhona trat neben mich, ebenso Carnie und Nairne.

»Wegen der Person, mit der sie unterwegs ist«, sagte der Fuchsdämon kühl.

»Und wer ist das? Eine Verräterin? Wer soll das sein?«, fragte Rhona aufgebracht. »Lupa wäre niemals freiwillig mit einer Verräterin unterwegs. Und wer ...«

»Scota«, sagte Laird ausdruckslos. Ich riss die Augen auf und starrte den Druiden an. Genau wie alle anderen.

Die Augen der Harpyie verengten sich und sie zeigte uns ihre Krallen. »Ihr wisst also doch von ihr.« Sie wandte sich ihrem Begleiter zu. »Giordyn, wir sollten schleunigst den Rat informieren, dass wir die Verschwörung aufgedeckt haben. Mach dich bereit.« Sie flüsterte, doch meine feinen Ohren hörten trotzdem jedes Wort.

Dieses Gespräch lief in die falsche Richtung. Die beiden vom Wesenrat dachten, dass wir mit Scota paktierten. Ich musste einschreiten, bevor wir ein Problem bekamen.

»Moment, wir haben nichts mit Scota zu tun. Wir hören gerade zum ersten Mal von ihr. Seit zwei Jahren«, präzisierte ich. »Ich dachte, der Wesenrat hätte sie längst geschnappt. Ihr sagt, ihr habt sie zusammen mit Lupa gesehen? Aber Lupa hat geholfen, Mistress zu bannen. Definitiv hat sie nichts mit Scota zu tun. Genauso wenig wie wir. Ich will wissen, warum die beiden zusammen unterwegs sind.«

»Wir jagen Scota«, sagte die Harpyie und verschränkte die Arme vor der Brust. »Sie ist leider sehr geschickt und bisher hat sie sich perfekt verborgen. Bis vor zwei Tagen, als ihr den Gott banntet. Deswegen sind wir hier. Und warum eure Freundin bei ihr ist, kann ich euch nicht sagen. Aber sie haben zusammengearbeitet. Sie hat Giordyn verletzt und die beiden sind zusammen in den Wald geflohen. Das sah alles andere als gezwungen aus, sondern sehr freiwillig, ob du es glaubst oder nicht.«

»Sie hat dich angegriffen?«, fragte ich den Fuchsdämon überrascht. »Einfach so, ohne Vorwarnung?« Das konnte ich nicht glauben.

»Nein, nicht einfach so«, schnappte er. »Wir sollen Scota fangen. Da machen wir kein Kaffeekränzchen, wenn wir sie treffen. Sie ist eine tödliche Gefahr. Und wer bei ihr ist, ist ein Feind und wird ebenso angegriffen wie unsere Zielperson. So einfach ist das.«

»Mag sein, aber das erklärt nichts«, sagte Laird kopfschüttelnd. »Und ich verstehe nicht, wie es dazu kommen konnte.«

»Scota muss Lupa als Geisel halten, anders geht es nicht!«, sagte Rhona nachdrücklich. »Lupa wäre nie freiwillig mit ihr unterwegs. Sie hat sich sicher nur verteidigt, wenn ihr sie einfach ohne Vorwarnung angegriffen hat.«

»Und was ist mit Ahearn?«, fragte Carnie.

»Meister Ahearn vom Orden der Lichten Ewigkeit? Der Zentaur?«, fragte die Harpyie. »Was ist mit ihm? Ihr habt ihn vorhin schon erwähnt.«

»Wir haben seine Spuren im Wald gefunden. Er ist verletzt. Ihr habt ihn nicht gesehen?«, fragte Niall. Die beiden schüttelten die Köpfe.

»Das macht alles keinen Sinn«, flüsterte ich frustriert.

»Ich habe einen Verdacht«, sagte die Harpyie. Giordyn, der Fuchsdämon, nickte finster. »Nicht nur Scotas Signatur ist hier aufgeflammt«, sprach die Geflügelte weiter. »Sondern auch die einer anderen, die an der Verschwörung um Mistress beteiligt war. Sie ist aus dem Gefängnis des Wesenrats entkommen: Eilis.«

»Das kann doch nicht euer Ernst sein!«, rief ich. Wut kochte in mir. Alles, was ich die letzten zwei Jahre an Ängsten verdrängt hatte, kam hoch und verschlug mir den Atem. Wut war das Einzige, was ich dagegen tun konnte.

Jemandem wehzutun käme auch infrage.

Ich warf einen schnellen Blick in die Runde. Allen anderen, die mit mir durch diese Hölle gegangen waren, ging es ähnlich. Ich sah die gleichen Gefühle in ihren Gesichtern.

»Wir müssen uns zu den Informationen, die ihr uns gegeben habt, beraten«, sagte Rhona mit überraschender Autorität zu den beiden Fremden. »Bitte wartet hier.«

Der Fuchsdämon zuckte mit den Schultern. »Lasst euch Zeit. Wir müssen eh Meldung beim Rat machen.« Er sah die Harpyie an. »Das wird richtig ätzend, Larna«, sagte er leise. »Wegen dieser Informationen machen sie uns einen Kopf kürzer. Und weil sie uns wieder entwischt ist.«

Ich sah ihm an, dass er seinen Auftrag beschissen fand. Seine Begleiterin nickte finster.

Ich verharrte noch ein paar Sekunden mit meinem Blick bei ihr. Eine Harpyie hatte ich noch nie zuvor gesehen, nur über sie gelesen. Sie war gefährlich. Tödlich. Eine Jägerin, die sich aus dem Himmel auf ihr Opfer stürzen konnte. Es gab alte Darstellungen von Sirenen mit Flügeln, fiel mir dabei ein. Aus Zeiten, in denen die Menschen Sirenen und

Harpyien miteinander verwechselt hatten - wie auch immer das möglich war. In ihrer Nähe spürte ich ein merkwürdiges Ziehen in meinem Inneren. Mein Sirenenblut reagierte auf sie – eine Verbindung, die ich nicht verstand und die mir Angst machte.

Wir sammelten uns abseits des Lagers, sodass sie uns nicht hören konnten. Als ich sah, dass Niana und Scana ebenfalls mit uns kamen, hätte ich schreien können. Diese dummen Fischfressen sollten endlich in ihr stinkendes Dorf gehen und sich darum kümmern, dass sie ein Dach über dem Kopf hatten! Stattdessen nervten sie uns mit ihrer bloßen Anwesenheit.

»Lupa kann auf keinen Fall freiwillig bei Scota sein«, sagte Rhona fest. »Wir wissen, dass sie damals geholfen hat, Mistress' Plan umzusetzen. Sie ist die Einzige, die fliehen und sich verstecken konnte. Wenn sie jetzt wieder auftaucht, muss das einen Grund haben.«

»Einen Grund, der uns nicht gefallen wird«, ergänzte Carnie. »Vor allem, wenn Eilis auch noch auf den Plan tritt. Sie war eine von Mistress' Lieblingsschülerinnen.« Der Sukkubus schauderte. »Ich habe selten so viel Ekstase in einem Gesicht gesehen wie in ihrem, wenn Mistress etwas gesagt hat. Und ich kenne mich mit Ekstase aus.« Nairne legte ihr die Hand auf die Schulter und Carnie lehnte sich an sie.

»Es ist etwas im Gange«, nickte Laird. »Scota und Eilis sagen uns, in welche Richtung es geht: Es hat etwas mit Mistress zu tun. Ich befürchte, sie könnten versuchen, sie erneut zu befreien.«

Ich schloss die Augen und kämpfte mit mir. Dieses Mal musste ich niemanden ansehen. Ich wusste, dass alle anderen das Gleiche fühlten.

Doch niemand war mir in diesem Moment so nah wie Shark - so sehr ich das auch hasste.

Wir hatten uns der Göttin gemeinsam gestellt und unsere Stimmmagie entfesselt, um Blaine zu unterstützen. Nur wir drei. Lupa. Shark. Ich. Und nur wir drei hatten auch die volle Wucht ihrer Macht abbekommen.

Manchmal, wenn ich die Augen schloss, war ich wieder im Innenhof der Burg von Tajnas Orden. Mistress und ihre Leute standen uns gegenüber. Die Magie brauste um uns herum und ich hielt Lupas Hand.

Ich sah in die rotgoldenen Augen der gebannten Göttin und wusste, dass ich sterben würde.

Die letzten Sekunden meines Lebens liefen von der Uhr.

Dann fiel Shark. Sie erwischte ihn mit einer Wucht, dass er wie eine Puppe weggeschleudert wurde und am anderen Ende des Hofs auf den Boden aufschlug. Er war so schwer verletzt, dass ich mir sicher war, dass er nie wieder aufstand. Es hatte lange gedauert, bis er sich davon erholt hatte.

Mein Herz raste, wenn ich daran dachte. Meine Hände begannen zu zittern und mir brach kalter Schweiß aus. Meine Beine wurden heiß und taub, weil mein Verstand danach schrie, mich in Sicherheit zu bringen.

»Wir können Lupa nicht einfach bei Scota lassen«, sagte Shark. Seine Stimme war rau und kratzig, wahrscheinlich kamen die gleichen Erinnerungen bei ihm hoch. Er räusperte sich und schüttelte den Kopf, als wolle er sie loswerden. »Sie kann nicht freiwillig bei ihr sein. Scota muss sie dazu zwingen. Und sei es mit einer Lüge. Sie und Eilis werden sich hier irgendwo treffen wollen. Ich habe keine Ahnung, wie Ahearn ins Bild passt, aber wir müssen Lupa finden.« Er sah Laird und Rhona an. »Ich weiß, dass ihr schon versucht habt, sie magisch aufzuspüren, aber da muss es doch noch etwas geben, was ihr tun könnt.«

Rhona biss sich auf die Lippe und nickte. »Ja, da gibt es noch eine Möglichkeit. Aber dazu brauche ich Blut.«

»Egal, was du brauchst, du bekommst es von mir«, sagte er sofort.

»Ich brauche nicht nur deins«, erwiderte sie. »Sondern auch meins. Und ...«

»Gib mir ein Messer und wir legen los«, sagte Nairne. Carnie nickte.

Ich sagte nichts. Sollten sie machen. Ich verlor die Geduld mit dieser Sache und wollte nur noch wegrennen.

»Ich hole meine Sachen«, sagte Rhona und stand auf.

Ich nutzte die Gelegenheit, um mich von der Gruppe zu entfernen. Ich trat hinter die zweite Baumreihe des Waldes und lehnte mich schwer an einen Stamm. Mühsam kämpfte ich mit meinem Atem gegen die Angst.

Als es neben mir knackte, fuhr ich auf.

Es war Niall. Er war mir in den Wald gefolgt.

»Was ist?«, fragte ich. Meine Stimme war brüchig.

»Ich wollte nach dir sehen, weil ich dir ansehen konnte, wie schlecht es dir geht«, sagte er ruhig, doch ich hörte immer noch seine Verletzung wegen meiner Worte. Unsere Blicke trafen sich.

»Was willst du von mir?«, fragte ich.

Er stieß langsam Luft aus. »Weißt du das wirklich nicht? Du willst es auch gar nicht verstehen, oder?«

»Dann sag es doch einfach.«

Er schüttelte den Kopf. »Das musst du selbst erkennen, sonst verstehst du es nicht. Ich weiß, dass du niemanden an dich ranlassen willst, aber weißt du, ich bin für dich da, wenn du mich lässt«, fügte er leise hinzu und trat noch einen Schritt näher.

Mein Herz flatterte, doch ich verschloss mich dagegen. Trotzdem hatte er den Schaden angerichtet. Auf einmal schaffte ich es nicht mehr, mich mit meiner Wut aufrecht zu halten. Es ging nicht mehr. Verzweiflung und Angst waren so groß, dass ich sie nicht mehr verstecken konnte.

Erschrocken bemerkte ich, dass ich schluchzte. Ich schlang die Arme um meinen Oberkörper und drehte mich weg. Ich wollte nicht, dass er mich so sah. Niemand sollte mich so sehen.

Eine Hand legte sich auf meine Schulter, dann drückte er mich an sich.

Ich wehrte mich dagegen. »Lass mich!«, fuhr ich ihn an.

Er ließ mich sofort los und machte einen Schritt rückwärts. Mir wurde so kalt, dass ich zitterte.

»Lass mich einfach«, schluchzte ich und wollte mich wieder wegdrehen.

Eine Sekunde später lag ich in seinen Armen und schluchzte gegen seine Brust. Ich schlang meine Arme um seine Taille und weinte. Ich wusste nicht einmal, warum.

Ich kam hinter meinen eigenen Gefühlen nicht mehr hinterher. Ich wusste nur, dass ich dafür dankbar war, dass er mir gefolgt war. Und dass er die Klappe hielt.

»Lynx«, sagte er nach einer Weile.

Seine Stimme war wie ein Schock, der mich aus meinem Gefühlsstrudel herausholte. Ich machte mich von ihm los und wischte mir übers Gesicht.

»Sag jetzt nichts«, erwiderte ich rau und schüttelte den ganzen Scheiß ab. Es fühlte sich widerlich an, wie viel leichter ich atmete, jetzt, wo ich ihn weggestoßen hatte. Als hätte ich mich selbst gerettet. Oder andersrum?

Egal. Es war vorbei.

Er sah mich an, als wollte er etwas sagen, aber er ließ es. Klug von ihm.

Ich zwang mich, die Geräusche des Waldes wahrzunehmen, statt dem Chaos in meinem Kopf nachzugeben. Ich kam klar. Ich kam immer klar.

Ich drehte mich um und lief zurück zum Lager. Dort hatten sich die anderen beim Feuer versammelt und blickten auf Rhona, Carnie und Nairne, die sich zusammen mit Shark auf dem Boden niedergelassen hatten.

Ich trat neben Atra. Sie warf mir einen fragenden Blick zu, sicher hatte sie sich gewundert, wo ich war. Hinter mir sah sie Niall kommen. Sie zog die falschen Schlüsse und schüttelte kurz lächelnd den Kopf.

»Komischer Zeitpunkt für so ein Treffen«, meinte sie. »Aber vielleicht nicht verkehrt, um dich runterzubringen.«

»Anders als du denkst«, erwiderte ich. Sie zog überrascht die schwarzen Augenbrauen hoch.

»Rhona«, sagte Laird in diesem Moment ernst. »Was du vorhast, ist viel zu gefährlich. Ich halte das für keine gute Idee. Bitte lass uns noch einmal überlegen, ob uns noch etwas anderes einfällt.«

»Ich habe aber keine andere Idee mehr und du auch nicht«, erwiderte seine Geliebte. »Und nach dem, was die Harpyie und der Fuchsdämon ...«

»Das ist Larna, ich bin Giordyn. Ihr könnt uns gern beim Namen nennen«, sagte der Fuchsdämon gelassen. Er und seine Begleiterin waren wieder herangekommen, anscheinend waren sie fertig mit ihrem Report. Der Fuchs lehnte an einem Baumstamm und sie hatte sich auf einen Ast geschwungen, von dem aus sie auf uns herunterblickte.

»Entzückt«, sagte Nairne trocken. »Ich nehme an, ihr merkt euch unsere Namen sowieso nicht und wir können auf die Vorstellungsrunde verzichten.«

»Richtig geraten.« Giordyn zeigte ihr seine Reißzähne, als er grinste.

»Nach Larnas und Giordyns Bericht glaube ich nicht, dass wir noch lange Zeit haben«, fuhr Rhona ungerührt an Laird gewandt fort.

»Aber ein Blutzauber ist gefährlich!«, beharrte er. »Die Mächte, die dabei wirken, sind schwer zu kontrollieren! Wenn etwas schief geht, ist die Macht deines Blutes vielleicht zu stark. Und im schlimmsten Fall kann etwas versuchen, von dir oder den anderen Besitz zu ergreifen. Ich bitte dich: Lass es sein. Das ist ein zu mächtiger Zauber.«

»Deswegen verwende ich ihn ja auch«, versetzte Rhona. Ihr Blick wurde weicher. »Ich weiß, dass du dich sorgst, aber wir sollten uns mehr Gedanken um Lupa machen. Scota und Eilis sind brandgefährlich. Im schlimmsten Fall haben sie Ahearn getötet. Ich bin nicht bereit, meine beste Freundin einfach so aufzugeben. Ich brauche Gewissheit.«

Laird presste die Lippen zusammen, nickte dann aber.

»Was ist das Problem?«, fragte ich leise in Atras langes Ohr mit den unzähligen Silberringen.

Die Elfe blickte mich an. »Wie Laird schon sagte: Blut ist mächtig. Und magisches Blut umso mehr. Rhona will sich mit drei anderen verbinden, die Energie könnte gewaltig sein. Und im schlimmsten Fall zu stark für sie. Aber sie hat recht: Wir haben keine Alternativen mehr, wenn wir Lupa ernsthaft finden wollen«, erwiderte meine Freundin. »Scotas Magie ist zu stark. Aber mit einem Blutzauber ist es gut möglich, dass Rhona Lupa trotzdem orten kann.«

Ich blickte mit neuen Augen auf Lupas Menschenfreundin. Ich hatte sie immer als unnötigen weinerlichen Klotz am Bein abgetan. Menschen konnte ich ohnehin nicht leiden, das schloss Rhona mit ein. Aber immer mehr zeigte sich, wie loyal sie war. In ihr steckte mehr, als viele sehen wollten. Das würde sie auch heute wieder beweisen, dessen war ich mir sicher.

Rhona stellte vier Kerzen in die Mitte. Sie waren rot und schwarz.

»Es ist nicht optimal, die Kerzen zu mischen, aber ich habe nur zwei rote«, sagte sie entschuldigend. »Mit einem Blutzauber habe ich beim Packen nicht gerechnet.«

»Merkwürdig«, sagte Smeja herablassend.

Die Menschenfrau aus der Erddimension hielt lieber einen Sicherheitsabstand zu den beiden Neuen und stand immer halb hinter ihrem Bruder. Drakan hingegen hing mit dem Blick an Carnies Brüsten, die einen Weg aus ihrem Oberteil heraussuchten. Der Typ war zu dumm, um den Ernst der Lage zu verstehen. Wahrscheinlich war alles für ihn ein lustiges Abenteuer.

Ich sah hinüber zu Tajna. Auch sie hatte eine besondere Verbindung zu Lupa. Und ihr stand die Sorge ebenso deutlich ins Gesicht geschrieben wie den vieren, die auf dem Boden saßen.

Lupas blutsverwandte Schwestern hingegen hielten sich abseits, ebenfalls möglichst weit von Larna und Giordyn entfernt. Scana beobachtete Rhona und die anderen, Nianas Blick hing nur an Shark. Dieses Miststück hatte echt

Nerven! Am liebsten hätte ich sie zurück nach Erskina geschleift. An den Haaren.

Rhona zündete die Kerzen an und legte einen Dolch bereit, außerdem Weihrauch. Ich atmete tief ein. Ja, Weihrauch, aber da war noch etwas anderes. Amber vielleicht. Und Thymian. Das wurde spannend, egal, wie es ausging.

Rhona hielt das Kräuterbündel an die Kerzenflammen, je einen Teil an jede Flamme, sodass das Feuer, das die Kräuter verbrannte, von allen vier Kerzen kam. Schwerer ätherischer Duft verbreitete sich augenblicklich über der Lichtung. Ich spürte, wie meine Katzensinne darauf ansprangen. Und dann erhob sich langsam die Magie.

Ich hatte keine besonders feine Antenne dafür, das sanfte Dröhnen nahm ich dennoch wahr. Es war wie ein Druck zwischen den Schläfen, der stärker wurde. Dann kam ein Prickeln auf der Haut hinzu. Ein feiner Ton in der Luft, der die Nervenenden vibrieren ließ.

Ich bekam Gänsehaut.

Rhona summte etwas. Ich hatte keine Ahnung, ob sie den Zauber richtig anwandte. Lairds besorgtes Gesicht ließ das vermuten. Es schien, als hielte er sich bereit, einzugreifen, falls etwas schiefging.

Ich sah mich nach Niall um und fand ihn in einer ähnlichen Position vor.

»Ob's das bringt?«, murmelte Smeja wieder. Ich warf ihr einen warnenden Blick zu. Sie nervte mich schon, seitdem ich sie das erste Mal gesehen hatte. Sie sollte vorsichtig sein.

Rhona griff nach dem Dolch und ich bekam eine Ahnung, warum es Blutzauber hieß. Schnell zog sie die Klinge über ihre Handfläche und ballte die Hand zur Faust. Dann reichte sie den Dolch an Nairne weiter, die dasselbe tat und ihn dann an Shark überreichte. Dieser verzog den

Mund, machte aber anstandslos mit. Dann reichte er ihn Carnie.

»Na ein Glück, dass wir alle gesund sind«, murmelte der Sukkubus und schlitzte sich die Handfläche auf.

Es dauerte zwei Sekunden, dann erkannte ich, dass das ein Fehler war. Dass Rhona einen Denkfehler gemacht hatte, als sie die Leute für den Zauber ausgesucht hatte. Carnie war keine geeignete Kandidatin, um auch nur einen Tropfen ihres Blutes austreten zu lassen.

Ein süßlicher Duft, der sich kaum von den Kräutern unterschied, breitete sich aus. Und dann … wurde es zu viel. Es war, als hätte jemand eine unsichtbare Glut ins Lager geworfen, die Funken sprühen ließ – in allen von uns.

Jetzt merkten es auch die anderen: Der Duft von Carnies Blut war so stark, dass er wie eine Droge wirkte. Eine Droge, die Lust auf Sex machte. Nein, Lust war untertrieben, es war wie ein Drang, der immer stärker wurde. Ich spürte, wie sich all das Kribbeln der Magie durch meinen Körper schlängelte und sich einen neuen Platz suchte, um sich zu konzentrieren.

»Oh Gott«, machte Drakan heiser und schauderte.

»Fuck!«, entfuhr es Smeja. »Euer Scheißernst?«

Rhona riss die Augen auf. Ihre Wangen waren knallrot.

Nairne holte tief Luft und sah ihre Gefährtin erschrocken an. »Oh nein!«

Carnie schlug die Hand vor den Mund und leckte das Blut ab. Das zu sehen machte alles nur noch schlimmer, denn sogar das sah wie eine lüsterne Einladung aus.

Meine Wangen brannten und das Knistern in meinem Inneren wurde immer stärker. Ich war kurz davor, mir die Kleider vom Leib zu reißen und mich auf die nächstbeste Person zu stürzen, um den Druck loszuwerden. Ich wollte den Blick abwenden, aber ich schaffte es nicht.

Carnies Brüste hoben und senkten sich hektisch, ihre Halsschlagader pochte. Das sah wunderschön aus. Auch wie rosig ihre Wangen und wie voll ihre Lippen waren.

Ein Flattern riss mich aus dem Gefühlsstrudel. Larna, die Harpyie, war heruntergesprungen. »Du da, hilf mir!«, befahl sie Smeja. Die beiden packten Carnie und zogen sie weg von uns.

»Ich gehe freiwillig!«, rief sie. »Ist ja gut! Oh Mann, weiche Knie. Das ist ja krass... oje, zieht mich einfach weiter, Mädels. Wird schon.«

Mit jedem Meter wurde der Duft etwas geringer und meine Sinne wieder klarer. Ich vermied es, Niall anzusehen. Ich konnte für mich nicht garantieren. Besser, ich sah niemanden an, so schlimm war es. So stark.

Sukkubus-Blut. Wie dumm kann man sein?

»Lynx!«, rief Rhona benommen. Ich nahm wahr, dass Laird ein paar Schritte zurückgegangen war. »Ich brauche eine vierte Person! Schnell.«

Ich biss mir auf die Lippe und trat zu den anderen. Die Situation überforderte mich. Magie war nicht mein Ding. Ich hatte mich durch die Kurse im Orden durchgemogelt, sodass meine fehlende Begabung kaum auffiel oder zumindest geduldet wurde. Und die paar Male, die ich es dennoch versucht hatte, war es äußerst schmerzhaft geworden. Meine Hand fuhr an die verbotene Rune hinter meinem Ohr.

»Verdammte Scheiße, gib mir das Messer«, knurrte ich. Rhona reichte es mir. Ich sah die Schweißperlen auf ihrer Stirn und den Stress in ihren Augen. Ihr Mund war verzogen und sie presste die Zähne zusammen. Lange konnte sie die Magie nicht mehr halten. Es wurde Zeit, dass ich mich entschied.

Mit einem Schnauben zog ich die verfluchte Klinge über meine Handfläche und ballte die Faust. Rhona nickte und alle drei hielten ihre Hände über die Kerzen. Ich beeilte mich, mitzumachen.

Blut tropfte in die Flammen und gingen zischend in Rauch auf. Der Geruch des verdampfenden Blutes mischte sich mit den brennenden Kräutern. Mein Magen drehte sich um.

Ich hasste Blut. Und ich hasste, was hier gerade passierte.

Das Dröhnen der Magie nahm zu. Immer weiter. Es drückte gegen meine Schläfen und sorgte dafür, dass mir schwindelig wurde. Ich war froh, dass ich saß, sonst wären mir die Beine weggeknickt.

»Lupa«, flüsterte Rhona. »Wo bist du?« Sie hielt eine Kette mit einem Kristallanhänger über die Flammen. Ich kannte das Schmuckstück, Rhona trug es oft. Mir war nur nicht bewusst gewesen, dass es von Lupa stammte.

Die Flammen züngelten an dem Kristall und dem Silber entlang, dann stoben Funken aus der Glut.

Nairne, Shark und ich zuckten zurück.

Die Flammen umhüllten Rhonas Hand. Ihr Gesicht verzerrte sich vor Schmerzen. Hinter ihr brachte sich Laird in Position. Vor Sorge wirkte nicht einmal mehr Carnies Blut.

»Lupa!«, zischte Rhona gequält.

Die Flammen dehnten sich aus und zeigten plötzlich ein Bild. Lupa, die neben Scota durch den Wald lief. Sie blieb stehen und sah sich langsam um, als hätte sie etwas gespürt. Ihre goldenen Augen glänzten entschlossen. Scota stand vor ihr, den Kopf aufmerksam gereckt.

»Dort ist es«, sagte Scota und deutete in eine Richtung. »Fast geschafft. Doch wir haben ein Problem.«

In diesem Moment sprang etwas auf die beiden zu.

Das Bild verschwand und die Flamme erlosch.

Dröhnende Stille breitete sich auf der Lichtung aus.

Ich starrte auf den Punkt, wo eben noch der Zauber gewesen war. Jetzt war da Rhonas Hand, mit Brandblasen übersät, ihre Kette rußgeschwärzt. Mit zitternden Fingern ließ sie den Schmuck fallen. Laird stürzte zu ihr und schlang seine Arme um ihre Schultern.

Ihre verbrannte Hand zitterte, als Laird sie vorsichtig umfasste. Sie biss sich auf die Lippe, bis sie blutete, um nicht laut zu wimmern, doch Tränen liefen stumm über ihr Gesicht.

»Wir kümmern uns gleich darum«, sagte er sanft. »Das hast du großartig gemacht.«

Mir fehlten immer noch die Worte. Mein Herz schlug mir bis zum Hals. Es dauerte, bis ich die Vision verarbeiten konnte. Die Magie war so stark gewesen, dass mein ganzer Körper vibrierte.

Die Erkenntnis war hart: Lupa war bei Scota. Freiwillig. Sie suchten etwas und es musste wichtig sein, sonst wäre Scota nicht deswegen aus der Deckung gekommen. Und Lupa half ihr dabei.

Ich fragte mich, warum. Was glaubte Lupa, was sie da tat? Doch das war nicht das Schlimmste: Sie waren angegriffen worden.

Eilis. Das konnte nur sie gewesen sein. Und wenn sie angriff, bedeutete das, dass wir auf dem Holzweg waren, was Scota anging.

Ich verstand das alles nicht, aber ich musste sichergehen.

Lupa lebte. Das war die wertvollste Erkenntnis an diesem Zauber. Ich war froh, dass Rhona ihn durchgeführt hatte, trotz der ganzen Scheiße drum herum.

Ich kämpfte mich auf die Beine. »Wenn das Drachenblut die Angreiferin ist, müssen wir uns beeilen«, sagte ich. »Sie ist gefährlich.«

»Scota ist auch gefährlich. Und sehr gerissen«, erinnerte mich Atra. Sie glühte, die Magie hatte auch sie berührt.

»Kann sein, aber Eilis ist noch dazu verrückt«, versetzte ich. »Und ihr Drachenblut ist nicht zu unterschätzen. Sie war nicht umsonst eine von Mistress' Lieblingsschülerinnen. Sie ist stark, schnell und ihre Magie ist heftig. Ihrem Drachenfeuer will ich nicht in die Quere kommen.«

Smeja, Carnie und Larna kamen zurück. Carnies Hand war verbunden, doch ich stellte erleichtert fest, dass sie nicht mehr nach ihrem Blut roch. Wenigstens etwas.

»Habt ihr endlich was rausgefunden, oder wollt ihr noch mehr herumexperimentieren?«, fragte Smeja schnippisch. Auch ihre Wangen waren gerötet, aber anscheinend war sie so biestig, dass nicht einmal Sukkubus-Blut sie entspannte.

»Ja. Und wir sollten wieder aufbrechen«, sagte ich kurz, bevor ich wieder ausflippen konnte.

»Ein Drachenblut«, meinte Drakan, dessen Blick an Carnie hing. Die Wirkung ihres Blutes hatte ihn noch fest im Griff. Sie merkte es und warf ihm eine Kusshand zu. »So wie wir. Vielleicht sind wir entfernt mit dieser Eilis verwandt.«

Mir reichte es, seine Dummheit ließ mich rotsehen. »Eilis ist ein echtes Drachenblut«, zischte ich. »Nicht so ein Möchtegern wie du. Sorg lieber dafür, dass du wieder klar denken kannst, dann sehen wir weiter.« Ich nickte in Richtung seiner Hose.

»Rede nicht so mit ihm!«, fuhr Smeja mich an. »Ihr könnt froh sein, dass wir hier sind, um zu helfen.«

»Danke, verzichte«, zischte ich. »Ihr seid nur ein Klotz am Bein und euer Drachen-Ding ist mehr als peinlich. Ich wills nicht für euch hoffen, aber das würdet ihr einsehen, wenn ihr auf Eilis trefft. Dann würdet ihr euch sicherlich schnell ein etwas netteres Wappentier zulegen. Ein Stinktier vielleicht. Oder was ist besonders einfältig?«

»Halt den Mund, du blöde Ziege!«, schrie sie, ihr Gesicht färbte sich rot. »Das muss ich mir nicht bieten lassen! Nicht von einer wie dir, du ... du ... Argh!« Sie stampfte mit dem Fuß auf. »Es gibt kein Wort, das beschreibt, wie scheiße ich dich finde!«

»Interessiert mich nicht, Stinktier!«, rief ich. »Dann verzieh dich einfach.«

Smejas Gesicht wurde ungesund rot. Sie holte tief Luft und ich machte mich auf eine weitere lahme Schimpftirade gefasst.

Stattdessen lag plötzlich der stechende Geruch von Schwefel in der Luft und all meine Instinkte schrien Alarm.

Ohne klaren Gedanken ließ ich mich zu Boden fallen.

Keine Sekunde später zischte eine Feuersalve über meinen Kopf. Die Hitzewelle ließ meine Haut prickeln.

Jemand schrie entsetzt auf.

Ich brauchte einen Moment, um zu begreifen, dass es Smeja war. Doch nicht sie schrie – es war ihr eigenes Feuer.

Es dauerte einen Herzschlag, bis sich die Schreie legten und ich begriff, was gerade passiert war. Smeja saß keuchend auf dem Boden, ihre Hände zitterten unkontrolliert, noch immer stieg Rauch aus ihrem Mund auf. Der Geruch von verbranntem Holz hing schwer in der Luft.

Ich kam wieder auf die Füße und betrachtete die Menschenfrau, die sich jetzt an die Kehle fasste und mit der anderen Hand ihren Mund bedeckte. Dabei schüttelte sie die ganze Zeit den Kopf.

»Hat sie ...«, stammelte ich.

»Feuer gespien?«, fragte Nairne mit ausdruckslosem Gesicht. »Ich fürchte ja. Du wirst Möchtegern zurücknehmen müssen, Lynx.«

KAPITEL 6

LUPA

Ich war am Ende. Körperlich und mental.

Der Kampf gegen die Harpyie und den Fuchs sowie die Flucht vor ihnen hatten meine letzten Kraftreserven aufgebraucht.

Meine Beine waren bleischwer und mein Kopf so erschöpft, dass ich mich kaum noch auf unseren Weg konzentrieren konnte. Und doch war da ein Drängen in mir. Das Wolfsblut rebellierte, trieb mich voran, obwohl ich längst am Limit war. Es ließ mir keine Ruhe, keine Möglichkeit, einfach aufzugeben.

»Scota«, sagte ich verhalten und musste mich an einem Baumstamm festhalten. Wir hatten eine kleine Lichtung erreicht, die von Büschen umgeben war. Neben mir war ein Stein, auf den ich mich ächzend setzte.

Die Jägerin blieb seufzend stehen. »Schon wieder eine Pause?«, fragte sie verächtlich.

»Es ist mitten in der Nacht«, erwiderte ich. »Wir sind seit Stunden ohne Pause unterwegs. Du weißt, was ich durchgemacht habe. Du musst dich auch nach mir richten, wenn ich dir helfen soll. Und wenn ich komplett am Ende bin, nütze ich dir auch nichts mehr.«

Das sah Scota zähneknirschend ein und kam zurück.

»Eine halbe Stunde«, sagte sie kühl. »Du solltest die Augen schließen.«

Das tat ich auch. Mittlerweile war ich so erschöpft, dass ich beinahe im Stehen schlief.

Ich rutschte an dem Stein hinunter und lehnte mich an, dann schloss ich die Augen und war sofort weg. Trotzdem fühlte es sich an, als hätte ich nur geblinzelt, da rüttelte sie mich schon wieder wach.

Ich kämpfte mich zurück ins Wachsein und kam auf die Beine. Ich fühlte mich steif und total erschossen. Jede Bewegung war langsamer als sonst, als wäre mein Körper doppelt so schwer. Am Himmel zeigte sich das erste Morgenrot, anscheinend hatte sie mir mehr als eine halbe Stunde gegönnt. Trotzdem war es nicht genug.

Scota stand neben mir und sah sich um. Ihr Gesicht war angespannt und es schien, als würde sie lauschen. Ich hielt die Luft an und horchte ebenfalls.

Knacken. Ein Schatten Meine Nackenhaare sträubten sich und mein Herz klopfte lauter. Ich wagte nicht, mich zu bewegen. Jetzt, da ich mich konzentrierte, wurde das Gefühl der Gefahr immer deutlicher. Der Wind trug fremde Gerüche zu mir, die ich nicht einordnen konnte.

Sie waren hier. Irgendwo.

Die Harpyie? Oder ein anderer Angreifer?

Ich sah die Jägerin an, doch sie war zu konzentriert, um meinen Blick zu erwidern.

Gänsehaut überzog meine Arme. Die Gefahr wurde größer. Und hier auf der Lichtung waren wir viel zu gut zu sehen. Das Blätterdach der Bäume reichte nicht an uns heran.

Es knackte neben uns im Unterholz. Scotas Hand fuhr an ihren Gürtel und sie zog ihren Dolch hervor. Die Klinge blitzte im schwachen Licht der Morgendämmerung.

Ich ging leicht in die Knie, doch es war totenstill. Irgendwo in der Finsternis schrie eine Eule. Oder etwas anderes?

Scota atmete tief ein und richtete sich auf. »Wir müssen weiter«, sagte sie rau. »Keine Pausen mehr. Wir haben es fast geschafft, Lupa. Und uns läuft die Zeit davon. Verstehst du das?«

»Ja.« Ich schnappte mir meine Sachen und beeilte mich, ihr zu folgen. Dabei hatte ich das deutliche Gefühl, dass uns etwas im Unterholz beobachtete. Jemand war hier. Er behielt uns im Blick. Er belauerte uns. Und wartete auf seine Gelegenheit.

»Scota«, flüsterte ich. Das schlechte Gefühl kroch durch meinen Körper. Ich fühlte mich befangen. Nackt. Verdammt, was war das?

Scota lief weiter. »Ich weiß«, murmelte sie. »Aber ich kann momentan nichts dagegen tun.«

Mein schlechtes Gefühl wurde noch schlimmer. Mein Magen rebellierte und ich wünschte mir, ich hätte auch eine Waffe, um mich zu verteidigen. Ich war hilflos, wenn ich von hinten angegriffen wurde.

Ich schloss dicht zu ihr auf und versuchte, meine Sinne in alle Richtungen zu schicken.

»Wie weit ist es noch?«, wisperte ich. Ein Schauder ging über meinen Rücken, als es wieder im Unterholz knackte.

»Wir haben es bald geschafft«, erwiderte sie gestresst. »Aber das hilft uns nicht. Wenn wir nicht allein sind, können wir den Plan nicht umsetzen. Wir müssen sie loswerden.«

»Wer ist es?«, fragte ich.

Scota presste die Lippen zusammen und legte noch einen Zahn zu. Mir brach Schweiß aus und ich bekam Angst. Es war nicht so schlimm, wie dem Meergott gegenüberzustehen, aber das war wenigstens eine offene Bedrohung gewesen. Etwas, das mich von vorn angriff.

Nicht so wie jetzt.

Wir suchten uns unseren Weg durch den Wald. Ich hasste es, dass ich nicht wusste, wohin wir gingen und wer noch mit uns hier war. Meine Angst mischte sich mit Wut, weil Scota mir nichts sagte. Es fühlte sich wie Verrat an, als wäre ich nur ein Werkzeug, das sie benutzen und wegwerfen würde, wenn ich meinen Zweck erfüllt hatte.

Ein leider vertrautes Gefühl in Bezug auf sie.

Und leider war ich wieder abhängig von ihr.

»Wir sind fast da, nur noch etwa ein Kilometer« sagte Scota da. »Wie viel Kraft hast du noch?«

»So viel wie nötig«, erwiderte ich mit zusammengebissenen Zähnen.

»Gut, denn wir müssen jetzt rennen«, flüsterte sie. »Du bleibst dicht hinter mir. Bereit?«

»Bereit«, hauchte ich.

Scota rannte los. Sie legte ein so atemberaubendes Tempo vor, dass ich Mühe hatte, an ihr dranzubleiben. Trotzdem wusste ich, dass das wahrscheinlich unsere einzige Chance war, die Verfolger abzuschütteln. Oder sie zu zwingen, aus der Deckung zu kommen.

Ich verlor das Gefühl für meinen Körper. Er war wieder wie nach dem Kampf gegen den Gott, als ich kopflos meinem Überlebensinstinkt gefolgt war. Auch jetzt übernahm er die Kontrolle, verdrängte Lupa und ließ nur die Wölfin übrig.

Meine Gedanken verblassten, verdrängt von Instinkten, die klarer und schärfer waren als alles, was ich je gespürt hatte. Die Gerüche des Waldes waren plötzlich überwältigend, jedes Geräusch hallte wie ein Trommelschlag in meinen Ohren. Meine Persönlichkeit versank in diesen Sinnen – nur die Wölfin blieb.

Sie hetzte.

Sie jagte.

Sie verbarg sich vor ihren Feinden.

Sie wurde eins mit dem Wald.

Mit dem Boden unter ihren Füßen.

Die letzte Wilde Jagd hatte ich versäumt. Die Umstände waren einfach zu schlecht gewesen und meine Instinkte hatten das über sich ergehen lassen.

Jetzt forderte mein Wolfsblut seinen Tribut. Beachtung. Respekt vor dem, was wichtig war für diese Blutlinie.

Ich hetzte.

Ich jagte.

Ich verbarg mich vor meinen Feinden.

Ich wurde eins mit dem Wald.

Mit dem Boden unter meinen Füßen.

Ich rannte. Immer weiter. Und ließ die Sirene und auch Lupa immer weiter hinter mir.

Ich war nah an Scota dran. Sie war schnell, doch die Wölfin passte sich an diese Gefährtin an. Sie schöpfte Kraft aus der Freude des Jagens und Rennens.

Ich vergaß, warum ich rannte.

Ich erinnerte mich nicht mehr, wohin ich wollte.

Mir entfiel, wer ich war.

Bis Scota jäh stehen blieb und ich einen Satz machen musste, um nicht in sie hineinzurennen.

Ich sprang über ein paar Baumwurzeln, schlug einen Haken und kam wieder zu ihr zurück. Mittlerweile färbte das erste Morgenrot den Himmel und die nächtlichen Schatten wichen grauem Zwielicht. Meine Augen suchten die Umgebung ab. Niemand zu sehen.

Meine Sinne sagten mir etwas anderes. Sie waren uns immer noch auf den Fersen. Dicht.

Langsam meldete sich mein Verstand zurück. Das wurde auch Zeit. Je länger ich in diesem Wald war, desto schlimmer wurde es mit mir.

Scota sah sich um. Ihre Augen waren zusammengekniffen, ihr Mund verzogen. Den Dolch hielt sie in der Hand, die andere hatte sie zu einer Faust geballt.

»Dort ist es«, sagte Scota laut, viel lauter als gewöhnlich. Sie deutete mit dem Zeigefinger in eine Richtung, wie sie es sonst nie getan hätte. Links von uns. Dort also. Mein Herz machte einen Satz. »Fast geschafft. Doch wir haben ein Problem.« Wir tauschten einen Blick und wussten beide, was es war.

Ich schluckte und machte mich bereit.

In diesem Moment sprang etwas auf uns zu.

Ich duckte mich, der Angreifer verfehlte mich knapp. Der Luftzug trug seinen Geruch zu mir. Erschrocken riss ich die Augen auf. Ich kannte ihn! Adair, der Windgeist, mit dem ich im Orden zusammen gelernt hatte. Es war, wie Scota gesagt hatte.

Er kam neben mir auf die Füße und hätte um ein Haar den Halt verloren. Ich hatte keine Zeit, mich auf ihn zu konzentrieren, denn da stürzte noch jemand auf mich zu, dieses Mal frontal. Er hatte einen Dolch in der Hand. Ich wich aus, spürte den Luftzug, als die Klinge knapp meine Schulter verfehlte. Mein Körper reagierte schneller, als ich denken konnte. Schlag. Tritt.

Adair taumelte zurück, da sah ich aus dem Augenwinkel einen zweiten Angreifer auf mich zuspringen.

Hinter mir machte Scota einen gewaltigen Satz in die Luft. Sie kämpfte gegen eine dritte Gestalt.

Ich wirbelte zur Seite und wich dem zweiten Angreifer aus. Adair, rannte erneut auf mich zu, den Dolch hocherhoben. Ich sah ihm in das schmale Gesicht mit den scharfen Zügen und den hellen Augen. Sein feines Haar umwehte ihn und ich sah die Entschlossenheit in jeder seiner Bewegungen. Er würde keine halben Sachen machen. Er war hier, um mich zu töten.

Ich konnte es nicht fassen.

Nein, wir waren nie die besten Freunde, aber ich hätte nie damit gerechnet, dass wir uns mal einen Kampf auf Leben und Tod liefern würden. Genau wie bei Blaan, einem Irrlicht, dem zweiten Angreifer. Ich hätte sie nie für Todfeinde gehalten, obwohl Scota mich vorbereitet hatte, dass sie mit Eilis unterwegs waren. Jetzt erkannte ich, dass ich das bis eben nicht geglaubt hatte. Aber wenn ich überleben wollte, musste ich mich ihnen stellen. Egal, was das mit mir machte.

Adair wog das lange Messer in der linken Hand, sein Haar fiel ihm in die Stirn, doch ich sah seine fanatischen Augen trotzdem.

Reden war sinnlos. Er hatte sich entschieden, mich zu töten. Nichts anderes zählte für ihn.

Genau wie für seinen Freund Blaan.

Ich warf einen winzigen Blick über die Schulter zu Scota. Sie stand Eilis gegenüber. Das Drachenblut sah noch genauso aus, wie ich es in Erinnerung hatte: Kurzes Haar, das eng an ihrem Kopf anlag. Die langen, krallenartigen Fingernägel. Tätowierte Schuppen, die sich über ihren ganzen Körper verteilten und den metallisch-grünen Schimmer ihrer Haut betonten, die im Morgengrauen leuchtete.

Sie bewegte sich wie ein Raubtier – geschmeidig und tödlich. Jede Geste war eine Drohung – sie war das Drachenfeuer, das alles in Asche legen würde. Jetzt warf sie mir einen hasserfüllten Blick zu. Ich wusste warum: Ich war diejenige, die ihren großen Traum zerstört hatte. Meinetwegen war sie von ihrer Meisterin getrennt. Von ihrer Geliebten, denn Dara saß immer noch im Gefängnis des Wesenrats.

Ich war ihr absolutes Feindbild. Und doch kämpfte ich gegen Adair und Blaan, denn Scota war die gefährlichere Gegnerin für sie. Eilis warf mir einen Blick zu, der mir sagte, dass ich eigentlich ihre Sache war. Dass es ihr zugestanden hätte, den letzten Atemzug aus meinem Körper herauszuholen.

Jetzt musste sie sich stattdessen um jemanden kümmern, den sie fast genauso hasste wie mich.

Ein seltsamer Geruch stieg mir in die Nase, den ich erst nach ein paar Sekunden identifizieren konnte: Blut. Von einem Pferd. Nein, von einem Zentauren!

Ich riss die Augen auf und bewegte mich ein Stück zur Seite, damit ich Eilis nicht mehr im Rücken hatte.

Ahearn! Warum hatte Eilis sein Blut an ihrer Kleidung?

Bevor ich darüber nachdenken konnte, machte sich Adair für einen erneuten Angriff bereit; Blaan positionierte sich, um mich ebenfalls zu attackieren. Sie verständigten sich mit Blicken, aber sie waren schlechte Kämpfer. Ich erriet, was sie vorhatten. Jetzt durfte ich mich nicht erwischen lassen.

Blaan stürzte vor, um mich von hinten zu packen. Ich wartete bis zum letzten Moment, denn Adair rannte gleichzeitig los.

Als ich Blaans Hände schon beinahe auf mir spürte, machte ich einen Ausfallschritt und trat ihm in die Rippen. Er stürzte direkt in Adairs Arme. Blaan jaulte auf, als ihn das Messer erwischte.

Mein Herz machte einen schmerzhaften Satz. Ich wollte nie jemanden verletzen. Aber ich tat es, wenn es sein musste und mein eigenes Leben rettete.

»Das wirst du büßen, Miststück!«, brüllte Adair und half seinem Freund auf die Beine.

Hinter mir knallte es. Eilis hatte Scota mit Drachenfeuer angegriffen. Die grüne Flamme versenkte Bäume und meine Haut prickelte. Ich rannte los, um mich in Sicherheit zu bringen.

Wieder spie sie Feuer, von der anderen Seite rannte A- dair auf mich zu. Ich duckte mich und wich seinem blut- verschmierten Messer aus. Dann versetzte ich ihm einen Hieb in den Nacken. Er stolperte und fiel zu Boden.

»Adair«, schrie Blaan von seinem Randplatz aus. Er sah mich wütend an, dann wurden seine Augen leer und seine

Haare wehten im Wind des Drachenfeuers. Jetzt wurde es gefährlich. Wenn er seine Illusion um mich spann, war ich im Nachteil. Im schlimmsten Fall geriet ich so in einen Hinterhalt.

Ich sprintete in ein Gebüsch und brachte mich hinter einem Ginsterbusch in Sicherheit.

Ich könnte losrennen, doch dann müsste ich Scota zurücklassen. Und ohne sie war ich schutzlos.

Verdammt, ich konnte nicht einfach gehen!

Eine neue Flamme schoss über die Lichtung. Jemand schrie.

Ich biss mir auf die Lippe und sprang wieder über den Busch. Ich konnte nicht tatenlos hier herumsitzen und Scota sich selbst überlassen.

Es bot sich mir eine albtraumhafte Szene: Die Illusion des Irrlichts war erschaffen und die Lichtung war voller Nebel und kleiner Lichter. Sie tanzten einen irritierenden Tanz, der schläfrig machte. Ich kniff die Augen zusammen und suchte nach den vier Personen, die hier sein mussten.

›Du bist so dumm, Lupa!‹, schoss es mir durch den Kopf, mit einer Stimme, die verdächtig nach Lynx klang. ›Du kannst doch nicht einfach in eine Irrlicht-Illusion hineinspringen! Raus da, du dämliche Kuh!‹

Es war zu spät. Allein kam ich nicht mehr aus der Illusion heraus.

Mein feines Gehör rettete mir buchstäblich das Leben, denn Adair tauchte neben mir auf und verfehlte mich nur um Zentimeter mit seinem Messer. Ich drehte mich zur Seite, doch er verschwand wieder im Nebel.

Jemand rief etwas, doch durch die Illusion konnte ich nicht feststellen, wer es war. Scota?

Lebte sie überhaupt noch?

Ich machte zwei Schritte zurück, doch ich hatte meine Orientierung verloren. Ich war allein, obwohl ich von Feinden umringt war.

Ich hörte jemanden atmen und dann das Knistern des Feuers.

Ich ließ mich auf den Boden fallen, da schoss die Feuersalve über mich hinweg. Mit den Füßen stieß ich mich ab und rollte mich zur Seite, da sauste schon Adairs Messer auf mich nieder und glitt klirrend von einem Stein ab. Mit einem Knirschen brach die Klinge ab und er fluchte.

Ich lag auf dem Bauch, flach auf dem Boden, da sah ich plötzlich Füße. Wieder musste ich mich beiseite rollen. Vor mir tauchte die abgebrochene Klinge auf, sie lag am Boden neben mir.

Ohne nachzudenken, griff ich nach ihr und kam auf die Füße, da stürzte wieder jemand auf mich zu.

Ich versetzte ihm einen Schlag, dann einen Tritt, der ihn zu Boden gehen ließ.

Blaan.

Ich kam auf die Knie, holte aus und schlug ihm mit der Faust gegen die Schläfe. Seine trüben Augen weiteten sich, dann wurde er ohnmächtig.

Augenblicklich verging die Illusion und ich sah Adair mit einem mörderischen Blick auf mich zu rennen.

In der Hand hielt ich noch immer die abgebrochene Klinge. Ich schloss meine Finger darum. Die scharfen Kanten schnitten in meine Handfläche. Blut rann brennend über meine Haut.

Ich wollte die Waffe nicht einsetzen, aber wenn ich mich verteidigen musste, würde ich es tun.

Adair stieß einen Schrei aus, als er Blaan auf dem Boden liegen sah.

Zweifellos dachte er, der andere wäre tot. Ich erinnerte mich, dass sie sich immer nah gestanden hatten. So nah also, denn sein mörderischer Blick sagte alles.

Hinter mir ging Scota zu Boden, Eilis hatte sie niedergestreckt.

»Warte!«, rief das Drachenblut und tatsächlich stoppte Adair. Eilis stellte sich mir in den Weg, als ich zurückwich. »Du gehörst mir, Miststück!«, zischte sie. »Für die zwei Jahre in Gefangenschaft und das, was du Mistress angetan hast, wirst du heute bezahlen, hörst du? Weißt du eigentlich, wie es Dara ergangen ist? Ihre Kräfte wurden versiegelt! Kannst du dir vorstellen, was ein Mensch in einem Wesengefängnis alles ertragen muss?« Sie spuckte vor mir auf den Boden.

Meine Finger verkrampften sich um die Messerklinge.

»Keiner hat euch gezwungen, sich ihr anzuschließen«, sagte ich heiser. »Und ihr tragt die Verantwortung für das, was ihr getan habt, nicht ich.«

Eilis' gelbe Augen sprühten vor Hass. Sie holte Luft, um mich mit ihrem Feueratem anzugreifen. Ich machte mich bereit. Gleichzeitig musste ich Adair im Auge behalten. Seine Augen glitzerten fanatisch. Er wollte mein Blut mindestens so sehr wie Eilis. Es fehlte nicht viel und er verlor die Beherrschung.

Scota lag bewegungslos auf dem Boden. Ich war erledigt. Ohne ihren Schutz würden sie mich umbringen.

Ich hoffte, Eilis verlor die Beherrschung und machte es schnell. Momentan wirkte sie eher, als würde sie mich langsam rösten wollen.

Wieder wich ich ein paar Schritte zurück, doch ich machte mir keine Illusionen, dass ich es schaffen könnte, wegzurennen. Adair war schnell, wenn auch nicht stark. Ihn loszuwerden würde mir nur gelingen, wenn ich ihn umbrachte.

Neben mir regte sich Blaan. Adairs Gesicht hellte sich auf und auch Eilis unterbrach für einen kurzen Moment ihre Aufmerksamkeit.

Das war meine Chance!

Ich rannte los. Kopflos zwischen die nächsten Stämme. Hinter mir schoss eine Flamme durch das Gebüsch und verkohlte Äste und Blätter. Ich musste mich zu Boden werfen, um nicht von den grünen Flammen erwischt zu werden.

Schon war Adair bei mir und zerrte mich wieder auf die Füße. Ich sah in sein schmales Gesicht, in seine fanatisch funkelnden Augen und wusste, dass es nichts bringen würde, wenn ich mit ihm redete. Er war mit seinem ganzen Wesen bei der Sache. Er würde mich sofort umbringen, wenn er damit seinem Ziel näherkam. Und jetzt zerrte er mich zu Eilis zurück.

»Wo ist es?«, zischte sie.

»Was meinst du?«, fragte ich dünn.

»Das Artefakt, stell dich nicht dumm!«

»Weiß ich nicht.«

Sie schlug mir ins Gesicht. Schmerz schoss durch meinen Kopf und ich taumelte. Adair hielt meine Arme fest, sodass ich nicht hinfallen oder ausweichen konnte.

»Das Artefakt, Lupa. Spuck es aus, oder ich bringe dich besonders langsam um«, drohte Eilis.

Ich schüttelte den Kopf.

Wieder holte sie aus, dieses Mal erwischte sie mich mit der Faust am Kiefer. Ich schrie und wand mich.

Wut stieg in mir hoch, heiß und wild. Mein Überlebensinstinkt meldete sich. Nachdrücklich. Er sagte mir, dass ich heute nicht sterben würde. Nicht hier und nicht durch Eilis' Hand. Der Gedanke an meine Freunde, an alles, wofür ich gekämpft hatte, brannte heller als die Angst in meinem Inneren. Ich würde überleben – egal, was es kostete.

»Letzte Chance!«, knurrte Eilis.

Wieder schüttelte ich den Kopf. Sie holte erneut aus, da schlug ich meinen Hinterkopf mit aller Macht gegen Adairs Gesicht. Er ließ mich aufjaulend los, Sekunden, die ich nutzte, um unter Eilis' Hand durchzutauchen und ihr so hart wie ich konnte in die Rippen zu treten. Sie fiel mit einem Schrei zu Boden und krümmte sich. Hinter mir hielt sich Adair die blutende Nase.

Blaan kam auf mich zugerannt, doch das Irrlicht hatte in einem offenen Kampf keine Chance gegen mich. Ich versetzte Eilis einen weiteren Tritt, dann holte ich aus und schickte Blaan zu Boden.

Ich warf noch einen Blick auf Scota, um mich von ihr zu verabschieden.

Jäh hielt ich inne.

Sie war weg.

»Runter!«

Ich warf mich auf den Boden, da zischte ein Fluch über meinen Kopf hinweg. Er traf mit einem dumpfen Knall einen Körper, ich hörte, wie jemand zu Boden ging.

Ein Schrei zerriss die Stille, roh und tierisch. Ich wusste nicht, wer getroffen worden war, doch mein Instinkt schrie mir zu: ›Lauf! Lauf, bevor es dich auch erwischt!‹

Ich kam auf die Füße und rannte in die Richtung, aus welcher der Fluch gekommen war. Ich drehte mich nicht um. Erinnerungen schossen durch meinen Kopf.

Ich sah Vipera wieder vor meinem geistigen Auge fallen, getroffen von Daras tödlichem Fluch. Ich würde nie vergessen, wie das Licht in ihren Augen erlosch. Ich würde mich nie davon erholen. Und ich wollte mich nicht umdrehen und herausfinden, wen Scota gerade getötet hatte.

›Hoffentlich war es Eilis! Dann ist der Spuk vorbei.‹

Allein dieser Gedanke brachte mich schier um.

Scota stand zwischen den Bäumen. Als sie mich laufen sah, drehte sie sich um und verschwand im Gebüsch. Ich setzte ihr nach und betete, dass wir jetzt das schlimmste hinter uns hatten.

Ich befürchtete, dass das nicht so war.

»Was ist passiert?«, rief ich. »Was hast du getan?«

Scota antwortete nicht, sie rannte einfach immer weiter, scheinbar ohne festes Ziel. Ich hatte das Gefühl, dass wir uns im Zickzack bewegten, immer wieder schlug sie Haken und rannte dann in die entgegengesetzte Richtung.

»Scota, warte endlich, verdammt!«, schrie ich. »Du kannst nicht einfach ohne ein Wort wegrennen! Ich hänge genauso drin wie du! Jetzt rede endlich mit mir!«

Wieder würdigte sie mich keines Blickes.

Ich biss die Zähne zusammen, wütende Tränen stiegen in meine Augen. Mein Gesicht schmerzte von dem Kampf, es fühlte sich an, als wäre mein Kiefer aus der Form gerutscht. Jeder Muskel brannte, ich war wie zerschlagen.

Ich wollte endlich wissen, was passiert war. Ich brauchte die Gewissheit, wen sie erwischt hatte. Wen sie getötet hatte.

Ich schluckte an dem Tränenkloß in meinem Hals.

Das war zu viel für mich. Ich schaffte das nicht mehr.

Die Erschöpfung war so groß, dass es sich anfühlte, als wären mein Körper und mein Geist nicht mehr verbunden.

Ich war nur noch eine leere Hülle, angetrieben von meinen Wolfsinstinkten.

Meine Umgebung nahm ich schon lange nicht mehr wahr, nur noch den Boden unmittelbar vor meinen Füßen. Und die Distanz zwischen Scota und mir, damit ich sie nicht verlor.

Wieder änderte sie abrupt die Richtung.

Ich stolperte, taumelte und wäre um ein Haar gefallen.

»Scota, verdammt!«, fluchte ich erneut.

Wieder ignorierte sie mich und sah sich nur den Bruchteil einer Sekunde um, um sicherzugehen, dass ich ihr noch folgte.

Und wenn ich einfach stehen blieb?

›Dann bin ich so gut wie tot‹, musste ich einsehen. ›Wenn Eilis und die anderen uns verfolgen, haben sie mich sofort. Allein habe ich keine Chance. Aber ich kann das hier nicht mehr hinnehmen. So kann sie nicht mehr mit mir umgehen. Und wenn sie nicht freiwillig stehenbleibt, zwinge ich sie dazu.‹

Wenn mein Gefühl mich nicht täuschte, würde sie gleich wieder die Richtung wechseln und nach rechts abbiegen.

›Ich könnte sie von der Seite rammen und so zum Anhalten bringen. Dann kann sie mich nicht mehr ignorieren und muss mit mir reden. So viel Zeit muss sein, egal, wie wir sie uns verschaffen!‹

Ich holte noch einmal alles aus mir heraus und sprintete nach rechts, an ihr vorbei und machte mich darauf gefasst, sie zu tackeln. Ich brach durch ein Gebüsch und schrie erschrocken auf, als ich plötzlich den Halt unter den Füßen verlor.

Der Boden war weg! Ein Abhang!

Das Nächste, was ich spürte, war der Fall, dann war die Luft weg und ich durchschlug eine Oberfläche.

Ich versank in Wasser. Es schlug über mir zusammen und verschlang mich.

Panik breitete sich in mir aus. Mein Wolfsblut stemmte sich wütend gegen das feindliche Element.

›*Nein! Kein Wasser! Bei allen Göttern, bitte kein Wasser!*‹

Ich war blind. Hilflos. Ich kämpfte gegen die Dunkelheit und den Druck. Wölfe können schwimmen, doch hier, in dieser unendlichen Schwärze, war ich verloren. Es war wie ein Albtraum.

Dann spürte ich es: ein Funken, ein Echo in meiner Brust, doch meine Panik war zu groß. Wild schlug ich mit Armen und Beinen. Mein Kopf war wie gelähmt, genau wie mein Körper. Ich bekam keine sinnvollen Bewegungen hin.

Etwas packte mich.

Scota!

Doch als ich gerade dachte, die Hände würden mich hoch, zurück an die Oberfläche, ziehen, spürte ich einen Sog. In die Tiefe.

Ich riss die Augen auf und blickte in ein gespenstisches weißes Gesicht mit riesigen blassen Augen direkt vor mir. Es starrte mich an und entblößte rasiermesserscharfe Zähne. Seine scharfen Krallen bohrten sich in das Leder meiner Jacke und zerrten mich immer tiefer.

Ein Wassergeist!

Ich stemmte mich gegen das Wesen und versuchte, mich aus seinen Fängen zu befreien. Der Druck auf meine Lungen wurde immer stärker. Luftblasen stiegen auf. Mein Brustkorb explodierte beinahe.

›Ich ertrinke!‹

Vor lauter Panik schwanden meine Sinne.

Da regte sich wieder etwas in meiner Brust. Ein kleiner Funken, beinahe nicht zu spüren, doch er war da. Und jetzt kam er zurück, um mich zu retten. Er wuchs und wurde heller. Stärker. Nachdrücklich und wütend.

Die Sirene.

Sie war noch da. Klein und schwach im Vergleich zu der Wölfin, aber sie war nicht verschwunden. Und jetzt, da ich mich in ihrem Element befand, kam sie zurück.

Der Druck auf meinen Lungen nahm etwas ab und die Panik wurde kleiner.

›Ich bin hier das Raubtier!‹

Ich riss die Augen auf und sammelte mich, dann drückte ich den Wassergeist mit aller Macht von mir.

Das Wesen wehrte sich und verstärkte den Griff um meine Schultern, doch ich versetzte ihm einen Stoß, der es endlich von mir losriss.

Die Sirene schob sich nach vorn, übernahm die Kontrolle. Sie trieb mich an die Oberfläche und verdrängte die Wölfin, die sich knurrend in mein Unterbewusstsein zurückzog. Ich war wieder vollständig und mein Sirenenblut überwog.

Ich versetzte meinem Gegner einen Tritt, der mich nach oben drückte, und durchbrach die Wasseroberfläche.

Gierig schnappte ich nach Luft, da packte er mich am Fußgelenk und zog mich wieder in die Tiefe.

Dieses Mal war ich vorbereitet.

Unabsichtlich hatte Shark vor zwei Jahren einmal etwas ähnliches mit mir gemacht. Damals war ich in der Ostsee und hatte versucht, eine unsichtbare Sperre in meinem Kopf zu durchbrechen. Es war ein Spiel für ihn gewesen, weil er zu dem Zeitpunkt nicht wusste, dass ich unter Wasser nicht atmen konnte.

Ein Spiel, das mich beinahe umgebracht hätte. Ein traumatisches Erlebnis, das ich ihm sehr übelgenommen und das mich lange beschäftigt hatte.

Und ich erinnerte mich noch genau, wie ich ihn damals losgeworden war. Ich sah hinunter, zielte und trat dem Wassermann mitten ins Gesicht.

Sofort ließ er mich los und ich sah Blut im Wasser aufsteigen.

Ich biss die Zähne zusammen und schwamm wieder an die Oberfläche und von dort so schnell wie möglich ans Ufer, bevor er wieder nach mir greifen konnte.

Ich kam bis zum Schilf, dann war er wieder hinter mir.

Ich krallte mich fest, drehte mich um und trat erneut nach ihm. Jetzt sah ich ihn außerhalb des Wassers: Sein bleiches Gesicht, seine langen Haare und die nadelspitzen Zähne. Seine langen Fingernägel und der hungrige Blick in seinen hellen Augen. Er würde mir aus dem Wasser folgen, wenn es sein musste. Meine Energie würde ihm mehr Kraft verleihen, er war ausgehungert und schwach, er hatte schon lange keinen Wirt mehr gefunden.

Er witterte in mir eine leichte Beute, mir war anzumerken, wie abgekämpft ich war.

Er irrte sich.

Bei aller Erschöpfung war ich immer noch stärker als er. Tödlicher. Und ausdauernder.

Die Sirene bäumte sich auf. Wie im Kampf gegen Eilis entschied mein Blut, dass ich heute nicht sterben würde.

Unter keinen Umständen. Und der Wassermann würde es nicht überleben, wenn er mich noch einmal angriff.

»Wage es ja nicht!«, fuhr ich ihn an und spürte, dass meine Augen dabei glühten. Meine Stimme klang anders, lauter und mächtiger, und es schien, als würde ihn etwas zurückdrücken, unsichtbar und doch sehr kraftvoll.

Ich verstand selbst nicht, was ich da tat.

Erschrocken ließ er mich los und verschwand in den Tiefen seines Weihers. Ich blieb stehen und sah ihm nach, bereit, ihm den Garaus zu machen, wenn es sein musste.

›Er wird es nicht wagen.‹

Endlich zog ich mich aus dem Wasser und krabbelte erschöpft ans Ufer. Dort lehnte ich mich gegen einen Stein und schöpfte Atem.

Mir war sterbenselend zumute und mein Körper fühlte sich wie zerschlagen an. Ich legte den Kopf in den Nacken und sah hinauf in den Morgenhimmel.

Welcher Tag war heute?

Ich hatte die Orientierung verloren. Örtlich und zeitlich.

Ich wusste nicht mehr, wo ich war. Ich wusste nicht, wohin ich gehen sollte.

Aber ich wusste zumindest, dass die Sirene nicht verschwunden war. Jetzt verblasste sie wieder, aber sie war da. Aus irgendeinem Grund tröstete mich diese Erkenntnis. Ohne sie hatte ich mich unvollständig gefühlt.

»Lupa.«

Scotas Stimme ließ mich aufsehen.

Ich riss mich vom Morgenhimmel los und blickte zu der Jägerin, die zwischen den Bäumen stand. Ihr Gesicht war angespannt. Keine Ahnung, wie viel sie von meinem Kampf gegen den Wassergeist mitbekommen hatte. Geholfen hatte sie mir jedenfalls nicht.

»Alles in Ordnung?« Sie sah mich kritisch an, dann kam sie zu mir und hockte sich neben mich. Ich zuckte zusammen, als sie ihre Hand auf meine Stirn legte. Ihre Berührung fühlte sich falsch an, aber ich war zu müde, um sie abzuwehren.

»Die Sirene ist ja noch da«, sagte sie leise, fast zu sich selbst. Ein Funkeln lag in ihren Augen, das ich nicht deuten konnte – Ärger? Enttäuschung?

»Sie kam zurück, als es eng wurde, und hat mich gerettet«, erwiderte ich und schloss die Augen. Ich kam nicht einmal mehr hoch, doch irgendwie schaffte ich es, sie noch einmal anzusehen. »Ich kann nicht mehr.«

Sie nickte finster. »Ruh dich aus«, sagte sie dann zu meiner Überraschung. Ich sah sie erstaunt an, doch sie zuckte mit den Schultern. »Ich muss den Weg suchen und du bist am Ende. Ich kann auch eine Pause gebrauchen. Der Kampf gegen Eilis war hart.« Sie streckte die Finger und ballte sie dann wieder zur Faust.

»Wen hast du mit deinem Fluch getroffen?«, flüsterte ich und sah lieber wieder zum Himmel hoch.

»Adair. Er stand direkt hinter dir und wollte dich gerade angreifen. Er hatte einen Dolch. Es ging schnell, doch Eilis und Blaan werden nicht lange auf sich warten lassen. Jetzt sind sie umso wütender auf uns. Sie werden nicht aufgeben. Und ich brauche dich, um das Siegel zu zerstören. Du musst mich dorthin begleiten, Wölfin.« Sie nahm meine Hand und flüsterte zwei Worte. Dabei spürte ich, wie sich die Schnitte in meiner Handfläche schlossen.

»Danke«, nuschelte ich. Meine Augenlider wurden immer schwerer. Scota murmelte etwas und ich musste mich konzentrieren, um ihre Worte zu verstehen.

»Wolfsherz. Waldblut. Mondschwester.
Bleib hier.

Vertreibe das Wasser aus deinen Adern.
Befreie dich von diesen Ketten. Wende dich deiner wahren Natur zu.
Wolfsherz. Waldblut. Mondschwester.
Wende dich deinem Schicksal zu.
Lass das Meer hinter dir.
Geh den Weg des festen Bodens.
Vergiss, was dich in feuchte Tiefe hinabzieht.
Wolfsherz. Waldblut. Mondschwester.
Folge deiner Bestimmung.« Ihr Atem strich über mein Gesicht. »Lupa.«

Die Worte tropften wie Honig in mein Bewusstsein, süß und schwer. Ein erdiger Geruch stieg mir in die Nase und es fühlte sich an, als würde sich etwas in meinen Geist schleichen. Schmeichelnd, wie ein leises Flüstern am Rand meines Bewusstseins. Mein Körper reagierte darauf, als hätte ich diese Worte schon einmal gehört. Aber wann?

Die Wölfin wurde aufmerksam, doch sie war müde. So schrecklich müde. Ich war außerstande, auch nur einen Muskel zu rühren. Scotas Flüstern war schmeichelnd, es beruhigte mich. Es entspannte meine geschundenen Glieder.

›Vorsicht‹, wisperte die Sirene in meinem Blut, doch sie wurde wieder schwächer. Ihre Stimme klang weit entfernt, wie ein Echo in einem tiefen Tunnel und sie hatte Mühe, sich in mein Bewusstsein zu kämpfen. ›Pass auf! Da stimmt etwas nicht.‹

›Das Rudel geht vor‹, entschied die Wölfin erschöpft. Die Sirene verblasste wie ein Schemen.

Ich schaffte es nicht mehr, einen klaren Gedanken zu fassen. Meine Lider wurden schwer, und ich verlor den Blickkontakt zu Scotas angespanntem Gesicht. Ihr Flüstern hallte in meinem Geist.

»Wolfsherz. Waldblut. Mondschwester.

Ich brauche dich noch.«

›*Sei wachsam!*‹, mahnte die Sirene noch, dann verschwand sie in der Bedeutungslosigkeit und ich verlor den Kontakt zu ihr.

Die Wölfin kapitulierte. Sie kam gegen die Müdigkeit nicht mehr an und legte sich hin.

Alles um mich verblasste – selbst die Zweifel. Meine Augen fielen zu und ich spürte, wie ich in einen tiefen traumlosen Schlaf abdriftete.

KAPITEL 7

LYNX

Ich war kurz vorm Durchdrehen.

Seit Stunden saß ich hier fest und wartete darauf, dass die anderen sich organisierten, um erneut auf die Suche nach Lupa zu gehen. Momentan sah es nicht danach aus, dass wir es bald hinbekamen.

Smeja war komplett durchgedreht, nachdem sie ihren Feuerstoß ausgespuckt hatte. Sie hatte geschrien, geweint und kriegte sich nicht mehr ein. Ihr Zwillingsbruder stand wie ein Vollidiot neben ihr. Er war offensichtlich überfordert und ich sah seinen Neid, als hätte man ihm das Wort auf die Stirn geschrieben.

Tajna brauchte ebenfalls schon einige Zeit, um das Ganze zu verarbeiten. Niall war bei ihr - natürlich. Er hatte sich schnell einen Ersatz für mich (und auch für Lupa) gesucht. Rhona hingegen versuchte, Smeja zu beruhigen, aktuell mit wenig Erfolg.

Ich trat zu Laird, der mit einem komischen Gesichtsausdruck am Rand des Geschehens stand. »Wenn es hier nicht bald vorangeht, gehe ich allein«, sagte ich fest. »Ich kann mit Atra nach ihr suchen.«

Laird schüttelte den Kopf. »Das ist viel zu gefährlich, Lynx. Wenn da draußen Eilis unterwegs ist, seid ihr tot, wenn sie euch erwischt. Ihr geht auf keinen Fall zu zweit.«

»Vielleicht kommt dein Bruder ja mit«, sagte ich boshaft. »Falls er sich von Tajna losreißen kann. Der arme Kerl, kann sich vor Frauen kaum retten. Ist bestimmt neu für ihn. Mal sehen, wie lange Tajna sein Interesse fesseln kann. Falls er sich aber daran erinnert, weswegen wir eigentlich hier sind, sollte er mit seinen Wolfssinnen gute Chancen haben, Lupa zu finden, wenn ihr ihm die Richtung zeigt.

Shark sollte sich vorsehen, aber der ist ja genug mit Scana und Niana beschäftigt. Sie werden ihm auch schnell darüber hinweghelfen, falls Niall sich dann doch auf das andere Wolfsblut einschießt. Zumindest eine Weile.« Ich ballte die Hände zu Fäusten, weil ich mich selbst ankotzte. Es brachte mich kein Stück weiter, gehässig zu sein. »Ich halte das Warten nicht mehr aus«, gestand ich Laird leise. »Es macht mich verrückt und die Sorge bringt mich um. Wenn Lupa angegriffen wurde ...«

»Wir wären nicht rechtzeitig da«, unterbrach er mich. »Sie sind mehrere Kilometer entfernt und wir kennen nur die grobe Richtung. Wir müssen gemeinsam gehen und einen guten Plan schmieden, damit wir vorbereitet sind. Das muss uns gelingen, auch wenn die Umstände gerade unnötig kompliziert sind.«

Warum sah er dabei seinen Bruder an? Niall war nun kein Typ, der die Dinge verkomplizierte. Er war genau so ein ehrlicher Hohlkopf wie Lupa. Lächerlich leicht zu durchschauen. Auch, was seine Gefühle und Vorlieben anging. Wieder beobachtete ich mit Säure in der Kehle, wie er Tajnas Arm streichelte und leise auf sie einredete. Warum riss er sie nicht gleich an sich und küsste sie vor aller Augen? Dann war es wenigstens offiziell.

»Ich bin das alles hier so verdammt leid«, murmelte ich.

»Ich auch«, gab der Druide zu meiner Überraschung zu.

»Wären wir vorhin direkt losgegangen, hätten wir sie wahrscheinlich schon gefunden. Auch wenn es mehrere Kilometer gewesen wären. In der Zwischenzeit wären wir längst da«, machte ich weiter.

»Weiß ich auch. Aber du musstest Smeja ja unbedingt bis aufs Drachenblut reizen«, erwiderte er.

»Sollte das witzig sein?«, fragte ich stirnrunzelnd.

Lairds Mundwinkel zuckten freudlos. »Wäre doch schön, mal wieder einen Grund zum Lachen zu haben.«

»Sehe ich nicht«, murmelte ich finster.

Rhona kam zu uns. »Smeja hat sich jetzt einigermaßen beruhigt«, sagte sie angespannt und blickte zum Himmel. Er zeigte bereits das erste Morgenrot. »Ich mache mir solche Sorgen«, flüsterte sie. »Wenn es Eilis war, die Lupa angegriffen hat ...« Sie sah Laird an. »Vielleicht sollten du, Niall und ich noch einmal versuchen, sie aufzuspüren. Niall und Lupa haben ähnliches Blut, vielleicht ist darüber eine Verbindung herzustellen.«

Lairds Miene wurde noch finsterer, während sie sprach. So hatte er sie noch nie angesehen. Auch Rhona bemerkte es, eine steile Falte bildete sich zwischen ihren Augenbrauen und sie blickte ihren Geliebten verständnislos an.

Dieses Gefühl teilte ich. »Was ist dein Problem?«, fragte ich den Druiden.

»Geht dich nichts an!«, fuhr er mich an. Ich schüttelte den Kopf. So kannte ich den Druiden gar nicht. Er war nie unbeherrscht und aggressiv, das war mein Job.

»Laird?«, fragte Rhona unsicher. »Was hast du?«

Ich hielt es für besser, ein paar Meter zurückzutreten. Das sollten die beiden ruhig unter sich klären.

Leider sind Katzen furchtbar neugierig, also trat ich aus ihrem Sichtfeld, blieb aber in Hörweite.

»Rede bitte mit mir«, sagte Rhona. »Ich komme hier vor Sorge fast um, bitte sag mir, was los ist. Ich möchte mir nicht auch noch deinetwegen den Kopf zerbrechen.«

Doch Laird fehlten die Worte. Ich brauchte ihn nicht zu sehen, um das zu wissen. Ich musste auch nichts von ihm hören, denn ich wusste intuitiv, was los war. Das hatte ich in dem kurzen Moment erkannt, als Rhona über Niall sprach und sich Lairds Gesicht verzerrte. Und davor, als ich ihm meine Gedanken an den Kopf warf.

›*Er kann sich vor Frauen kaum retten.*‹

Leider verstand Laird keine Selbstironie. Stattdessen hatte ich ihn da getroffen, wo es sowieso schon wehtat. Ich kannte mich mit allen möglichen abgründigen Gefühlen aus. Mit diesem auch, deswegen hatte ich es sofort erkannt.

Er war eifersüchtig. Eifersüchtig auf seinen jüngeren Bruder und die Aufmerksamkeit, die er von uns Frauen bekam. Von Tajna. Von mir. Von Lupa. Ich vermutete nicht, dass es Laird dabei um eine von uns ging. Es ging dem erstgeborenen Sohn des Druidenzirkel-Oberhaupts darum, dass er die zweite Geige spielte. Hinter jemandem, der immer seinetwegen hatte zurückstecken müssen.

›*Und, wie schmeckt dir das, Laird? Wie ist das, wenn man plötzlich nicht mehr die erste Wahl ist?*‹

Das seltsame war, dass Laird sich im Orden niemals aufgedrängt hatte. Er hatte Shark immer den Vortritt gelassen, denn er war lauter, selbstgefälliger und hatte ein loseres Mundwerk. Laird hatte die Rolle des gelassenen Freundes gespielt, der den Überblick behielt und auf seine Freunde aufpasste (denn neben Shark war der Inkubus Kinnon zu beaufsichtigen gewesen, der alles vögelte, was er erwischte). In dieser Rolle hatte er sich gut gefallen.

Jetzt trat er in die Fußstapfen seines Vaters. Lupa fragte Laird immer um Rat. Er stand an vorderster Front. Und mit einem Mal lief ihm sein Bruder den Rang ab, und das störte Laird, obwohl er eine Partnerin hatte, die ihn peinlich anhimmelte.

Ich schnaubte und lauschte weiter. Männer waren dermaßen primitiv!

Dann ging mir auf, dass ich auch nicht besser war als er.

Mittlerweile hatte Rhona auch die richtigen Schlüsse gezogen. Das Menschenkind war nicht dumm. Und sie hatte lange genug mit uns allen im Orden verbracht, um zu wissen, dass es bei Wesen meistens um Sex oder Macht oder beides ging. Also wie bei Menschen auch.

Ich hätte nur nicht gedacht, dass das auch auf Laird und damit auf Rhona zutraf.

»Wir haben andere Probleme«, sagte sie mit einer Kälte in der Stimme, die ich von ihr nicht kannte. Sie war wütend, wahrscheinlich auch verletzt.

»Weiß ich«, sagte Laird gepresst.

»Und doch machst du das hier«, zischte sie. »Ich kann es einfach nicht glauben. Lupa kämpft da draußen um ihr Überleben und du bist eifersüchtig, weil Niall ein Stelldichein mit Lynx hatte?«

Ich riss die Augen auf. So hätte ich das nie betrachtet und ich war mir sicher, dass Rhona in die falsche Richtung lief. ›Stelldichein‹, wer redete bitte so?

»Lynx interessiert mich nicht«, sagte Laird abrupt. Meine Augenbraue ruckte hoch. Das wusste ich, aber das war kein Grund, so unhöflich zu sein. Hätte glatt von mir sein können.

»Was dann?«, fragte Rhona schneidend. »Was kann so wichtig sein, dass du dich so benimmst, obwohl uns das Wasser bis zum Hals steht?«

Laird kam nicht mehr dazu, zu antworten, denn Carnie rief nach ihm und Rhona. Seine Geliebte ließ ihn wortlos stehen und ging zu dem Sukkubus hinüber.

In meine Nase stieg ein metallischer Geruch, den ich heute schon in der Nase hatte. Meine Jagdinstinkte regten sich. Alarmiert folgte ich ihnen. Dabei traf ich auf Laird. Er mied meinen Blick.

»Du benimmst dich dämlich«, informierte ich ihn. Er sah mich wütend an. »Schon gut«, meinte ich. »Das haben wir gemeinsam.« Ich beschleunigte meine Schritte, denn jetzt sah ich ihn: Ahearn hatte unser Lager erreicht.

Alle versammelten sich um ihn, auch Larna und Giordyn, und sahen den Zentauren erwartungsvoll an. Ich ahnte, dass mir nicht gefallen würde, was er zu erzählen hatte.

Der Zentaur blickte sich um und nahm die Versammlung um sich auf. Blut quoll aus der Wunde an seiner Flanke und er sah aus, als wäre er nur knapp dem Tod entronnen.

»Meister Ahearn«, sagte Atra und trat zu ihm. »Was ist passiert?«

»Wer hat dich verletzt?«, fragte Laird und schloss zu ihr auf. Dass wir unsere ehemaligen Meister duzten, war neu für uns. Es minderte unseren Respekt aber keineswegs.

»Ich war auf der Suche nach Blaine und Leonda«, erwiderte Ahearn mit seiner atemlosen Stimme, die wie das Wiehern eines Pferdes klang. Seine Hufe traten nervös auf der Stelle.

»Bevor wir weitersprechen, sollten wir uns um deine Verletzung kümmern«, sagte Rhona resolut und machte sich ans Werk.

Magie wallte auf und ich beobachtete, wie sich die tiefen Schnitte an seiner Flanke schlossen. Der Bann prickelte auf meiner Haut, doch das Blut hatte meinen Jagdtrieb geweckt, den ich jetzt unterdrücken musste.

»Danke Rhona«, sagte Ahearn. Sein dunkles Gesicht sah weniger fahl aus. »Der Rat wollte Blaine und Leonda in einer Sache um Hilfe bitten. Wir haben festgestellt, dass sie bei euch waren, deswegen machte ich mich auf den Weg. Ich habe euch hier im Wald lokalisiert und bin euch gefolgt. Dann wurde ich aus dem Hinterhalt angegriffen.« Er betrachtete seine Flanke und die verheilten Verletzungen. »Es war Eilis«, bestätigte er meinen Verdacht.

Ich hielt es kaum noch aus. Die Gefahr, in der Lupa schwebte, war überwältigend. Gänsehaut überzog meine Arme, als ich mich an die Vision von Rhonas Blutzauber erinnerte.

»Was ist hier in diesem Wald?«, fragte ich laut. Alle starrten mich an. Damit kam ich klar.

Ahearn schnaubte und tänzelte von einem Huf auf den anderen. »Ein Tempel«, sagte er schließlich. »Nach eurer ergebnislosen Suche nach einem Siegel haben wir weitergeforscht. Dabei ist uns eine Karte in die Hände gefallen, die zeigte, dass in der Nähe von Erskina ein uraltes Siegel verborgen liegt. Ich hatte gehofft, mit Blaine sprechen zu können.« Wieder blickte er auf seine Flanke. »Ich habe ihn und Leonda verpasst. Dafür ist mir Eilis begegnet. Sie ist nicht allein, Blaan, das Irrlicht, und der Windgeist Adair begleiten sie. Sie haben mich sofort angegriffen, als sie mich sahen. Mir blieb mir nur die Flucht.« Ahearn atmete erneut durch, als wolle er den Kampf abschütteln.

»Was ist das für ein Siegel?«, fragte ich.

Ahearn sah auf und rang mit sich um die Antwort. Ich bekam ein ganz beschissenes Gefühl in der Magengegend.

›Bitte sprich nicht aus, was ich denke‹, flehte ich ihn stumm an. Alle anderen hielten den Atem an.

»Das Siegel hält Mistress in ihrer Bannung«, sagte der Zentaur endlich und bestätigte damit meine schlimmsten Befürchtungen. Ich fühlte mich, als würde mir der Boden unter den Füßen weggezogen werden und musste mich an jemandem festhalten.

Ich erwischte Niall, der neben mir stand. Er sah mich an. Unsere Blicke trafen sich. Ich spürte ein Ziehen in meinen Eingeweiden, das mir gar nicht gefiel. Es war auch egal, die Angst überlagerte sowieso alles.

»Frage«, meldete sich Giordyn, der Fuchsdämon, zu Wort. Alle sahen ihn an, was er mit einem Grinsen quittierte. »Sowohl Eilis als auch Scota gehören zu Mistress‘ Leuten. Wahrscheinlich sind sie beide auf dem Weg zu diesem Siegel.« Er tauschte einen Blick mit Larna, die finster nickte. »Endlich ergibt Scotas Weg in diesen Wald mal einen Sinn. Aber was ich nicht verstehe: Wenn ihr vor zwei Jahren geholfen habt, diese Göttin zu bannen, warum ist eure Freundin dann mit Scota unterwegs? Könnt ihr mir das erklären?«

»Scota muss sie als Geisel halten«, sagte Rhona sofort. »Vielleicht braucht sie sie, um das Siegel zu brechen. Oder sie nutzt sie als Druckmittel, um uns auf Abstand zu halten.« Sie schlug die Hand vor den Mund. »Oh Gott, Eilis! Eilis hasst Lupa! Jeder weiß das. Vielleicht ist Lupa Scotas Geschenk an sie, bevor sie versuchen, Mistress zu befreien. Wer weiß, womit Scota Lupa zwingt, sie zu begleiten.«

»Ich fand nicht, dass sie gezwungen wirkte«, sagte Giordyn ruhig und hob die Augenbraue.

Rhona warf ihm einen vernichtenden Blick zu. »Du hast ja auch keine Ahnung und kennst sie nicht!«, fauchte sie.

»Lupa würde niemals freiwillig mit Scota gehen. Sie würde niemals dabei mitmachen, Mistress zu befreien.«

»Vielleicht hat Scota sie angelogen«, sagte ich und verschränkte die Arme vor der Brust. »Vielleicht hat sie ihr erzählt, dass sie aus einem anderen Grund unterwegs ist. Vielleicht hat sie ihr gesagt, dass Eilis hier ist und sie sie fangen will. Das würde bei Lupa sofort ziehen. Scota muss ihr nur lang genug erklären, wie leid ihr alles tut, und diese weichherzige Idiotin frisst ihr aus der Hand.«

Rhona sah aus, als wollte sie mich schlagen (sollte sie es doch versuchen), ließ dann aber die Faust sinken. Sie wusste selbst, dass ich recht hatte.

»Wir müssen sie aufhalten«, sagte Nairne fest und trat zu Rhona. »Egal, was da passiert, ich glaube nicht, dass es zum Ziel hat, dass es Lupa gut geht. Wir müssen endlich los und die beiden finden. Und beten, dass Lupa unverletzt ist.«

»Das sind alles nur Spekulationen, die wir nicht beweisen können, aber Nairne hat recht: wir sollten keine Zeit verlieren«, sagte Laird. Er sprach anders als sonst, nicht so laut und selbstsicher.

Rhona mied den Blickkontakt mit ihm. Sie war richtig sauer auf ihren Geliebten. Ich fand das übertrieben. Ein Tritt in die Eier hätte auch gereicht, um ihren Standpunkt klarzumachen.

»Also los.« Rhona trat vor. »Carnie, Nairne, Shark, Niall und Lynx, ihr kommt mit mir, wir suchen nach Lupa. Giordyn, Larna, Niana, Scana, Ora und Payton, ihr geht mit Ahearn. Laird, Tajna, Drakan, Smeja und Atra bilden die letzte Truppe. Versucht, das Gebiet zu sichern.« Sie sah Ahearn an. »Wo ist der Tempel?«

Er holte eine Karte aus der Tasche, die er um seinen Oberkörper geschlungen hatte, und reichte sie Rhona. »Es ist eingezeichnet.«

Rhona faltete die Karte auseinander und bat Larna dann, einmal aufzusteigen und nach dem Hügel zu suchen, auf dem der Tempel war. Die Harpyie kam ihrer Bitte nach. Dabei fiel mir auf, wie schwer ihr das Fliegen fiel.

»Was hat sie?«, fragte ich den Fuchs.

Der zuckte mit den Schultern. »Alte Verletzung.« Mehr wollte er dazu offenbar nicht sagen.

»Aha.« Ich beobachtete, wie Larna wieder landete.

»Wir müssen von hier aus nach Westen. Es sind nur etwa zehn Kilometer.« Sie legte ihren Finger auf die Karte. »Wir sind hier. Wenn wir uns beeilen, sind wir in etwa drei Stunden dort.«

»Wie kann es sein, dass Lupa und Scota seit mehreren Tagen unterwegs sind und den Tempel noch nicht erreicht haben?«, fragte ich stirnrunzelnd.

»Vermutlich verwischt sie ihre Spuren«, sagte Giordyn. »Sie ist sauschwer zu finden. Und je verschlungener ihre Wege sind, desto schwieriger wird es, herauszufinden, wohin sie will.«

»Außerdem wimmelt es in den Wäldern vor Wesen, die man lieber meiden sollte, wenn man allein ist«, sagte Larna. Ich fand, dass das eine steile These für eine Harpyie war, die man auch besser nicht als Feindin haben wollte.

»Gut, wir machen folgendes: Wir nähern uns von Westen, Larnas Gruppe kommt von Osten und die Gruppe mit Tajna nimmt den kürzesten Weg«, ordnete Rhona an.

Wann hatte sie sich zur Anführerin ernannt? Ach ja, als sich ihr Geliebter als schwanzgesteuerter Kleingeist entpuppt hatte.

»Sind alle bereit?«, fragte Nairne in die Runde.

»Wir kommen nicht mit«, sagte Niana. Alle drehten sich zu der Sirene um, inklusive ihrer Schwester, die zum Protestieren ansetzte. »Nein, Scana«, sagte Lupas älteste Schwester fest. »Wir können nicht helfen. Der Fesselzauber zieht uns zurück – weiter können wir nicht gehen. Und ich will es auch nicht.«

»Unsere Schwester ist in Gefahr!«, rief Scana mit bebender Stimme. Tränen blitzten in ihren Augen, doch die Ältere blieb ungerührt.

»Es geht nicht«, wiederholte sie kalt. »Und ich denke, dabei bleibt es auch, denn bisher hat sich noch niemand die Mühe gemacht, unsere Fessel an Erskina zu lösen, wie Lupa es versprochen hatte.«

»Wir hatten anderes zu tun!«, fauchte Carnie und kam mir damit knapp zuvor.

»Lasst sie einfach«, sagte Rhona mit tödlicher Ruhe. »Wir gehen ohne sie. Genug sind wir ja.« Damit lief sie los. Carnie, Nairne, Shark, Niall und ich beeilten uns, ihr zu folgen. Nie war es mir leichter gefallen, jemanden zurückzulassen.

LUPA

Ich spüre Sand unter meinen Füßen.
Nassen Sand.
Meine Augen sind geschlossen und ich höre das Wellenrauschen des Meeres.
Salzige Luft füllt meine Lungen.
Ich nehme einen tiefen Atemzug. Dann noch einen.

Ich fühle Frieden.

Ruhe.

Endlich, nach so langer Zeit.

»Lainia«, sagt eine Stimme hinter mir.

In meiner Brust zersplittert etwas. Scharfe Scherben bohren sich in meinen Brustkorb und in mein Herz. Ich reiße die Augen auf und verlasse hastig das Wasser. Die Scherben bohren sich tiefer in mich hinein.

Hinter mir stehen meine Mutter und meine drei Schwestern. Ihre Mienen sind wachsam. Vorsichtig, als würden sie von mir erwarten, dass ich etwas Schlimmes mit ihnen mache.

Das würde ich nicht.

Nie.

Nicht ich.

Nicht Lainia.

Mutter streckt die Hand nach mir aus.

Ich tue das Gleiche. Die Scherben bohren sich noch schärfer und tiefer in mein Herz.

Ich keuche und strecke mich trotzdem nach ihr.

Woher kommt dieser Schmerz? Ich kann es mir nicht erklären, doch ich bin mir sicher, dass er aufhören wird, sobald ich Mutter erreicht habe.

Scana stellt sich neben Mutter, sie lächelt mich an. Das sieht seltsam aus, denn sonst lächelt sie mich nie an.

Heute schon und ich sehe, dass es von Herzen kommt.

Niana atmet tief durch, dann macht auch sie einen Schritt auf mich zu. Ihr Gesicht ist bewusst neutral, doch wenigstens nicht feindselig. Als letzte tritt Lasca zu ihnen, auch wenn ich ihr den Unwillen ansehe.

Manche Dinge ändern sich nie.

Ich atme gegen den scharfen Schmerz in meiner Brust und strecke mich noch weiter.

»Lainia.«

Seine Stimme lässt mein Herz schmelzen.

Hinter meinen Verwandten kommt Shark auf mich zu. Er bleibt neben ihnen stehen und lächelt mich voller Liebe an. »Komm zu uns, Meermädchen.«

Meermädchen.

So hat er mich noch nie genannt, sonst war ich immer sein Wölfchen. Doch es stimmt. Ich bin sein Meermädchen. Das Wölfchen gibt es nicht mehr.

Das Meer tost und lässt meine Haare flattern. Die Luft ist so salzig wie mein Blut.

Ich stemme mich gegen den Schmerz und erreiche endlich ihre Hände. Unsere Fingerspitzen berühren sich, dann packen sie zu. Alle vier.

Sie ziehen an mir und versuchen, mich zu sich zu holen.

Es ist, als wären meine Füße mit dem Boden verwurzelt.

Ich werfe mich dagegen, doch es fühlt sich an, als würde ich immer weiter in den Sand einsinken.

Ich komme nicht zu ihnen, egal wie sehr ich mich bemühe. Es ist, als würde mich das Meer nicht hergeben wollen.

»Bei allen Göttern zier dich doch nicht so, Lainia!«, zetert Lasca.

Sie ächzen, dann geht ein schrecklicher Ruck durch meinen Körper.

Es reißt mich entzwei.

Mich. Meine Seele.

Ich schreie auf und falle auf meine Knie. Blut tropft auf den Boden. Es läuft aus meinen Augen, stelle ich erschrocken fest.

Der Schmerz ist jetzt so stark, als hätte jemand ein Messer in meine Brust getrieben. Es brennt wie Säure und ich *winde mich. Der raue Sand auf meiner Haut zerreibt mich. Das Blut fließt weiter.*

›Warum hilft mir denn niemand?‹, denke ich verzweifelt, da höre ich sie lachen.

Schock fährt eiskalt durch meine Eingeweide.

Was haben sie mit mir getan? Was ist passiert? In welche Falle haben sie mich gelockt, um mich fertigzumachen.

›Shark! Er muss zu mir kommen! Er muss mir helfen!‹

Schluchzer fahren durch meinen Körper und schütteln ihn durch.

»Hilfe! Bitte helft mir doch!«, rufe ich, doch niemand kommt zu mir.

Blut rinnt aus meinen Augen.

Mein Körper steht in Flammen.

Wasser erfasst mich, doch es kühlt nicht. Es brennt nur noch stärker. Salzwasser in einer offenen Wunde. Mein ganzer Körper ist eine Wunde.

»Ach, mein Meermädchen, auf diesen Moment habe ich so lange gewartet«, dringt Sharks Stimme durch den Schmerz in mein Bewusstsein. »Endlich ist er da.«

Ich krümme mich und verstehe nicht, was er meint.

Worauf hat er gewartet? Auf meinen Tod? Auf das, was sie gerade mit mir tun?

Was hat er damit zu tun?

»Ich weiß, aber jetzt bin ich da und gehöre ganz dir. Für immer«, höre ich eine Stimme, die alles in mir zu Eis erstarren lässt.

Es ist meine eigene.

Mit aller Kraft stemme ich mich auf die Unterarme und wische mir das Blut aus den Augen. Ich muss es sehen, denn ich verstehe es nicht.

Meine Sicht ist verschmiert wie durch eine schmutzige Scheibe, und es dauert, bis ich etwas erkenne.

Der Schmerz nimmt mir den Atem. Jede Bewegung brennt und vernichtet mich ein wenig mehr.

»Shark«, wimmere ich, doch niemand nimmt Notiz von mir. Wieder wische ich mir über die Augen.

Jetzt kann ich sie sehen.

Mich.

Ich stehe bei ihnen. Alle sehen mich an. Shark schließt seine Arme um mich.

Ich bin es. Und doch fallen mir die Unterschiede auf.

Mein Haar ist glatter, meine Haut fahler. Mein anderes Ich dreht sich zum Meer und ich sehe in mein Gesicht. In die silbernen Augen wie Wellen im Mondlicht, die nur eine Ahnung von Gold haben. Der perlmuttartige Glanz auf meinen Wangen. Der Schimmer des Meeres in meinen Haaren.

Ich lächle und zeige meine scharfen Zähne.

Das ist nicht Lupa.

Das ist Lainia.

Sie ergreift Sharks Hand, zieht ihn an sich und küsst ihn. Dann verlassen alle den Strand.

Sie lassen mich zurück. Sie lassen mich sterben.

Allein.

Das Feuer breitet sich in mir aus und bereitet mir Höllenqualen. Es frisst sich durch meinen ganzen Körper und vernichtet alles, was mich ausgemacht hat.

Und dann verschwindet es plötzlich.

Ich reiße die Augen auf und schnappe nach Luft. Ich verstehe nicht, was passiert ist.

Das Wellenrauschen ist noch da.

Der Sand auch, ebenso der Wind.

Ich atme ein und nehme all die Gerüche und den Geschmack meiner Umgebung in mir auf.

Ich komme auf die Hände und Knie, dann wische ich mir den Sand von den Fingern. Meine Nägel sind härter als sonst. Ich betrachte sie. Und dunkler sind sie auch. Keine Spur von Perlmutt.

Ich komme auf die Füße und strecke meinen Körper.

Meine Muskeln machen jede Bewegung mit.

Meine Augen sind wieder frei. Ich habe noch nie so gut gesehen.

Mein Blick zuckt über den Strand. Ich brauche keinen Spiegel, um zu wissen, dass mein Äußeres das komplette Gegenteil von einer Sirene ist.

Wieder nehme ich die Gerüche in mir auf.

Ich weiß, in welche Richtung die Sirenen gelaufen sind. Sie wären eine leichte Beute. Viel zu leicht, alle fünf.

Ich habe kein Interesse an ihnen.

Ich wende den Kopf in die andere Richtung und nehme die Witterung auf. Meine Lefzen ziehen sich nach hinten und ich erschaudere wohlig, als ein Flüstern in meinen Geist dringt.

Wolfsherz. Waldblut. Mondschwester.

Dort muss ich hin. In den Wald.

Dort ist jemand, den ich unbedingt treffen muss.

Und hierher werde ich nie zurückkommen.

Ich fuhr aus dem Schlaf hoch und sah mich wild um. Ein Knurren sammelte sich in meiner Kehle, um alle zu warnen, die es schlecht mit mir meinen könnten.

Ich war gewappnet. Und kampfbereit.

»Lupa.«

Ich war so schnell auf den Füßen, dass ich mir selbst nicht folgen konnte.

Mein Blick richtete sich auf Scota, die vor mir stand. Sie hatte die Hände abwehrend erhoben. »Ich bin es«, sagte sie ruhig. »Keine Bedrohung. Wie geht es dir?«

»Gut«, sagte ich. Meine Kehle war rau, ich brauchte etwas zu trinken. Ich wühlte in meinem Rucksack nach meiner Wasserflasche und trank einen großen Schluck. Mein Mund war trocken und schmeckte, als hätte ich salzig gegessen.

›*Wie Meerwasser.*‹

Ich schluckte und sah Scota wieder an. Die Jägerin beobachtete mich ruhig. Betrachtete mich, als wolle sie sich vergewissern. Doch was erwartete sie, zu sehen?

Langsam fiel mir alles wieder ein. Der Kampf gegen Eilis, Adair und Blaan. Adair war tot. Wir waren durch den Wald geflohen, um unsere Leben zu retten. Dann der Sturz in den Weiher und der Kampf gegen den Wassergeist.

Scota hatte mich gefunden. Und dann hatte sie mich zum Schlafen gebracht.

Die letzten Erinnerungen verschwanden in einem Nebel und ich bekam sie nicht richtig zu fassen. Misstrauen stieg in mir hoch, weil sie mir nicht geholfen hatte. Andererseits fühlte ich mich besser. Ich sollte abwarten, was sie mir zu sagen hatte.

»Was ist passiert?«, fragte ich und setzte mich auf einen Findling.

»Woran erinnerst du dich denn?«, fragte sie.

»Ich bin gefallen«, erwiderte ich. Ich wollte sie testen. Herausfinden, ob sie mir die Wahrheit sagte, wenn ich ihr Raum für Lügen ließ.

»In den Weiher dort.« Sie wies hinter sich. »Ein Wassergeist hat dich angegriffen. Als ich herkam, hast du dich gerade aus dem Wasser geschleppt. Es sah knapp aus. Warum bist du plötzlich abgebogen?«, fragte sie.

»Weil ich das Gefühl hatte, dass ich nicht mehr mit dir mithalten kann«, erwiderte ich. »Ich dachte, du würdest wieder einen Haken schlagen, und wollte dir den Weg abschneiden. Dabei habe ich den Abhang übersehen.« Ich rieb mir den Nacken. »Und was ist danach passiert? Bin ich ohnmächtig geworden?«

Scota sah mich nachdenklich an, dann schüttelte sie den Kopf. »Ich habe einen Schlafzauber benutzt. Du warst am Ende und zu nichts mehr zu gebrauchen. Ich habe dir einen Heilschlaf gegeben, damit du wieder zu Kräften kommst.« Ihre Miene war angespannt. »Das hat uns einiges an Zeit gekostet, sollte aber geholfen haben. Wie fühlst du dich? Wir sollten bald aufbrechen.«

»Es geht mir gut«, sagte ich und war überrascht, dass das stimmte. So gut hatte ich mich schon ewig nicht mehr gefühlt - vielleicht zuletzt im Druidendorf, als wir eine friedliche Nacht in einem richtigen Bett hatten. Die Erinnerung schien so weit weg wie ein anderes Leben.

Damals hatte ich eng umschlungen neben Shark geschlafen. Meinem Geliebten.

Ein kalter Blitz fuhr durch meine Eingeweide, als ich mich an meinen Traum erinnerte.

›Er will kein Wolfsblut als Geliebte. Er will eine Sirene. Mich. Aber als Sirene. Er will mit mir schwimmen und eins mit den Gezeiten sein. Das kann ich ihm nicht geben. Nicht als Mischblut.‹

Ich hielt inne und lauschte in mich hinein. Im Wasser hatte sich die Sirene gemeldet. Sie hatte mir das Leben gerettet. Davon spürte ich nichts mehr. Sie war verschwunden. Restlos, als wäre sie ... meine Gedanken stolperten.

›Als wäre sie aus mir herausgerissen worden.‹

Wie in meinem Traum.

Ich spürte noch immer den Schmerz.

Ich fragte mich, ob der Traum etwas bedeutete. Oder war er nur eine Manifestation von dem, was ohnehin in meinem Körper passierte?

Ich sah Scota an, die ihre Sachen zusammenpackte. Ihr Gesicht war angespannt und ihre Bewegungen ruckartig. Sie wollte hier unbedingt weg. Bevor ich noch mehr Fragen stellte? Mein Blick fiel auf etwas silbriges in ihrem Rucksack. »Was ist das?«, fragte ich.

Sie hielt kurz inne und es schien, als wollte sie den Rucksack einfach schließen, dann griff sie hinein und holte das silberne Röhrchen heraus, etwa zwanzig Zentimeter lang und drei Zentimeter im Durchmesser. Die Außenseite war über und über mit Gravuren bedeckt, so eng und fein, dass sie fast wie eine Bildschrift aussahen. Sie flirrten, als würden sie sich langsam bewegen. Eine optische Täuschung – hoffte ich.

»Ein Artefakt«, sagte sie. »Ich dachte, es würde Informationen beinhalten, um Mistress zu bannen, doch es ist leer.« Sie zeigte mir, dass man hindurchschauen konnte, doch als ich die Hand danach ausstreckte, ließ sie es sinken. »Ich habe es trotzdem behalten, weil ich hoffe, dass ich den Inhalt finden kann, wenn ich die Hülle habe.« Sie schob das Teil zurück in ihren Rucksack, als wäre dazu alles gesagt.

»Also weißt du nicht, wie wir diesen Spiegelteller zerstören können?«, fragte ich erschrocken. Ich war davon ausgegangen, dass Scota alles durchdacht hatte.

Die Jägerin presste die Lippen zusammen, ich sah ihr an, wie sehr sie das alles stresste. »Ich habe Informationen zusammengetragen. Alle, die ich finden konnte«, sagte sie gepresst und zerknautschte das Leder ihres Rucksacks mit den Fäusten. »Vielleicht weiß ich nicht alles. Aber es reicht, um es zu beenden«, murmelte sie dann.

Hinter uns knackte es. Sie fuhr herum, doch da war nichts. Mein Herz klopfte.

»Ich hoffe, dass du mir helfen kannst«, fuhr sie fort. »Du warst damals dabei, als Viola die Schriftrolle und den Schlüssel vernichtet hat.«

Mein Mund wurde staubtrocken. »Viola ist dabei gestorben«, sagte ich tonlos. Wieder flackerte das Bild ihres Todes vor meinem geistigen Auge auf.

Scotas Miene blieb hart. »Das weiß ich. Sie hat einen Fehler gemacht, sonst wäre das nicht passiert. Sie war nicht gut genug vorbereitet.«

Ich schluckte, denn in meinem Hals bildete sich ein Klumpen. Nein, Scota hatte nicht solche Gefühle wegen Violas Tod wie ich, aber dass sie so hart und verächtlich über sie redete, verletzte mich. Viola hatte sich geopfert – für uns, für alles. Sie war nicht *unvorbereitet* gewesen. Sie war mutig gewesen. Nicht genug vorbereitet? Scota hatte doch eben selbst zugegeben, dass sie selbst nur hoffte, dass sie die richtige Lösung fand.

Aber Viola … Zu sehen, wie ihr Körper zerbrach und das Licht ihrer Seele in ihren veilchenblauen Augen erlosch, war eine der schlimmsten Erfahrungen meines Lebens.

Schlimmer als der Kampf gegen den Meergott. Und auch schlimmer als der Kampf gegen Mistress.

Scota sah mich an, als würde sie ihren Fehler bemerken. Sie seufzte. »Viola war eine bemerkenswerte Magieschülerin. Sie und ich haben ähnliches Blut. Ihre Mutter war auch eine Jägerin, wie du weißt. Unsere Familien kamen aus dem gleichen Ort.« Ich riss die Augen auf. Scota lächelte dünn. »Das wusstest du nicht, oder? Ich weiß nicht einmal, ob Viola darüber informiert war. Es spielt auch keine Rolle.« Sie richtete sich auf und warf ihren Rucksack über ihre Schulter. »Wir haben schon genug Zeit verloren, Lupa. Ich will endlich weiter.«

»Wo sind Eilis und Blaan?«, fragte ich.

Scotas Mund verzog sich. »Nicht in der Nähe. Ich habe uns mit allen Mitteln geschützt, während du schliefst. Jetzt müssen wir die letzte Strecke gehen. Der Tempelberg ist nicht mehr weit entfernt. In einer halben Stunde sind wir dort.« In ihren Augen blitzte etwas auf, das mich beunruhigte.

»So nah?« Ich traute meinen Ohren nicht.

Wieder lächelte Scota dünn. »Wir sind schon seit längerer Zeit nah dran. Ich habe nur auf einen günstigen Moment gewartet, damit wir hingehen können. Jetzt sind wir zum ersten Mal allein, ohne Verfolger.«

»Was ist mit der Harpyie und dem Fuchsdämon?«

»Sie sind noch hier im Wald, aber weit genug weg. Wir werden das Siegel vernichten und dann verschwinden. Ich sage dir, in welcher Richtung deine Freunde sind, dann gehe ich.« Sie sah mich an, als wäre das ein riesiges Geschenk. Mir war das nicht genug. Es fühlte sich immer noch an, als würde sie mir Informationen vorenthalten.

»Und Eilis?«, fragte ich weiter.

»Wird entweder von den Ordensleuten geschnappt oder von deinen Freunden. Du solltest trotzdem aufpassen, wenn du zurückgehst.«

»Und was ist mit dir?«

Scota zuckte mit den Schultern und ihre Augen glitzerten auf eine Art, die mir Unbehagen bereitete. Sie hatte einen Plan. Und sie würde ihn mir nicht verraten.

»Das kommt darauf an.«

KAPITEL 8

Scota hatte recht: Der Weg dauerte kaum eine halbe Stunde. Eine Strecke, die ich mit Leichtigkeit zurücklegte, jetzt, wo ich durch den Heilzauber vollkommen fit war. Aber ich hatte auch kaum Zeit, mich vorzubereiten. Ich hatte das Gefühl, auf einen Abgrund zuzulaufen.

Dagegen fühlte sich mein Körper federleicht an. Ich fragte mich, warum sie das nicht schon früher getan hatte. Zusammen mit dem Schlaf, hätte das vor zwei Tagen dafür gesorgt, dass wir viel schneller vorankamen und ich mich besser verteidigen könnte.

Jetzt war es egal. Wir hatten es geschafft.

Der Anstieg war steil und an vielen Stellen mussten wir klettern. Der Hang war mit Dornengestrüpp überwuchert, schon nach kurzer Zeit waren meine Hände und mein Gesicht zerkratzt.

Ich biss die Zähne zusammen und kletterte weiter, bis wir den Gipfel erreichten. Dies war nicht der höchste Berg der Gebirgskette, die sich durch den Wald zog, zu beiden Seiten sah ich höhere Erhebungen. Doch dieser hatte die steilsten Hänge und damit die besten Verteidigungsmöglichkeiten, weil die Sicht in alle Richtungen gut war.

Ich zog mich über die letzte Kante und rappelte mich auf. Dann sah ich mich um und machte mich mit dem Ort vertraut.

Wir waren da. Hier oben lag der Tempel.

Er war ein Rund aus alten Säulen, von denen nur noch die Hälfte aufrecht stand. Der Stein war verwittert und die Symbole kaum noch zu erkennen.

Gänsehaut überzog meinen Körper, als ich den Ort auf mich wirken ließ. Er war voller Magie und erinnerte mich an den Druidenring, den Viola benutzt hatte, um die Artefakte zu zerstören. Die verwitterten Säulen strahlten eine Kälte aus, die mich frösteln ließ. Hier oben auf dem Hügel war die Luft wie tot, ich hatte den Eindruck, als läge ein Geruch von Fäulnis in der Luft.

Unter meinen Stiefeln knirschten Steine und zerbrochene Fliesen. Ich wischte schnell meine Hände in meiner Hose ab, um den Staub loszuwerden.

Hier also hatten die Wächter damals Mistress gebannt.

Ich kannte ihren wahren Namen immer noch nicht.

Ich wusste nicht, was für eine Gottheit sie war.

Die Zeichnung auf ihrer Stirn, die sie verraten hätte, hatte sie immer unter einem edelsteinbesetzten Band versteckt.

Ich musste nur die Augen schließen, dann hatte ich ihr schönes, aber gnadenloses Gesicht wieder vor mir.

Den eiskalten Blick, mit dem sie meinen Tod beschlossen hatte.

Sie durfte nie wieder einen Fuß in diese oder eine andere Welt setzen. Wenn sie freikam und ihren Plan in die Tat umsetzte, waren wir verloren. Ich hatte keinen Zweifel daran, dass sie uns alle unterwerfen würde. Nicht nur Myrica, sondern auch die Erdwelt.

Mehr Macht und Selbstbestimmung für die Wesengemeinschaft hatte sie Scota und den anderen Verschwörern damals versprochen. Schutz gegen die Menschen, die sich immer weiter ausbreiteten, Wesen jagten und töteten. Ein besseres Leben, wenn die Menschen erst einmal zurückgedrängt worden waren.

Zu viele hatten ihr leichtfertig geglaubt. Sogar Scota, die selbst ein Mensch und obendrein sehr klug war.

Meine Gedanken stolperten. Es gab sehr viele Logiklücken in Scotas Geschichte. Sie und auch die beiden Druiden, die sich Mistress angeschlossen hatten, waren überwiegend menschlich. Genau wie Eilis' Geliebte Dara.

Ich fragte mich, was ihnen für ihre Hilfe versprochen worden war.

Ich sah hinüber zu Scota. Wir waren hier. Sie hatte gegen Eilis gekämpft, brutal auf Leben und Tod. Adair war tot.

Scota und Eilis waren Todfeindinnen. Was das anging, hatte sie mir die Wahrheit gesagt. Das bedeutete, dass sie Mistress' endgültige Bannung wollte.

Ich konnte ihr vertrauen.

»Was müssen wir tun?«, fragte ich sie und wischte mir den Schweiß von der Stirn. »Wie kann ich dir helfen?«

»Wir müssen als Erstes den Spiegelteller finden«, sagte sie und sah sich um. Der Boden im Säulenkreis war mit Steinplatten ausgelegt, die über und über mit Runen und Symbolen bedeckt waren.

Einen Teller oder etwas Ähnliches konnte ich nirgends entdecken. Der Tempel hatte keinen Innenraum, ich sah nur die Säulen. Dahinter waren einige Felsen, doch wenn ich etwas Kostbares verbergen müsste, würde ich es innerhalb der Macht des Tempels tun. Wenn das Artefakt hier war, dann befand es sich innerhalb des Tempels.

Langsam ging ich um den Säulenkreis herum und suchte nach einem Hinweis. Das Innere des Kreises wollte ich nur ungern betreten. Es machte mir Angst, es fühlte sich an, als wäre Mistress hier noch spürbar.

Das war Unsinn. Mit dem sterblichen Körper, den ich kannte, war sie sicher nie hier gewesen. Ich wusste nicht, wie lange ihre Bannung zurücklag. Jahrhunderte. Jahrtausende, wer konnte das schon sagen?

Unwahrscheinlich, dass noch etwas von ihrer Essenz hier war. Und trotzdem ... ich wurde dieses Gefühl einfach nicht los.

»Lupa«, rief Scota nach mir und winkte mich zu sich. Sie stand in der Mitte des Säulenkreises.

Natürlich. Wo auch sonst?

Ich schluckte und ging zu ihr. Mein schlechtes Gefühl wurde noch stärker. Meine Haut kribbelte und in meinem Nacken sammelte sich ein übles Prickeln.

Ich wollte hier nicht sein.

Ich *sollte* hier nicht sein.

Doch wenn wir wollten, dass die Gefahr für immer gebannt wurde, musste ich mich überwinden.

Ich trat zwischen zwei Säulen und kämpfte mit mir. Mein Widerwille wurde immer stärker, doch ich zwang mich Schritt für Schritt, zu meiner ehemaligen Meisterin zu gehen.

»Was hast du gefunden?«, fragte ich. Das Sprechen half. Es lenkte mich von meinen Instinkten ab.

»Hier in der Mitte stand der Altar«, sagte sie und blickte hinab auf eine zerborstene Fliese, um die herum Steinfragmente lagen. Mehr Runen und Reliefs. Mehr Vergangenheit, die von der Zeit und von Hand ausgelöscht worden war. Es gab keinen Hinweis darauf, dass hier irgendwo etwas wertvolles versteckt war.

War das Absicht? Oder einfach Realität?

Mein Mut sank. »Heißt das, der Spiegelteller ist weg?«, flüsterte ich. »War alles umsonst?«

Scota schüttelte den Kopf und zeigte auf den Boden. »Ich glaube, das ist ein Ablenkungsmanöver. Vielleicht haben die Wächter den Tempel zerstört, damit hier keiner danach sucht. Das Artefakt ist hier, das spüre ich.«

»Ich fühle mich furchtbar unwohl«, gab ich zu.

»Warum wohl?«, fragte sie mit einem dünnen Lächeln. »Du warst doch in der Siegelhöhle des Meeresgottes, oder nicht? Hast du dich dort wohlgefühlt?« Ich schüttelte den Kopf. »Das dachte ich mir. Es hat einen Grund, warum solche Banne auf solchen Orten liegen: Wer sie findet, soll schnell wieder verschwinden, damit der Bann nicht gefährdet wird.« Ihr Mundwinkel zuckte. »Meistens funktioniert das, aber nicht immer, wie du selbst weißt. Ora und Payton sind trotz allem in die Höhle des Meeresgotts vorgedrungen und haben das Siegel beschädigt. Und euch hat er schließlich gerufen.«

Sie wusste das, weil sie mir während des Weges noch einige Fragen gestellt hatte. Ich hatte sie ihr bereitwillig beantwortet, doch jetzt fragte ich mich, woher sie wusste, dass er Scana und mich gerufen hatte.

Hatte ich das wirklich erzählt? Mein Gedächtnis ließ mich langsam im Stich. Es musste so sein. Anders konnte sie davon nicht wissen.

Also nickte ich mit zusammengepressten Lippen und beobachtete, wie Scota in die Knie ging und mit den Händen den Boden abtastete. Ihr Gesicht war angespannt und äußerst konzentriert. Ihre Finger glitten in Fugen und zwischen die Splitter der geborstenen Platten.

Dann zog sie die Augenbrauen hoch und drückte etwas im Boden. Ein Knacken war zu hören, als sich eine der Platten bewegte.

»Wenn wir das Artefakt haben, liegt es an dir«, sagte sie über ihre Schulter. »In den Aufzeichnungen, die ich gefunden habe, ist von einem *Wolfsherz* die Rede, das Mistress' Macht endgültig bannt. Deswegen bist du hier.«

»Warum ein Wolfsherz?«, fragte ich beklommen. »Es gibt doch zahllose Wesen, die mächtiger sind als ich. Außerdem bin ich nicht mal reinblütig.«

»Das spielt in diesem Fall keine Rolle.« Scota sah zu mir auf. »Mistress ist eine Waldgöttin, die mit den Wesen der Wälder und der Wilden Jagd verbunden ist. Hast du nie die ungeheure Anziehungskraft gespürt, die von ihr ausging? Deine Wolfssinne müssten auf sie angeschlagen haben. Vor allem, wenn der Vollmond nahte.«

Ich zuckte mit den Schultern. »Ehrlich gesagt habe ich mich in ihrer Gegenwart immer unwohl gefühlt. Es war, als ginge von ihr eine Bedrohung aus und ich war froh, wenn ich wieder gehen konnte. Eine Verbundenheit oder Anziehungskraft habe ich nie gespürt. Nur den Wunsch, ihr nicht in die Quere zu kommen.«

»Wahrscheinlich, weil immer die Sirene überwog«, meinte sie.

»Das stimmt nicht. Ich habe jahrelang alles unterdrückt, was mit der Sirene zu tun hatte«, widersprach ich. Sie warf mir einen langen Blick zu.

»Du hast diese Seite vielleicht nicht akzeptiert, doch etwas anderes ist dir als Kind nicht beigebracht worden. Als du loszogst, um Viola zu finden, war von deinem Wolfsblut kaum etwas zu spüren.« Sie sah mich noch durchdringender an. »Auch damit hatte Mistress zu tun. Du, Lynx und Shark wart damals schließlich der Schlüssel ihres Plans. Sie hatte nur die Prophezeiung falsch gedeutet.«

»Aber …«, begann ich, doch sie schüttelte den Kopf.

»Nicht jetzt. Wir haben keine Zeit für eine Märchenstunde. Wir müssen uns um unsere Aufgabe kümmern.« Scota wandte sich dem Boden zu, ich hörte sie leise schnauben. Mein Herz klopfte mir bis zum Hals, ich hatte tausend Fragen. Und sie würde mir keine beantworten, das war mir genauso klar. »Du musst den Spiegelteller in die Hände nehmen und ihn mit der Essenz deines Wolfsherzens füllen«, sagte sie über ihre Schulter.

Ich riss die Augen auf. »Wie soll ich das machen? Meine Essenz? Ich weiß nicht, wie ich das tun soll. Was ist das überhaupt?«

»Spürst du die Wölfin in deinen Adern?«, fragte sie.

»Schon, sie ist immer da, aber ...«

»Das ist es. Du musst dich darauf konzentrieren. Such die Wölfin, konzentriere sie in deinem Blut. Dann schick sie in das Artefakt, so viel, wie du kannst. So bekommst du einen Zugang und es wird möglich sein, das Artefakt zu vernichten.« Sie sah mich auffordernd an. »Bekommst du das hin?« Ich schluckte erneut und nickte dann, obwohl ich mir keinesfalls sicher war.

Das war eine riesige Verantwortung und ich verstand nur im Ansatz, was ich tun sollte.

Scota zog an der Scherbe, die sie gerade untersucht hatte, und hob sie an. Mit klopfendem Herzen beobachtete ich, wie sie den Stein beiseitelegte und hineingriff. Sie holte tief Luft und zog. Ihre Miene war angespannt und sie biss die Zähne zusammen.

Nichts rührte sich. Sie schob die zweite Hand hinterher.

»Kann ich etwas tun?«, fragte ich dünn. Sie schüttelte den Kopf und zerrte weiter an dem Ding, das in dem Loch sein musste. Noch immer rührte sich nichts.

Dafür spürte ich, wie sich die Luft veränderte. Sie wurde dichter und es schien als erfüllte ein Duft die Luft um uns herum. Ich atmete ihn ein. Er roch schwer nach exotischen Gewürzen. Ich schauderte, denn so hatte Mistress immer gerochen.

Ich war davon ausgegangen, dass dieser Duft eine Ablenkung darstellte, weil lange Zeit niemand gewusst hatte, was für ein Wesen sie war. Es hieß immer, sie sei ein Dschinn, doch das war nie bestätigt worden. Blaine hatte ewig gedacht, sie würde wie er zu den Wächtern gehören.

Doch jetzt, wo der Duft wiederkam und schwer die Luft erfüllte, glaubte ich daran, dass er zu ihrem wahren Ich gehört hatte. Und bei diesen Geruchswelten fragte ich mich, ob sie wirklich eine Waldgöttin war, oder ob Scota falsche Informationen hatte.

Mein Nacken prickelte und mein Herz schlug mir bis zum Hals. Meine Handflächen wurden feucht und ich hielt das Stillstehen kaum noch aus. Der Drang, wegzurennen, wuchs mit jeder Sekunde.

Ich durfte nicht hier sein. Niemand durfte das.

Ich wusste nicht, was ich tun sollte, um meine Aufgabe zu erfüllen. Ein Blick auf Scota sagte mir, dass ich keine andere Wahl hatte, als es zu versuchen.

Wir waren hier. Das Ziel war zum Greifen nah. Es gab nichts, was die Jägerin davon abhalten würde. Zur Not würde sie mich zwingen, das spürte ich.

Die Luft um uns herum war zum Schneiden dick. Gänsehaut überzog meinen Körper und ich kämpfte mühsam die Angst nieder, die sich in mir ausbreitete.

›*Das hier ist falsch. Ganz und gar falsch. Und wieviel von dem, was sie mir erzählt hat, ist wahr, und wieviel gelogen? Worauf habe ich mich hier nur eingelassen?*‹

Meine Ohren nahmen Geräusche wahr, die von außerhalb des Steinkreises kamen. Steinchen, die den Abhang hinunterfielen. Geräusche wie von Schritten. Ein Atemzug. Das Knacken eines trockenen Zweiges. Ein Flüstern. Ich sah über meine Schulter.

»Was war das?«, flüsterte ich.

Scota fluchte und verdoppelte ihre Anstrengungen an dem Inhalt des Lochs. Mit zusammengebissenen Zähnen flüsterte sie eine Beschwörung. Endlich bewegte sich etwas. Sie sah mich an. »Es muss schnell gehen. Sammle dich.«

»Was? Warum?«

»Weil Eilis und Blaan hier sind«, sagte sie gehetzt. Mit einem Ächzen löste sich etwas aus dem Versteck im Boden. Sie legte es sofort ab und richtete sich auf. Dabei sah sie mir gnadenlos in die Augen. »Ich halte sie im Schach. Du vernichtest das Siegel.« Ihre Erwartung war klar. Auch, dass ich keine Wahl hatte.

»Aber ich weiß nicht, wie ich es machen soll!«, stieß ich hervor.

»Das habe ich dir doch gesagt!«, fauchte sie mich an.

»Aber warum erst jetzt? Warum nicht schon früher, als wir Zeit hatten, uns vorzubereiten?«, fragte ich und sah mich hektisch um. Scota schwieg, in ihrem Gesicht arbeitete es, als ich sie ansah. »Scota?« Das ungute Gefühl in meinem Magen wurde immer schlimmer. Sie verschwieg mir etwas. Etwas wichtiges.

Sie biss die Zähne zusammen. »Ich weiß nicht, wie viel Eilis herausgefunden hat. Sie sollte dich nicht benutzen können, falls etwas Unvorhergesehenes passiert«, zischte sie und zog ihren Dolch.

Ich glaubte ihr nicht. Das war maximal ein Teil der Wahrheit, doch ihr Gesicht machte mir klar, dass sie nicht mit mir diskutieren würde. Ihre Geduld war erschöpft.

»Berühr das Artefakt erst, wenn du die Verbindung spürst. Und jetzt beeil dich!« Sie gab mir einen Stoß, der mich in die Knie vor dem Siegel zwang.

Ich schaffte es kaum, meine Konzentration auf das Artefakt zu legen. Meine Sicht verschwamm und ich musste blinzeln, um sie zu klären. Das war er: der Spiegelteller. Der Bann, der Mistress von dieser Welt fernhielt.

Es war unscheinbar, gerade einmal so groß wie mein Handteller, aus mattem Silber voller Ziselierungen, die an das Sonnenmuster durch ein Blätterdach erinnerten. In der Mitte war ein kleiner grüner Stein, vielleicht ein Moosachat, eingesetzt. Er pulsierte dumpf wie ein Herzschlag.

Obwohl der Teller so klein war, strahlte er eine ungeheure Macht aus. Ein Dröhnen breitete sich aus und überzog meinen Körper. Meine Instinkte schrien mir zu, dass ich wegrennen sollte, bevor diese Macht mich verschlang, doch Scotas Blick war unmissverständlich: *Tu es, oder du wirst es bereuen.*

Obwohl sich in mir alles dagegen sträubte, schloss ich die Augen und versank in meinem Blut. Die Wölfin war immer da, doch sie zu greifen war schwerer als sie zu spüren.

Jetzt wollte ich sie zum ersten Mal bewusst nutzen. Davor hatte ich das nur mit der Sirene getan, die sich bereitwillig hingegeben hatte.

Die Wölfin war anders. Sie war misstrauisch und sträubte sich, weil meine eigene Angst immer größer wurde. Ihr Überlebensinstinkt war stärker als ihre Neugier und sie hatte kein Interesse an riskanten Experimenten.

Ich musste mich überzeugen, dass ich das Richtige tat, sonst würde sie niemals mitziehen.

Das war viel schwerer, als ich gedacht hatte. Gänsehaut überzog meinen ganzen Körper und mir brach Schweiß vor Anstrengung aus.

Meine Blutlinie war nichts Greifbares, kein Bewusstsein. Es war ein Gefühl, als wäre ich nie allein, ein tröstender Instinkt, der rettend einsprang, wenn ich ihn brauchte. Eine Ahnung, die mich auf den richtigen Weg brachte.

Und jetzt brauchte ich sie viel physischer als je zuvor.

»Lupa!«, drängte Scota. »Sie kommen. Uns läuft die Zeit davon. Fang endlich an!«

Ich wollte ja. Es kostete mich alle Kraft, um die Wölfin an die Oberfläche zu treiben. Endlich gab sie nach. Sie füllte meinen Körper aus und übernahm die Kontrolle über meine Sinne.

Über mein Sein.

Ich versank darin und gab mich diesem Gefühl hin.

Undeutlich bekam ich mit, dass sich um meinen Körper etwas veränderte. Ich blendete das aus. Ich achtete nur auf die Wölfin in meinen Adern.

Sie kam.

Sie manifestierte sich.

Jetzt hatte ich sie an einem Punkt, an dem ich eine Ahnung bekam, was Scota meinte.

Ich konzentrierte mich auf das Artefakt. Ich musste es nicht sehen. Ich spürte es. Das Pochen des Steines wurde nachdrücklicher. Seine Magie sickerte durch meinen magischen Körper und suchte nach mir.

Nach der Wölfin.

Scota hatte recht: Da war etwas.

Etwas Erdiges mit dem Duft nach Piniennadeln.

Etwas Wildes, das schon Blut gekostet hatte.

Etwas Freies, das den Wind kannte.

Etwas Starkes, das sich in der Erde verwurzelte.

Mistress?

Oder etwas ganz anderes, denn es fühlte sich neu an.

Ich konzentrierte mich auf das Siegel. Gleich hatte ich es. Gleich hatte ich mich genug gesammelt, um den Teller zu greifen.

Er reagierte auf mich.

Auf die Wölfin.

Das Wolfsherz.

Es war nicht mehr nur meins – es gehörte uns beiden. Mein Inneres wurde immer heißer und wilder. Mein ganzes Wesen verengte sich auf die Wölfin.

Und auf das Siegel, das immer stärker reagierte. Es pulsierte wie ein Herz und glühte.

Draußen spürte ich Gefahr. Sie war groß, mein Körper reagierte darauf mit Adrenalin. Mein Geist jedoch war von dem Siegel gefangen. Es war wie ein Sog.

Neben mir ein Knall. Ich hörte ihn kaum. Er spielte keine Rolle.

Nur das Siegel zählte.

Die Wölfin war zum Sprung bereit. Sie wollte sich auf das Artefakt stürzen. Ich wusste, dass das richtig war. Das sollte ich tun. Um die Welt zu retten.

Ich streckte meine Hände aus und griff nach dem Siegelteller.

Ein Schlag durchzuckte mich, stark wie ein Blitz.

Er elektrisierte mich und löschte alles andere aus.

Ich verlor die Kontrolle über meinen Körper.

Meine Sinne fielen aus.

Einer nach dem anderen.

Zuerst meine Stimme, dann mein Geruchssinn.

Meine Sicht wurde immer schmaler und dunkler.

Die Geräusche wurden immer dumpfer.

Ich verlor meinen Tastsinn und konnte den Teller nicht mehr festhalten.

Hitze kroch durch meine Adern und wurde so wild und brennend, dass es sich anfühlte, als würde ich innerlich verdampfen.

Ich riss die Augen auf und wehrte mich dagegen.

Du..., drang ein Flüstern in meinen Geist. *Du ...* Dann wurde die Hitze noch unerträglicher. Aggressiver. Tödlicher. Ich hatte keine Kontrolle. Und es wehrte sich.

Sie wehrte sich.

›Es frisst mich auf!‹, dachte ich verzweifelt. *›Es löscht mich aus!‹*

Entfernt hörte ich jemanden meinen Namen schreien. Mein Gehör wurde immer schlechter, fast verschwunden.

War das Scota?

Ich konnte nicht reagieren. Ich löste mich gerade auf.

Etwas traf meinen Körper mit so ungeheurer Wucht, dass mir der Teller aus den Händen fiel.

Ich knallte auf meine Seite und mein Kopf schlug auf den Boden auf. Blitze explodierten vor meinen Augen, meine Sicht kam zurück.

Schärfer als je zuvor.

Ich krallte meine Finger in den harten Boden und stemmte mich hoch auf alle Viere.

Ein Knurren sammelte sich in meiner Kehle. Zum ersten Mal sah ich mich um und nahm wahr, was um mich herum passiert war: Eilis und Blaan hatten Scota angegriffen, anscheinend hatte das Irrlicht wieder seine Magie versucht, denn gerade verzog sich der Nebel.

Blaan lag reglos auf dem Boden. Ich witterte ihn. Er war ohnmächtig und verletzt, doch er lebte. Ich schmeckte seinen Puls auf meiner Zunge.

Scota stand über Eilis, aus deren Mund noch Rauch aufstieg. Magie und Drachenfeuer flimmerten in der Luft. Das Drachenblut war ebenfalls verletzt, sie lag auf dem Boden und der schwere Geruch ihres Blutes erfüllte die Luft. Es drang durch meinen Kopf und weckte meinen Jagdinstinkt.

Das Knurren in meiner Kehle wurde noch lauter. Noch wilder.

Scota fuhr zu mir herum und ihre Augen weiteten sich. »Oh nein!«, entfuhr es ihr. Ihre Hände sprangen auf, als wäre ihr etwas aus der Hand gefallen. Entglitten. Zerbrochen. Ihr Plan? Oder noch mehr?

Unter ihr begann Eilis irre zu lachen. »Netter Versuch, Miststück! Ich habe dir gesagt, dass du damit nicht durchkommst! Sie ist die falsche! Du bist gescheitert!«, schrie sie und zog Scota die Beine weg. Mit dem gleichen Schwung kam sie auf die Füße und ging geschmeidig in die Knie, bereit, anzugreifen.

Die Jägerin fiel zu Boden, fing sich aber sofort und sah ihre Feindin hasserfüllt an. Sie zog ihren Dolch, bereit, es zu beenden. »Du auch!«, zischte sie.

Alles war schiefgegangen.

»Lupa, hilf mir! Es ist noch nicht vorbei!«, rief Scota wütend. Ich kam nicht dazu.

Eilis holte Luft, warf die Hände in die Luft und stieß einen Feuerstrahl in meine Richtung aus. Ich duckte mich darunter hinweg und warf mich zur Seite.

Hier gab es nichts für mich zu gewinnen.

Ich musste hier weg.

Endlich.

Endgültig.

Erleichterung flutete mein Herz bei dieser Erkenntnis.

›Ich bin frei.‹

»Lupa!«, schrie Scota verzweifelt.

›*Nein. Ich höre dir nicht mehr zu.*

Nie wieder.‹

Ich spürte, wie sie etwas nach mir warf. Einen Fluch? Einen Rückholzauber? Ich schüttelte es ab. Genau wie das Flüstern in meinem Kopf. Ich durchschaute es. Ich fiel nicht mehr darauf herein.

Mein Blut trieb mich in den Wald. Es rief nach der Jagd. Nach einem Leben ohne Schmerz, Lügen und Verrat. Ich brauchte das nicht. Ich wollte es nicht.

Wolfsherz.

Waldblut.

Mondkind.

Ich rannte los und ließ sie hinter mir.

Eilis.

Scota.

Lupa.

Ich sprang über die Kante des Tempelgipfels und ging in die Knie, um den Abhang hinunterzurutschen. Ich sah mich nicht um.

Wind und Kiesel flogen mir ins Gesicht, doch ich schüttelte sie ab und ignorierte den Schmerz.

Die Bäume kamen immer näher. Ich roch den Wald.

Ich spürte die Freiheit, die er mir bot.

Mein Zuhause. Dort, wo ich sein wollte.

Als Wölfin. Allein. Für immer.

Ich erreichte den Wald und stürmte zwischen die Bäume.

Die Wölfin hatte ihren Platz gefunden.

Und alles andere ließ sie hinter sich.

LYNX

Meine Katzensinne schlugen Alarm. Ich blieb stehen. Die Luft vibrierte und ein Dröhnen breitete sich aus. Magie, die sich wie eine unsichtbare Welle ausbreitete.

Ich biss die Zähne zusammen.

Gefahr.

Mein Herz klopfte und Aggressivität stieg hoch - ein hervorragender Schutzmechanismus, auf den ich mich verlassen musste. Auch jetzt.

»Was hast du?«, fragte Carnie gestresst. Sie sah sich die ganze Zeit um. Ihre Hände fuhren unruhig durch ihr leuchtend rotes Haar. Immer wieder schloss und öffnete sie den Reißverschluss ihrer Jacke, die ohnehin Schwierigkeiten hatte, ihre Brüste zu bändigen.

Carnies Unterlippe zitterte und ihre großen blauen Augen waren aufgerissen. Sie war mit den Nerven am Ende. Ebenso mit ihrer Kraft. Der Sukkubus war schwach und hatte keine Magie, es sei denn, sie setzte ihren Charme ein, um jemanden zu verführen. Aber egal wie oft Carnie sich mit Schwarzelfen, Drakan oder Giordyn (mir entging nichts) einließ, es wurde immer schwerer für sie.

Wenn es hart auf hart kam, musste Carnie sich schnell in Sicherheit bringen. Oder hoffen, dass ihre Berserker-Freundin Nairne einen Blackout bekam und alles niedermetzelte.

Das wollte ich lieber nicht erleben. Nairne hatte mich einmal erwischt und da war sie noch Herrin ihrer Sinne. Den Schlag gegen die Schläfe merkte ich trotzdem noch Wochen später.

Ich drehte mich zu dem Berserker um. Sie war wachsam, aber nicht wütend. Immerhin. Es war tröstlich und auch ein wenig beängstigend, jemand so starkes bei sich zu haben. Carnie war die Einzige, die sie aus dem Rausch herausholen konnte, wenn das Berserkerblut durchschlug.

Carnie und Nairne waren Seelengefährtinnen. Den Schwur mussten sie in den letzten Monaten geleistet haben. Das Band aber bestand schon viel länger zwischen ihnen.

Ich konnte nur hoffen, dass Nairnes Nerven diese ganze Angelegenheit aushielten.

Rhona hingegen war wie ein Pulverfass, dessen Lunte brannte. Lupas normalerweise so langweilige Menschenfreundin lief verbissen voran und sprach kaum ein Wort.

Ich roch ihren Stress. Sie war wildentschlossen und noch immer furchtbar wütend wegen ihres Streits mit Laird. Sie hatte komplett missverstanden, worum es dabei ging, und dachte anscheinend ernsthaft, dass Laird ein Auge auf eine andere Frau geworfen hatte. Dumm. Und überflüssig. Sie sollte ihn besser kennen. Hoffentlich machte sie nichts Dämliches. Wir waren schon zu viele wütende Personen in diesem Suchtrupp.

Ich blickte zu Niall. Keine Ahnung, ob er wusste, dass Rhona und Laird sich gestritten hatten, weil sein Bruder eifersüchtig auf ihn war. Wahrscheinlich ahnte er etwas. Er war klug, auch wenn er sich saudämlich verhielt.

Niall war auch noch wütend auf mich und anscheinend tödlich beleidigt über meine Worte. Dass meine Bemerkung ihm so naheging, war völlig übertrieben. Wir hatten einmal Sex, nicht mehr. Er verhielt sich aber, als wären wir in einer mehrjährigen monogamen Beziehung, bei der jeder auf die Gefühle des anderen Rücksicht nehmen musste.

Ich schauderte. Das war echt nicht mein Ding.

Nicht mehr.

Und der Grund für ›Nicht mehr‹, lief vorn neben Rhona und hatte Herzklopfen, weil er seine Angebetete so vermisste.

Und jetzt dieses Aufwallen von Magie, das mir eine Gänsehaut verursachte.

»Wie oft denn noch?«, knurrte ich.

Niall hatte mich gehört und sah mich unruhig an. »Was meinst du?«

»Wie oft muss noch etwas passieren, das mir die Haare zu Berge stehen lässt, ohne dass ich weiß, wie es Lupa geht?«, erwiderte ich. »Seit vier Tagen suchen wir nach ihr. Wenn Rhona den Blutzauber nicht angewandt hätte, wüssten wir nicht einmal, dass sie zumindest gestern noch gelebt hat.«

»Und sie lebt auch jetzt noch!«, fuhr Rhona mich an. Ihr Blick war starr auf mich gerichtet, die Zähne so fest aufeinandergepresst, dass ihre Kiefermuskeln hervortraten. »Ich weiß es genau. Spar dir einfach deinen Scheiß-Zynismus, Lynx!«

»Ich bin nicht zynisch, verdammt!«, fauchte ich zurück und schlug meine Nägel in meine Handflächen, um nicht durchzudrehen. »Ob du es glaubst, oder nicht, ich mache mir auch Sorgen um Lupa. Wir alle, deswegen sind wir ja hier, Rhona! Komm mal runter von deinem Trip und sieh ein, dass deine schlechte Laune bei mir falsch adressiert ist. Du hättest dich ja mit Laird vertragen können, bevor wir losgegangen sind. Dann wärst du jetzt bei der Sache, statt hier herumzuschreien.«

Rhonas Gesicht lief rot an, und für einen Moment sah es aus, als wolle sie explodieren. Doch dann presste sie die

Lippen aufeinander, drehte sich abrupt um und stapfte weiter, ohne ein weiteres Wort zu sagen.

Ich hatte auch keine Lust mehr, mit ihr zu diskutieren, es war sowieso sinnlos und ihr Streit mit Laird nicht meine Angelegenheit.

Ein Knall zerriss die Stille des Waldes.

Ich sah erschrocken auf. Zwischen den Bäumen war ein grelles Licht zu sehen. Da sträubten sich schon meine Nackenhaare. Magie wallte auf und spülte wie eine Welle über uns hinweg. Sie war mächtig. Meine Sinne schlugen Alarm. Die Luft schmeckte nach Asche.

Ich sah zu Niall. Zwischen seinen Augenbrauen hatte sich eine steile Falte gebildet.

»Was war das?«, fragte ich.

»Drachenfeuer«, zischte er.

Ich riss die Augen auf. »Eilis?«

Niall zuckte mit den Schultern. »Nein, ich kenne diese magische Signatur. Das war Smeja.«

»Scheiße«, fluchte Nairne und ballte die Fäuste. »Dann ist ihnen etwas zugestoßen. Wir müssen ...« Sie unterbrach sich selbst und biss sich auf die Lippen. »Kann mir mal jemand sagen, was wir jetzt machen sollen? Wir müssen helfen. Und wem zuerst? Sollen wir uns trennen?«

»Hier trennt sich niemand«, unterbrach ich sie unwirsch. Nairne sah mich an, ihre grünen Augen wurden mit roten Sprenkeln überzogen. Sie war gestresst und wenn ich sie weiter reizte, gewann ihr Berserkerblut die Oberhand.

Begütigend hob ich die Hände und machte einen Schritt zurück. Auf einen Kampf mit ihr konnte ich verzichten. »Tut mir leid. Ich denke nur nicht, dass es Sinn macht, dass wir uns trennen«, lenkte ich ein. »Wir müssen zusammenbleiben. Wir wissen nicht, was uns erwartet, wenn wir

Lupa finden. Im schlimmsten Fall versucht Scota, uns davon abzuhalten, sie mitzunehmen. Dann kannst du immer noch dein Blut entfesseln.«

Nairne atmete durch und das Rot verschwand. Carnie trat zu ihr und schlang den Arm um sie, dann legte sie ihre Stirn gegen die ihrer Partnerin. Ich wandte mich ab, dieser Moment gehörte den beiden und ich wollte kein Teil davon sein. Mein Blick traf Nialls, der mich seltsam ansah.

»Nicht dein Ding, oder?«, fragte er.

»Frauen? Meistens nicht«, erwiderte ich aalglatt und ließ ihn stehen, obwohl ich wusste, dass er etwas ganz anderes gemeint hatte.

Ich kam an Shark vorbei, der die Augenbraue hochgezogen hatte, als hätte er etwas bemerkt, das mir entgangen war. Was für ein Idiot.

»Was ist?«, fauchte ich. »Können wir endlich weiter?«

»Du hast wirklich ein bemerkenswertes Talent dafür, dir selbst im Weg zu stehen«, sagte er kopfschüttelnd. Herablassend.

Ich knurrte ihn an. »Du bist der letzte, der so etwas zu mir sagen darf. Halt einfach deine Klappe, sonst vergesse ich mich.« Ich lief an ihm vorbei und hörte endlich Schritte hinter mir.

Alle waren da. Alle zogen weiter mit.

Ich hoffte nur, dass wir nicht zu spät kamen. Egal, wie vehement Rhona darüber sprach, ich war keinesfalls überzeugt, dass Lupa lebte. Und falls doch, hatte ich große Zweifel daran, dass es ihr gut ging.

Ich ballte meine Hände zu Fäusten.

Wenn auch nur eins von beidem stimmte, würde ich einen Weg finden, mich an allen zu rächen, die dafür verantwortlich waren.

KAPITEL 9

Es war gespenstisch still in diesem Teil des Waldes. Vor einigen Minuten war der letzte Vogel verstummt und nicht einmal Wind brachte die Blätter zum Rauschen. Es schien, als sei die Zeit hier stehengeblieben.

Mittlerweile waren wir tief vorgedrungen, so weit, dass kaum noch Sonnenlicht durch das hohe dichte Blätterdach fiel. Der Boden war karg und von Wurzeln übersäht, nur wenige Büsche schafften es, in diesem Dämmerlicht zu überleben. Der Geruch faulenden Laubs lag in der Luft, so dicht, dass mein Kopf davon schmerzte.

Ich blieb stehen und sah mich um. Das war absolut unnatürlich. Mein Körper sagte mir deutlich, was er davon hielt: Nichts. Und meine Instinkte warnten mich, hier zu verschwinden.

Allgegenwärtig kroch die Magie durch die Bäume, sie war beinahe physisch zu spüren, sogar für mich. Ich sah mich um und erwartete, eine okkulte Stätte zu finden, einen Druidenstein, einen Feenring oder etwas anderes, das dieses Gefühl erklärte. Doch es war nichts zu sehen.

Vor ein paar Minuten hatte es erneut einen Knall gegeben, dessen fernes Echo immer noch weit entfernt in der Luft hing. Es klang wie eine Explosion, so gewaltig, dass wir die Ausläufer der Druckwelle spüren konnten.

Danach hatten wir uns getrennt und waren sternenförmig auseinandergelaufen. Rhona war sich sicher, dass Scota etwas mit der Explosion zu tun hatte. Niall spürte eine Signatur hier im Wald, die er als Lupas erkannte, aber er wusste nicht ganz genau, wo sie war. Deswegen hatten wir uns aufgeteilt.

Wir bewegten uns vorsichtig, denn wir wussten, wie gefährlich es hier war. Es war nicht abzuschätzen, was den Knall ausgelöst hatte, aber es war wahrscheinlich, dass Scota die Ursache war.

Kurz bevor wir losliefen, spürte auch Rhona Lupa.

Genau wie Shark.

Genau wie ich.

Aber etwas stimmte nicht mit ihr, das war genauso deutlich. All meine Sinne schlugen Alarm und ich hatte ein Prickeln im Nacken, so stark, dass es beinahe schmerzte.

Wenn wir jetzt nicht schnell machten und sie fanden, war sie vermutlich tot. Ich wusste nicht, woher ich die Gewissheit nahm, aber sie war da.

Rhona, Carnie und Nairne gingen nach Osten, Niall, Shark und ich nach Westen. Vor fünf Minuten hatten wir uns ebenfalls aufgeteilt. Shark und Niall liefen im Bogen, ich geradeaus. Gleich würden wir uns treffen.

Ich blieb stehen und lauschte.

›Warum zum Teufel ist hier nichts mehr zu hören?‹

Dieser Wald war alt. Uralt. Die Bäume waren dick und knorrig, die meisten Äste kahl, verkümmert durch die dauernde Dunkelheit.

Ich hatte Gänsehaut.

Und hier sollte Lupa sein? Oder lauerte hier ihr Mörder? Waren wir seine nächsten Opfer?

Ich biss die Zähne zusammen, damit die Angst keine Chance hatte.

Plötzlich zerriss ein Schrei die Stille.

Ich blieb wie erstarrt stehen, mein Herz schlug mir bis zum Hals. Wer war das? Jemand von uns? Die Stimme hatte männlich geklungen. Und zu Tode erschrocken.

Ich wirbelte herum, ging leicht in die Knie und machte mich darauf gefasst, die nächste zu sein, die angegriffen wurde.

»Lupa!«, hörte ich Shark rufen. Er hatte geschrien. Und er hatte Lupa gefunden. Ohne nachzudenken, rannte ich los. Ich schlug einen Haken und lief seiner Stimme nach.

Wenn er ihren Namen rief, war sie lebendig.

Hoffte ich.

Ich bahnte mir meinen Weg durch die Stämme. Ich sprang über Wurzeln und die wenigen Büsche, die vor mir auftauchten. Ich rannte so schnell, dass ich nicht einmal die Stille mehr hörte.

Immer weiter in die Richtung, aus der Sharks Stimme gekommen war. Ich spürte ihn. Und ich spürte auch Lupa.

Ich umrundete eine letzte Gruppe dicker nackter Stämme und blieb jäh stehen, als ich sie sah. Lupa und Shark.

Ich traute meinen Augen nicht. Lupa stand vor ihm, geduckt wie ein Raubtier. Ihre Hände waren wie Klauen abgespreizt und ich hörte sie knurren, obwohl ich über zehn Meter entfernt stand.

Shark wich vor ihr zurück. Ich riss die Augen auf, als mir der Geruch seines Blutes in die Nase stieg. Sie hatte ihn verletzt.

Ich sah in ihr Gesicht. Sie sah anders aus. Ihre scharfen Gesichtszüge traten noch mehr hervor und ihre goldenen

Augen glitzerten gefährlich. Das Knurren in ihrer Kehle war das eines Wolfs. Die Sirene war aus ihren Adern verschwunden. Restlos. Vor mir stand ein reines Wolfsblut, das die Kontrolle verloren hatte.

Diese Erkenntnis war ein Schock.

Ich hatte selbst alles versucht, um diese Blutlinie zu vernichten. Zusammen mit Atra hatte ich verbotene Zauber gewirkt, um sie loszuwerden. Die Sirene war nicht ganz verschwunden, aber so weit zurückgedrängt, dass ich mich dem Luchs hingeben konnte.

Lupa hatte etwas ähnliches erlebt. Ich spürte die Reste eines Zaubers in ihr. Er war so gewaltig, dass sogar ich sie wahrnahm. Er hatte ihr ganzes Wesen verändert.

»Lupa«, versuchte Shark es erneut. Er hielt die leeren Hände hoch, damit sie sehen konnte, dass er unbewaffnet war. Seine linke war blutverschmiert.

Das interessierte die Wölfin nicht. »Verschwinde. Das hier ist mein Revier«, knurrte sie.

Ich stieß einen Schrei aus, als sie einen gewaltigen Satz auf ihn zu machte und ihn mit ihrem Gewicht zu Boden riss. Shark schrie auf, als sie ihre Krallen in seinen Hals schlug.

Ich schüttelte den Schock ab und rannte los. Ohne klaren Gedanken rammte ich sie von der Seite und riss sie von ihm herunter. Sie rollte sich geschmeidig ab und kam auf die Beine. Wild sah sie mich an, es war kaum noch etwas von Lupa in ihrem Gesicht übrig.

Mein Herz machte einen Satz, doch ich gab nicht einfach so auf. »Bist du von allen guten Geistern verlassen?«, fauchte ich sie an. »Das ist Shark!«

Sie riss die Augen auf, als würde sie uns erst jetzt richtig erkennen. Das tat sie auch, erkannte ich im selben Moment. Bis eben hatte sie nicht gewusst, wer wir waren.

Ihr Blick flackerte von mir zu Shark. Erst weiteten sich ihre Augen, dann verengten sie sich wieder. Sie atmete ein und stieß die Luft wieder aus, als hätte sie einen schlechten Geruch in der Nase. Dann schüttelte sie sich angewidert und machte einen Schritt zurück.

»Eure Namen sind egal!«, knurrte sie. Ihre Stimme war rau und tiefer als sonst. »Sirenen haben hier nichts zu suchen.« Sie wich noch weiter zurück, als müsse sie sich vor ihm schützen. Ihre Hände ballten sich zu Fäusten. »Er soll verschwinden! Und du auch!«

Mein Herz verkrampfte sich. Was war mit ihr passiert? Es musste schrecklich gewesen sein. Wesenverändernd.

Damit kam ich nicht klar. Wut schoss durch meine Adern. »Du hast sie ja nicht mehr alle!«, schrie ich. »Wir sind hier, um dich zu holen, verdammt! Jetzt lass den Scheiß und reiß dich zusammen!«

Aus dem Augenwinkel sah ich, wie Shark sich aufrappelte. Mit aschfahlem Gesicht tastete er nach seinem blutenden Hals. Erschrocken taumelte er zurück. Seine Augen waren weitaufgerissen.

›Wenigstens konnte er noch aufstehen. Ich habe ihm gerade den Arsch gerettet.‹

Ich fixierte Lupa mit schmalen Augen. »Komm mit, dann kriegen wir dich wieder hin. Rhona, Laird und Niall wissen sicher einen Rat«, sagte ich. Lupa zeigte mir als Antwort ihre Reißzähne.

›Seit wann hat sie die? Ihre Zähne waren immer stumpf! Und was würde ich sehen, wenn ich ihr die Jacke herunterreiße? Sind ihre Sirenen-Tattoos noch da oder hat ein Zauber alles ausradiert, was damit zu tun hat?‹

»Was ist mit dir passiert?«, versuchte ich es erneut, meine Stimme scharf vor Stress.

Lupa machte einen Schritt zurück, ihr Körper war verkrampft, doch ihr Blick war etwas klarer. Dann schüttelte sie sich und der Funke verschwand.

»Ich geh nicht dorthin zurück!«, schrie sie mit geballten Fäusten, ein Zittern lief durch ihren ganzen Körper. »Nicht dorthin, wo sie ist, und auch nicht zu den Sirenen! Versteh das doch endlich, Lynx!« Ihre Stimme bebte. »Ich bin keine Sirene! Ich bin ein Wolf! Ich will das Meer nie wiedersehen. Ich will hier sein, im Herz des Waldes. Dort, wo sie mich nicht finden kann. Ich habe versagt.«

Ihre Unterlippe zitterte und Tränen traten in ihre Augen. »Wenn sie mich findet, wird sie mich zwingen, es noch einmal zu versuchen. Das werde ich nicht tun. Ich habe lange genug alles getan, was von mir erwartet wurde. Ich habe mich gequält, mich um alles gekümmert. Ich war eure Alpha, obwohl ich das nicht sein will. Ich werde niemals zurückkommen, Lynx! Lass mich in Ruhe, oder ich werde es dir beweisen.«

Ihr Blick wanderte zu Shark. Tränen schossen in ihre Augen und sie spie die Worte förmlich aus: »Ich will dich nicht mehr sehen. Nie wieder. Du gehörst zu ihnen. Geh wieder ins Meer! Dort, wo du mich zurückgelassen hast! Ich bin nicht die deine. Ich war es nie.«

Ich war wie vom Donner gerührt.

»Das war deutlich«, keuchte Shark, die Hand an seinen Hals gepresst. Er zitterte am ganzen Körper und das hatte wenig mit seiner Verletzung zu tun. »Lynx, was sollen wir machen? Sie steht völlig neben sich! Ich ...« Seine Stimme brach und er presste die Lippen zusammen.

Meinem Ex-Geliebten fiel nichts mehr ein. Das war so typisch für ihn. Zu nichts zu gebrauchen. Ich sah, dass Lupas Verhalten ihm gerade das Herz zerriss, doch Lösungskompetenz war noch nie sein Ding. Und jetzt stand er blutend hier und sah seine Geliebte an, als würde die Welt untergehen.

»Haut endlich ab!«, schrie sie.

»Verdammt, Lupa, hör auf zu jammern, das ist ja widerlich!«, fauchte ich. »Wie kann man nur so weinerlich und selbstmitleidig sein? Denkst du, wir sind zum Spaß hier? Glaubst du, ich habe Erskina und die Sirenen aus Langeweile gerettet? Wir müssen alle unseren Teil beitragen und unserer ist eben größer. Ich wollte die Todesangst wegen der Schwarzelfen oder des Meeresgotts nicht! Ich wollte nicht in diese verdammte Siegelhöhle hinuntersteigen, nur um zu sehen, dass Scana den Gott befreit hat. Genau wie du! Und wir haben es trotzdem gemacht, weil das unser Ding ist. Und jetzt komm mit, damit du wieder du selbst werden kannst, verdammte Scheiße. Rhona und den anderen wird etwas einfallen. Ich weiß das. Und dann kannst du dich auch wieder mit Shark versöhnen und mich nachts mit eurem Stöhnen quälen.«

Sie schüttelte den Kopf. »Nein.«

»Scheiße, Lupa, wie nervtötend kann man sein?« Ich drehte beinahe durch. »Wir haben dich fünf Tage lang in diesem Dreckswald gesucht und jetzt machst du hier einen auf einsame Wölfin? Dein Ernst? Du kommst jetzt mit und reißt dich endlich zusammen. Ich könnte kotzen, so sauer bin ich auf dich, du verdammte Idiotin.«

»Interessiert mich nicht.« Ihre Stimme wurde dunkler, das Glitzern in ihren Augen bedrohlicher. »Verschwindet endlich, oder ich bringe euch dazu.«

»Versuchs doch, Schoßhund.«

Ich wurde von den Beinen gerissen, bevor ich zu Ende gesprochen hatte. Mit einem dumpfen Stöhnen landete ich auf meinem Steißbein und mein linker Arm knickte unter mir weg. Ich bekam keine Luft mehr und Sterne tanzten wild vor meinen Augen. Sie hatte mich voll erwischt.

Schmerz schoss brennend durch meinen Körper und konzentrierte sich auf meinen Arm. Er war definitiv gebrochen. Ich biss die Zähne zusammen und kam wieder auf die Beine. Shark zerrte mich hoch und trat neben mich.

»Lass das!«, fuhr ich ihn an, zuckte aber vor Schmerz zusammen. Und als ich zu ihr hochsah, musste ich feststellen, dass sie sich schon zum nächsten Sprung bereit machte. »Wir sollten gehen«, sagte ich mit zusammengebissenen Zähnen.

»Nein, das kann ich nicht!« Shark sah mich an, als hätte ich den Verstand verloren.

Ich wünschte, es wäre so, aber es hatte keinen Sinn. Keiner von uns beiden konnte sie ausschalten, damit wir sie mitnehmen konnten. Wir waren verletzt und Lupa würde ihre Meinung nicht freiwillig ändern.

Ich knurrte. Ich hasste es, klein beizugeben. Ich hasste es, dass unsere ganze Suche umsonst gewesen war. Ja, wir hatten Lupa gefunden, doch in welchem Zustand?

Ihr hasserfüllter Blick ließ mir keine Wahl: Ich musste Shark hier wegbringen, bevor sie ihn zerfetzte. Anscheinend hatte sie eine Scheißangst vor ihm. So stark, dass sie ihn als Feind ansah, nicht als der, der er war.

Keine Ahnung, was mit ihr passiert war, aber jetzt war kein guter Zeitpunkt, um das herauszufinden.

Ich packte Shark am Arm. »Wir gehen.«

Sie beobachtete knurrend unseren Rückzug. Shark taumelte, seine Wunde am Hals blutete stark. Sie hatte ihn voll erwischt. Genau wie mich.

›Das wars dann wohl mit den beiden.‹

Seltsam, dass ich nicht einmal Genugtuung deswegen empfinden konnte. Im Gegenteil: Es tat mir leid.

Lupa und Shark hatten trotz der ätzenden Vorgeschichte etwas für mich dargestellt. Einen Hoffnungsschimmer. Den Beweis, dass Beziehungen trotz widrigster Umstände und aussichtsloser Vorgeschichten funktionieren konnten.

Irgendwo tief in meinem Herzen hatte ich mich daran geklammert, egal, wie weh es mir tat, die beiden zu sehen.

Das war jetzt vorbei und erinnerte mich daran, dass nichts in dieser Welt von Dauer war.

Schon gar nicht Liebe.

Ich zerrte Shark mit mir zwischen die stillen Stämme. Noch immer war es gespenstisch still in diesem Teil des Waldes. Ich fragte mich, ob das etwas mit ihr zu tun hatte.

Sie strahlte eine Wildheit und Aggressivität aus, dass sogar ich ein wenig Angst vor ihr bekam.

Mein Herz verkrampfte sich, vor Schmerzen war mir schlecht und ich taumelte. Doch der gebrochene Arm war nichts gegen den Schock in meinem Inneren.

›Ich habe sie verloren. Die Einzige, die mir je viel bedeu-
tet hat. Meine Blutsschwester, mein wahres Zuhause.
Nach allem, was ich ihr angetan habe, beendet sie es auf
diese Weise.‹

Ich biss mir auf die Lippen, als eine Träne über meine
Wange lief.

Vor ein paar Tagen noch hatte sie mich vor der Flutwelle
des Gottes gerettet und mich mit ihrem Atem am Leben
gehalten. Davon war jetzt nichts mehr übrig. Sie wollte
mich einfach weghaben. Mich nie wiedersehen.

Neben mir schluchzte Shark. Ich sah zu ihm herüber und
sah tatsächlich auch eine Träne über seine Wange laufen.
Er weinte wie ein kleiner Junge. So hatte ich ihn noch nie
gesehen.

Das brachte mich wieder auf den Boden zurück. Auf keinen Fall würde ich hier mit meinem Ex zusammen wegen
Lupa herumheulen! Das war zu viel des Guten.

»Komm endlich«, knurrte ich und presste meinen gebrochenen Arm an meinen Brustkorb.

»Und was jetzt?«, fragte er mit kratziger Stimme. »Was
sollen wir tun? Wir können sie doch nicht hierlassen. Du
hast sie doch gesehen. Sie ist nicht sie selbst. Wir müssen
doch … Das wieder hinkriegen.«

»Jetzt suchen wir die anderen und lassen uns etwas einfallen, wie wir diese Scheiße wieder hinbekommen«, sagte
ich grimmig. »Wofür haben wir denn bitte eine Magierin
und einen Druiden dabei? Ihnen wird schon etwas einfallen, wie wir Lupa wieder hinbekommen.«

»So hat sie mich noch nie angesehen«, sagte er dumpf.
»Als würde sie mich hassen. Das hat sie nicht mal damals

getan. Nicht so. Jetzt ist sie … « Er brach ab und senkte den Kopf.

»Das tut sie momentan auch«, sagte ich kaltherzig. Shark zuckte zusammen. »Deswegen suchen wir die anderen ja. Als würde ich es ertragen, dich so zu sehen.« Er blickte mich mit so großen Augen an, dass ich zynisch lachen musste. »Du glaubst echt, dass ich noch etwas für dich übrighabe, oder? Schmink dir das endlich ab, Seamus. Ich ertrage nur keine Leidensmienen um mich herum, das ist alles.«

»Glaub mir, das ist mir auch lieber so«, sagte er finster. Plötzlich verdrehte er die Augen und sackte in sich zusammen. Erschrocken fing ich ihn auf und sorgte dafür, dass er nicht hart auf dem Boden aufschlug.

›Chance verpasst‹, dachte ich hinterher ärgerlich. Ich hätte ihn auch einfach aufschlagen lassen können. Außerdem raste Schmerz wie eine Feuerwalze durch meinen Körper, weil ich meinen Arm bewegt hatte. Ich keuchte auf und atmete dagegen an.

Ich drehte ihn mit zusammengebissenen Zähnen auf den Rücken und hockte mich daneben. Anscheinend war er ohnmächtig geworden. Der Stress der letzten Zeit und jetzt noch die Verletzung waren zu viel.

»Weichei«, knurrte ich und sah mich um.

Was sollte ich denn jetzt machen? Allein konnte ich ihn nicht wegtragen. Nicht mit diesem Arm.

Ich musste Niall suchen.

Vorsichtig schob ich Shark so hinter einen Baum, dass Lupa ihn hoffentlich nicht fand, wenn sie hier vorbeikam, und hielt meine Nase in den Wind.

Kaum ein Lüftchen ging hier und es war nicht meine Nase, sondern meine Ohren, die ihn orteten.

Ich drehte nach links ab, wo ich ihn vermutete.

›Hoffentlich bekommt er nicht auch noch eine Dosis von der neuen Lupa ab, ich brauche seine Hilfe‹, dachte ich und versuchte, meinen Arm ruhig zu halten.

Ich brach durch die Stämme und übersprang eine verkrüppelte Hecke. Jetzt roch ich den Druiden mit dem Wolfsblut. Er war in der Nähe.

Ich schlängelte mich durch weitere Stämme hindurch. Und blieb jäh stehen.

Niall und Lupa hatten einander gefunden, doch ihn griff sie nicht an. Im Gegenteil: Sie standen eng zusammen und redeten. Zivilisiert. Und sehr eng.

Irrte ich mich, oder berührten sie sich sogar?

Keine Spur von Feindseligkeit verzerrte Lupas Gesicht. Mein Herz verkrampfte sich bei diesem Anblick und meine Eingeweide fühlten sich wie ein Klumpen an.

Ich versteckte mich hinter einem Baum und lauschte.

»Erinnerst du dich, was passiert ist?«, fragte Niall. Er sprach ruhig, doch ich spürte eine minimale Anspannung in seiner Stimme. Oder war es Erregung?

»Dumpf«, erwiderte sie. Ihre Stimme klang beinahe normal, nur etwas rauer als sonst. »Ich sollte dieses Siegel zerstören, das es Mistress ermöglicht, wieder in diese Dimension zu kommen. Aber etwas ist schiefgegangen.« Sie betastete ihre Seite. »Ich wurde getroffen. Hart. Vielleicht ein Fluch, ich bin mir nicht sicher. Das hat die Verbindung zu dem Siegel gekappt.« Sie hielt sich den Kopf. »Danach ist alles verschwommen. Ich bin gerannt, das weiß ich noch. Nur weg von dort.«

»Und was ist ansonsten passiert?«, fragte Niall ruhig, fast sanft. Meine Eingeweide brannten. »Denk in Ruhe nach, dann fallen dir sicher Details ein.«

»Scota wurde angegriffen«, sagte Lupa langsam. »Von Eilis und von Blaan, einem Irrlicht. Ich weiß nicht, wie der Kampf ausging.«

Niall holte tief Luft. »Wir sollten nachsehen gehen.«

Lupa schüttelte vehement den Kopf. »Niemals.«

»Und wenn Eilis gewonnen hat und es ihr gelungen ist, Mistress zu befreien?«

»Dann können wir das sowieso nicht mehr ändern. Ich glaube aber nicht, dass das passiert ist. Das hätten wir gemerkt.« Lupa legte die Hand auf Nialls Brust und sah zu ihm auf. Ihre Augen glänzten und ihre Unterlippe bebte. »Sie ist eine Waldgöttin. Eine Jagdgöttin. Ihr gehört der Vollmond und die Wilde Jagd. All das würde sie uns nehmen, wenn sie wiederkommt.«

Niall trat noch näher an sie heran und senkte den Kopf.

Ich riss die Augen auf, als er ihr etwas ins Ohr flüsterte.

Sie waren so vertraut miteinander. So verdammt vertraut, dass es ausgeschlossen war, dass das hier zum ersten Mal passierte.

Ich taumelte ein paar Schritte zurück, weil ich einfach nicht glauben konnte, was ich da sah.

Was für eine Heuchlerin! Ausgerechnet Lupa! Die Bodenständige! Die Ehrliche! Die Spießige, die auf eine monogame Beziehung mit Shark bestanden hatte!

Und jetzt das, nachdem sie ihn verletzt und weggestoßen hatte.

›Das ist also dein wahres Gesicht!‹

Ich spürte, wie mir die Galle hochstieg. Ich war unfassbar enttäuscht und wütend. Ich ging bei allen, die mir begegneten, immer grundsätzlich vom schlechtesten aus, doch bei Lupa dachte ich, dass ich sie einschätzen könnte.

Sogar damals, als sie während unserer Mission die Seiten gewechselt hatte, war ich nicht überrascht. Ich wusste, dass ihr weiches Herz jederzeit vor Mitleid überfließen konnte.

Das war alles eine Farce. Eine Show, mit der sie mich hinters Licht geführt hatte.

Und Niall ... Mir wurde schlecht vor Wut.

Warum dieses beleidigte Verhalten, wenn er es hinter unser aller Rücken mit Lupa trieb? Ich wollte mir gar nicht ausmalen, wie viele Gelegenheiten sie während unserer Reise gehabt hatten, vor allem, als weder ich noch Shark in der Nähe waren und sie nach Blaine und Leonda suchten. Das ging vielleicht schon seit unserer Ankunft im Druidendorf so.

Ich hatte die Blicke gesehen, die sie einander zugeworfen hatten. Die Chemie stimmte sofort.

›Und was dann, Lupa? Bist du mit Shark eingeschlafen und hast dich dann aus dem Zimmer geschlichen, um das andere Wolfsblut zu sehen? Hast du es genossen, dass die Kerle hinter dir her sind? Hast du beschlossen, nicht mehr langweilig und berechenbar zu sein? Glückwunsch, das hast du geschafft. Was bist du nur für eine verfluchte Heuchlerin!‹*

Ich lehnte mich an den Baumstamm, schloss die Augen und atmete, damit ich an meiner Wut nicht erstickte.

Das war er also: Der Moment, in dem ich auch noch das letzte bisschen Vertrauen verlor.

Fühlte sich verdammt beschissen an.

Ich biss die Zähne zusammen und öffnete die Augen. Das gab gewaltigen Ärger. Und ich war die Erste, die ihnen ihre Meinung sagte. Ich ballte die Hände zu Fäusten und ging um den Baum herum. Und stutzte.

Sie waren verschwunden.

Ich wusste, wohin, und ich hatte keine Zeit zu verlieren.

»Scheiße«, fluchte ich. »Das kotzt mich dermaßen an.«

Erneut zerriss ein Donnern die Stille des Waldes.

Das hier war noch lange nicht vorbei. Ich drehte mich um und machte mich auf die Suche nach Rhona.

›Längst nicht vorbei. Und das werdet ihr alle merken.‹

Rhona, Carnie und Nairne waren nicht weit entfernt. Sie hatten sich nicht aufgeteilt, sondern waren zusammengeblieben. Angesichts dessen, wie schwach Carnie und Rhona waren, hatten sie klug gehandelt.

Allerdings waren sie auch erschreckend leicht zu finden.

›Das ist kein Suchtrupp, sondern eine verdammte Wandergruppe. Ihr Lärm reicht aus, um jeden Gegner im Umkreis von drei Kilometern zu warnen. Dass sie noch nicht gefressen wurden, grenzt an ein Wunder.‹ Ich biss die Zähne zusammen und kämpfte gegen das Pochen in meinem Arm an. Bei jeder heftigeren Bewegung schoss scharfer Schmerz durch meinen Körper.

»Rhona!«

Die drei wirbelten herum.

Mein Mundwinkel zuckte. Ich war nicht besonders leise, meine Verletzung machte meinen Schritt schwer, trotzdem hatten sie mich nicht kommen hören. Die drei hatten mehr Glück als Verstand.

»Was ist passiert?«, fragte Rhona alarmiert. Sie lief zu mir und begann meinen Arm zu untersuchen. Bevor ich etwas sagen konnte, zischte ein so scharfer Schmerz durch meinen Arm, dass rote Flecken vor meinen Augen tanzten.

Mit einem Knacken rutschte der gebrochene Knochen in seine alte Position und verheilte.

»Danke«, keuchte ich, wehrte aber ab, als sie sich anschickte, mit meinem Gesicht weiterzumachen. »Wir haben andere Probleme. Shark hat Lupa gefunden. Sie hat ihn angegriffen. Er ist verletzt und ohnmächtig. Komm mit, ich brauche dich für einen Heilungszauber.« Ich setzte mich wieder in Bewegung.

»Warte!«, rief Rhona und eilte hinter mir her. »Was sagst du, ist passiert? Ich verstehe das nicht, Lynx. Lupa hat Shark angegriffen? Und wer hat dich attackiert? Scota?«

»Auch Lupa«, sagte ich finster.

Die Schritte hinter mir hörten abrupt auf. Seufzend drehte ich mich zu Lupas Freundinnen um. »Kommt ihr jetzt, oder was?«

»Ich will wissen, was passiert ist«, sagte Nairne fordernd. Zwischen ihren weißblonden Augenbrauen bildete sich eine steile Falte. »Warum hat sie euch angegriffen? Warum ausgerechnet Shark? Sie liebt ihn doch.«

»Nein, tut sie nicht. Sie ist in ihrem Wolfsblut verloren und wollte ihn vertreiben. Eine Sirene will sie nicht in ihrem Revier haben. Genauso wenig wie einen Luchs«, sagte ich und sah wieder in die Richtung, aus der ich gekommen war. Dabei mied ich strikt den Augenkontakt mit den anderen. »Er wollte nicht gehen, da hat er sie angegriffen. Und mich hat sie attackiert, weil ich ihn unterstützt habe.«

»Das kann doch nicht sein«, sagte Carnie leise, ihre Stimme zitterte und sie hielt sich an Nairne fest. »Was ist denn bloß mit ihr los?«

»Magieüberfluss«, sagte Rhona tonlos.

Ich zog die Augenbraue hoch. »Was soll das sein?«

»Das war schon im Kampf gegen Mistress so, nur andersherum«, entgegnete Rhona. »Damals hat Lupa ihre Sirenenmagie so intensiv genutzt, dass die Wölfin verdrängt wurde. Dadurch hat sich ihr Wesen und ihr Verhalten verändert.«

»Daran erinnere ich mich. Ich habe sie damals darauf hingewiesen«, erwiderte ich. Lupa war immer mehr eine Sirene geworden, kalt und berechnend. Zickig und heimtückisch. Trotzdem war sie immer Lupa geblieben.

Der Gipfel war erreicht, als sie und Shark das erste Mal Sex hatten und er ihr geholfen hatte, ihr Energiedefizit aufzufüllen. Ich hatte sie damals für ihre Dummheit ausgelacht. Jetzt hatte sich das ganze ins andere Extrem verkehrt. Ich ahnte, dass sowohl der Meeresgott als auch Scota etwas damit zu tun hatten.

Als ich Rhona das sagte, nickte sie unglücklich. »Das kann sein, aber wir wissen viel zu wenig darüber, was passiert ist, während sie mit Scota zusammen war. War sie auch dort?«

»Nein, Lupa war allein, als wir sie fanden.«

»Warum betonst du ›war‹ so komisch?«, fragte Carnie. Der Sukkubus hatte eine nervtötende feine Antenne für Untertöne. Ich funkelte sie an.

»Können wir jetzt endlich Shark helfen oder wollt ihr ihn hier im Wald verbluten lassen?«, fauchte ich.

»Klingt eher nach dir als nach uns«, erwiderte Nairne.

»Wo ist er?«, fragte Rhona.

»Das will ich euch doch die ganze Zeit zeigen!« Ich drehte mich um und lief endlich weiter.

»Und wo ist eigentlich der schnuckelige Niall?«, fragte Carnie hinter mir, dann hörte ich sie Luft schnappen. Auch das noch. Sie hatte es erraten.

Ich lief so schnell, dass sie beim Rennen nicht mehr sprechen konnte. Das bewahrte mich zumindest kurz vor ihren nervigen Fragen.

Ich führte Rhona zu der Stelle, wo Shark lag. Er war wieder zu sich gekommen und hockte wie ein Häufchen Elend auf dem Waldboden.

Rhona ging neben ihm in die Knie und führte den Heilungszauber durch. Sharks fahles Gesicht bekam wieder Leben zurück und er kam auf die Beine.

»Lynx, komm her«, sagte Rhona. »Ich kann auch deine Schnittwunden und Prellungen versorgen.«

Ich schüttelte den Kopf. »Nein danke.«

Sie sah mich an, als hätte ich den Verstand verloren. »Wieso?«

»So kann ich mich besser daran erinnern, was passiert ist.« Ich wandte mich ab.

»Und was genau ist passiert?«, fragte Nairne angriffslustig. »Muss ja eine spannende Geschichte sein, wenn du darum so ein Gewese machst.«

»Ich wiederhole auch gern die Frage, wo Niall ist«, mischte sich Carnie ein. »Oder hat Lupa ihn umgelegt?« Sie beobachtete mich genau, während sie sprach. Und sie nahm wahr, dass mein Gesicht zuckte, als sie ›umgelegt‹ sagte. Ihre riesigen blauen Augen weiteten sich. »Ach du Schande. Echt jetzt?«

»Hab ich was verpasst?«, fragte Shark und zuckte zusammen, als der Heilzauber wirkte. »Ich habe ihn nicht gesehen.«

»Ich schon«, knirschte ich und starrte stur gegen einen Baumstamm. »Und sie sind zusammen los.«

Carnie beobachtete mich, doch Rhona kam ihr zuvor. »Niall ist ein Wolfsblut«, murmelte sie.

»Wissen wir. Und?«, fragte Shark ungeduldig. »Es ist gut, wenn er bei ihr ist, dann ist sie nicht schutzlos. Vor allem nicht, wenn sie so drauf ist, wie vorhin. Wir müssen sie suchen und ihr helfen, wieder sie selbst zu werden.«

Ich verzog den Mund zu einem freudlosen Lächeln. »Ich bin mir sicher, dabei hilft Niall ihr liebend gern. Ich habe sie zusammen gesehen. Sie waren vertraut miteinander. Ich hoffe, du wusstest davon, andernfalls ist das jetzt unangenehm für dich.«

Shark sah mich fassungslos an, aber ich konnte mich nicht stoppen. »Frag Rhona, wenn du mir nicht glaubst. Sie und Laird hatten im Lager einen Streit, weil er eifersüchtig auf seinen Bruder ist, weil Niall plötzlich einen Schlag bei Frauen hat. Lupa, Tajna ...«

»Du«, warf Carnie ein. Ich funkelte sie vernichtend an. Sie zuckte nicht mal zurück. »Ach komm schon, alle wissen, dass ihr es getrieben habt. Und ich finde, am eifersüchtigsten bist du gerade.«

»Das täuscht«, sagte ich kühl und wandte mich Rhona zu. »Lairds Reaktion ist gar nicht so übertrieben. Niall hat es auf Lupa abgesehen, seitdem sie sich das erste Mal gesehen haben. Das Wolfsblut reagiert auf Lupa und auch auf den Hauch davon, den Tajna in sich trägt. Lupa weiß das. Sie hat es gespürt. Ich hätte allerdings nicht gedacht, dass sie darauf einsteigt. Aber jetzt, wo ihr Wolfsblut die Oberhand hat, fordern wohl auch die Wolfsinstinkte ihren Tribut.«

Shark stand einen Moment lang reglos da. Ich kannte diesen idiotischen Gesichtsausdruck bei ihm. Das bedeutete, dass er nachdachte. Meistens kam dabei nichts Sinnvolles heraus, also machte ich mich auf Unsinn gefasst. Stattdessen biss er die Zähne zusammen und straffte sich.

»Es ist mir egal«, sagte Shark leise. »Vollkommen egal. Soll sie es doch zwanzigmal mit ihm treiben, ich will nur, dass sie wieder sie selbst wird. Und wenn sie ihre Meinung dann nicht ändert, bin ich wenigstens sicher, dass sie ihre Entscheidung bei klarem Verstand fällt und nicht, weil sie durchgeknallt ist. Auch wenn mich das ausschließt.«

»Aber Shark«, sagte Rhona erschrocken und machte einen Schritt auf ihn zu. Noch so eine weichherzige Idiotin, die immer die falschen Prioritäten setzte. Wir hatten keine Zeit für diese Gefühlsduselei.

Er schüttelte den Kopf. »Darüber mache ich mir Gedanken, wenn wir sie gefunden haben und ich mich vergewissert habe, dass sie wieder normal ist.« Seine Hand fuhr an seinen Hals. »Denn das vorhin war definitiv nicht normal. Das war nicht Lupa. Scota hat etwas mit ihr gemacht. Dort, wo sie gewesen sind, ist etwas passiert.« Er sah mich an, der Blick so eiskalt wie nie zuvor. »Bringst du es über dich, uns zu helfen, oder hast du weiterhin nur Streit im Sinn und lässt keine Gelegenheit aus, um Gift und Galle zu spucken? Gibt dir das den Kick, wenn du jemanden verletzten kannst? Geht es dir mit deinem armseligen Dasein dann etwas besser? Ich wusste schon immer, dass Katzen Miststücke sind, aber du setzt dem Ganzen immer die Krone auf, Lynx. Wie kannst du nur so sein? Wie kommst du mit dir selbst zurecht?«

Meine Brust fühlte sich an, als sei sie mit Scherben gefüllt. Tränen brannten in meiner Kehle, doch ich kämpfte sie nieder.

»Das geht gut, danke der Nachfrage«, sagte ich rau. »Und dass du mich noch nie verstanden hast, musst du nicht weiter unter Beweis stellen. Ich hätte Lust, euch einfach hier im Wald versauern zu lassen. Gut, dass ihr Rhona habt, sonst würdet ihr hier elendig verrecken. Und ihr habt Glück, dass Lupa das einzige Wesen ist, für das ich das hier tun würde. Für niemanden sonst würde ich diese ganze Scheiße ertragen.«

»Warum dann für sie?«, fragte Rhona direkt.

»Eure Dummheit kotzt mich einfach nur an«, sagte ich und wandte mich ab. »Kommt jetzt, wir müssen zu diesem Tempel. Ich habe ihren Geruch in der Nase. Wenn ihr euch beeilt, können wir sie vielleicht noch einholen, bevor die nächste Katastrophe kommt.«

Ich stapfte voran und versuchte, die Scherben in meinem Brustkorb zu ignorieren. Ihr Stechen und Brennen.

Sharks Worte hatten sie dort hineingefüllt. Immer er. Immer wieder er.

Im Gehen tastete ich nach der verbotenen Rune hinter meinem Ohr. Atra und ich hatten sie damals gesetzt, damit ich mit der Trennung von Shark besser zurechtkam.

Das dachte Atra zumindest. Alle, die davon wussten, dachten das.

Sie lagen falsch.

Sie hatten keine Ahnung von dem lähmenden Gefühl, das mich in dem Moment befallen hatte, als Shark mit mir Schluss machte und ich erkennen musste, wie schlecht ich Lupa behandelt hatte. Fast zwei Jahre lang. Sie hatte die Wahrheit gesagt über den Zwischenfall mit ihr und Shark. Er hatte sie geküsst und die Kontrolle über sich verloren.

Lupa war von Rhona und anderen vor ihm gerettet worden, sonst hätte er sich nicht stoppen können. Das hatte Lupa ewig belastet. Und ich hatte ihr nicht geglaubt, weil ich eifersüchtig war und dachte, dass sie sich nur in den Vordergrund spielen wollte.

Dass ich mich hier geirrt hatte, hatte dieses Scherbengefühl zum ersten Mal ausgelöst. Und ich hatte es nicht geschafft, mich bei ihr zu entschuldigen. Stattdessen hatte ich mich vor Scham hinter Bosheit und Gehässigkeit versteckt. Und meiner Wut.

Die Rune, die eigentlich helfen sollte, linderte nicht im Geringsten. Dafür war sie nur eine weitere Schwachstelle, die zeigte, wie unzulänglich ich war. Wie klein.

Eine Träne rollte über meine Wange.

Wenigstens liefen die anderen hinter mir und konnten das nicht sehen.

Niemand sollte das sehen.

Ich hatte genug geweint in den letzten Tagen.

Ich verlor mich selbst.

Schon wieder.

Und dennoch: Wenn es mir nicht gelang, Lupa zu retten, dann würde ich den Weg zu mir zurück wohl niemals finden.

Ich beschleunigte meine Schritte, zwang mich vorwärts. Aufgeben war nie mein Ding. Egal wie düster die Lage, ich machte weiter.

Auch jetzt.

Und hoffte, dass am Ende etwas von mir übrigblieb.

KAPITEL 10

LUPA

In meinem Hinterkopf meldete sich immer wieder eine leise Stimme, die mir sagte, dass das, was ich gerade tat, Wahnsinn war. Das galt nicht nur für den Weg, den ich ging, sondern auch für das, was davor geschehen war.

Diese leise Stimme nervte. Sie redete unablässig auf die Wölfin ein, die sich knurrend dagegen sträubte. Vernunft war ja schön und gut, doch es musste etwas getan werden, was notwendig war. Egal, wie unangenehm es war. Oder tollkühn. Oder dämlich.

Ich versuchte, das zu ignorieren, doch die Stille des Waldes bot keine Ablenkung. Dafür fühlte sie sich an wie eine stumme Drohung.

Niall lief neben mir, sein Blick stur geradeaus, sein Kiefer angespannt. Er hatte mir seine Hilfe versprochen.

Ob er wusste, was ich getan hatte? Falls ja, schien es ihn nicht zu interessieren. Das beruhigte mich – vielleicht waren meine Taten nicht so schlimm, wie die nervtötende Stimme behauptete.

›Du hast Shark angegriffen. Und Lynx. Wie konntest du das nur tun?‹

›Weil ich musste, um meinen Standpunkt klarzumachen. Ich will mich nicht zwingen lassen, jemand zu sein, der ich nicht bin.‹

Immer wieder sah ich mich um. Niall war nicht allein hergekommen. Abgesehen von Shark und Lynx hatten ihn Rhona, Carnie und Nairne begleitet.

Ich vermisste sie, trotzdem war ich froh, dass sie nicht hier waren. Sie hätten darauf bestanden, uns zu begleiten, das hätte ich niemals zugelassen.

Ich wollte ja selbst nicht zurückgehen, doch Nialls Argumente waren überzeugend. Außerdem reagierten meine Wolfsinstinkte unglaublich stark auf ihn.

Als er sich vorbeugte, um mir zu sagen, dass es sein musste, dass wir noch einmal gingen, schlug mir das Herz bis zum Hals. Mir wurde heiß und sein Geruch lähmte meine Gedanken. Beinahe hätte ich ihn geküsst. Oder mich an ihn gepresst. Am liebsten hätte ich ihm die Kleidung heruntergerissen.

Er war losmarschiert, bevor ich diese Idee umsetzen konnte. Die Enttäuschung darüber brannte immer noch in meiner Kehle und ich fragte mich, warum er mich abgewiesen hatte. Warum ging es ihm nicht so wie mir?

Statt ihn zu fragen, lief ich neben ihm und versuchte, meine Gedanken und Gefühle unter Kontrolle zu bringen.

»Lupa, wo ist Scota?«, raunte Niall und sah sich um. »Ist sie hier in der Nähe? Belauert sie dich?«

Ich schüttelte den Kopf. »Ich weiß es nicht. Ich glaube nicht. Sie hat gekämpft, als ich geflohen bin. Gegen Eilis. Sie waren nur noch zu zweit. Scota hat einen ehemaligen Mitstudenten von uns getötet.« Die Erinnerung an den Tod des Windgeists klärte meinen Kopf ein wenig. So weit, dass ich meine Instinkte unter Kontrolle bekam.

Nialls Miene wurde hart. »Es war klar, dass das nicht ohne Schäden bleibt. Was wollte sie in dem Tempel?«

»Dort ist das Siegel, das Mistress gebannt hält. Wir wollten es zusammen vernichten, damit sie niemals zurückkehren kann. Eilis Angriff beweist, dass sie mir die Wahrheit gesagt hat«, erwiderte ich gepresst.

»Dann müssen wir herausfinden, was nach deiner Flucht passiert ist«, sagte er.

»Was, wenn Eilis sie besiegt hat?«, flüsterte ich. »Wenn sie das Siegel gebrochen und Mistress befreit hat? Ich glaube, dass das Eilis‘ Plan ist. Und wenn ihr das gelingt, haben wir verloren. Dann werden wir nirgendwo vor ihr sicher sein.«

Erneut zerriss ein Knall die Stille des Waldes. Mein Herz klopfte wie wild und ich fühlte mich, als wäre mein Kopf mit Luft gefüllt. Mir war schwindelig, ich konnte mich kaum auf den Beinen halten.

»Niall«, flüsterte ich und trat näher zu ihm. Wenn wir schon starben, dann konnte ich wenigstens das Verlangen meines Blutes stillen. Vielleicht machte das alles etwas leichter.

Er legte seine Hände auf meine Schultern und sah mich ernst an. »Nein, das ist keine gute Idee. Ich spüre es auch. Und trotzdem sollten wir das nicht tun. Noch ist es nicht vorbei. Das weißt du selbst.«

Ich presste die Lippen zusammen und versuchte, den Drang zu unterdrücken. Mich wieder zu besinnen und wieder ich selbst zu werden. Irgendwo unter all diesen Instinkten war ich noch da.

Ich, Lupa. Ein Mischblut aus Wolf und Sirene. Ich hatte mich verloren. Viel war nicht mehr da. Ich wusste nicht, ob ich den Weg zurückfand.

»Wir sollten gehen«, sagte Niall und trat einen Schritt zurück. Ich widerstand dem Drang, ihm zu folgen. Meine Finger krallten sich in den Saum meiner Kleidung, weil alle meine Instinkte danach verlangten, ihn zu mir zu ziehen, ihn zu meinem Partner zu machen – auch wenn es nur für diese Nacht wäre.

›Oder länger?‹

Wölfe wollten im Rudel sein. Die Wölfin wäre mit einem ebenbürtigen Partner einverstanden.

›Du bist doch verrückt! Du weißt doch nicht einmal, ob du noch mehr als diese Nacht hast!‹

Ich sah Niall an, dass ihm sein Wolfsblut ähnliches einflüsterte. Allerdings hatte er sich wesentlich besser im Griff als ich. Ich war nicht klar im Kopf und viel zu durcheinander von den Ereignissen. Für ihn galt das nicht. Er war wie eine Wand. Unerschütterlich. Sein Wolfsblut war ein Teil von ihm, es beherrschte ihn nicht. Nicht wie bei mir. Ich war mir selbst hilflos ausgeliefert.

Er wandte sich um, um das einzig richtige zu tun: Wir mussten uns vergewissern, was oben auf dem Hügel im Tempel geschehen war.

»Ich zeige dir den Weg«, sagte ich rau und lief an ihm vorbei. Der Weg war nicht weit, doch wir setzten ihn schweigend zurück. Ich fühlte mich unbehaglich, weil ich mir selbst nicht trauen konnte. Ich war nicht ich selbst. Ich wusste kaum noch, wer ich war. Mit aller Kraft klammerte ich mich an diesen letzten Rest.

Immer wieder fragte sich mein Gewissen, was ich mir dabei gedacht hatte, Shark anzugreifen. Und Lynx.

Ich schloss kurz die Augen und atmete durch. Ich hatte sie vorsätzlich angegriffen. Und verletzt. Bei Shark konnte ich nicht einmal einschätzen, wie schwer. Ich hatte noch den salzigen Geschmack seines Blutes auf der Zunge.

›Du bist ein Miststück‹, flüsterte eine hauchzarte Stimme in meinem Kopf. ›Du hast den Mann verletzt, den du liebst, weil er sich um dich gesorgt hat und nur dein Bestes will.‹

›Wirklich? Liebe ich ihn?‹, erwiderte ich.

›Aus ganzem verdammten Herzen. Auch die Wölfin. Wenn sie nicht komplett manipuliert wird‹, schleuderte die Stimme mir schweigend entgegen.

Ich wäre beinahe stehen geblieben vor Schreck.

Manipuliert? Ich?

›Aber ...‹, flüsterte ich in meinem Kopf.

Die hauchzarte Stimme lachte höhnisch, jetzt klang sie beinahe wie Lynx. ›Hast es nicht einmal gemerkt, was? Du Idiotin. Hast du wirklich gedacht, Scota hätte dich ausgewählt, weil du ach so begabt bist? Das glaubst du doch selbst nicht! Du warst dabei, weil du dumm und gutgläubig bist. Ein williges Werkzeug, das viel zu wenig Fragen stellt.‹

›Ich habe Fragen gestellt‹, dachte ich trotzig. ›Ich habe gesehen, dass Eilis und Scota miteinander gekämpft haben. Dass Scota Adair getötet hat. Das war echt. Die beiden sind Todfeindinnen.‹

›Ja, aber warum?‹, fragte die Stimme lauernd. ›Warum jetzt auf einmal?‹

›Weil Scota erkannt hat, in welche Schwierigkeiten sie sich gebracht hat und wie falsch ihr Plan war. Sie hat erkannt, dass Mistress zu befreien das letzte ist, was ein vernünftiges Wesen tun sollte. Dass sie den Tod bringt und nicht verzeihen wird, dass Scota abgehauen ist, statt treu zu ihr zu stehen. Eilis ist ihr loyal. Sie ist für sie ins Gefängnis gegangen. Und hat nach einem Weg gesucht, um sie erneut zu befreien. Das hat Scota nicht getan.‹

›Weißt du das genau?‹

›Ich spüre es.‹

›Und ich spüre‹, die hauchzarte Stimme wurde etwas lauter. ›Dass du deine Augen vor dem Offensichtlichen verschlossen und mich nur allzu gern losgeworden bist. Aber ich bin ein Teil von dir, Lainia, ob du es willst oder nicht. Egal, wie sehr sie an mir herumreißt und versucht, mich aus deinem Körper zu vertreiben - Lainia und Lupa sind eins. Für immer. Und wenn du mich verlierst, wird auch von Lupa nichts mehr übrigbleiben.‹

Ich riss die Augen auf und verstand endlich, mit wem ich es zu tun hatte: Die Sirene war noch da. Und egal, wie wenig ich ihre Kritik gerade hören wollte, sie hatte recht: Wir waren untrennbar miteinander verbunden. Eins. Und nur mit ihr konnte ich wieder ganz ich selbst sein.

»Lupa!«, riss Niall mich aus meinen Gedanken.

Ich sah auf und erkannte, dass wir schon am Fuß des Berges waren. Über uns ragte der Hang auf. Mein Herzschlag beschleunigte sich bei diesem Anblick.

Diesen steilen Hang war ich vor Stunden einfach heruntergerutscht? Kopflos, wie im Rausch. Ich hatte mich anscheinend beinahe selbst umgebracht. Die Steigung war mörderisch. Ich konnte von Glück sagen, dass ich nicht gestürzt war.

›*Ich bin wirklich nicht ich selbst. Ich habe mich komplett verloren.*‹

Immerhin war noch ein wenig Vernunft da, wenn ich schon nicht mehr auf meine Persönlichkeit zugreifen konnte, sondern nur noch von widerstreitenden Instinkten beherrscht wurde.

»Dort oben?«, fragte Niall. Ich nickte und er runzelte die Stirn. »Das ist ein ganz schönes Stück und der Aufstieg wird uns viel Zeit und Kraft kosten, wenn wir vorsichtig sein wollen«, meinte er dann. »Der Tempel ist sicher auf dem Gipfel, richtig?«

»Ja. Spürst du jemanden hier?«

Er schüttelte den Kopf. »Nein, das wundert mich aber auch nicht. Sowohl Scota als auch Eilis verwenden starke Verschleierungszauber. Sie zerstreuen ihre Auren so weit, dass sie kaum mehr als Nebel sind. Es ist schwierig, sie so aufzuspüren.« Er schüttelte sich noch einmal, dann begann er mit dem Aufstieg. Ich beeilte mich, ihm zu folgen. Dabei kämpfte ich mit meinen gesträubten Nackenhaaren und dem unguten Gefühl in meinem Magen.

Was erwartete uns oben? Ein zerstörtes Siegel? Mehrere Leichen? Nur eine? Mistress? Eilis, die gerade dabei war, das Siegel zu brechen und ihre Göttin zu befreien?

»Niall«, flüsterte ich halblaut. »Ich habe Angst.«

Er hielt kurz inne und sah dann über seine Schulter zu mir. »Ich auch«, gab er zu.

»Es ist eine dumme Idee, dass wir beide allein dorthin gehen. Wir sollten Blaine und Leonda holen. Blaine kann sie zumindest kurz aufhalten.«

»Blaine und Leonda sind weg«, erwiderte er. »Schon seit Tagen. Stattdessen kam Ahearn zu uns.«

Ich biss mir auf die Unterlippe. »Ahearn ist uns keine Hilfe. Der Zentaur ist nicht ansatzweise so stark wie Mistress. Wahrscheinlich könnte er nicht einmal Scota aufhalten.«

»Da sind noch die Harpyie und der Fuchsdämon«, erwiderte Niall und kletterte weiter den Hang hinauf.

Ich riss die Augen auf. »Denen sind wir begegnet. Ich habe mit dem Fuchs gekämpft.«

»Sein Name ist Giordyn. Und ja, davon hat er berichtet. Er war nicht gut auf dich zu sprechen, aber das haben wir hinbekommen. Er und Larna, die Harpyie, kommen vom Wesenrat und suchen nach Eilis und Scota. Sie helfen uns bei der Suche und halten den Kontakt zum Rat. Eventuell sind weitere Sucher auf dem Weg hierher, um sich um Eilis und Scota zu kümmern. Und wenn sie uns die beiden vom Hals schaffen, bin ich dankbar.«

»Egal, wen der Wesenrat schickt, sie können weder die eine noch die andere aufhalten«, sagte ich. »Und Scota hat versucht, zu verhindern, dass Mistress' Siegel gebrochen wird. Das müssen wir den Suchern sagen. Vielleicht hilft ihr das, wenn sie sie finden. Sie hat einen fairen Prozess verdient.«

Die kleine Stimme in meinem Kopf lachte höhnisch über meine Worte. Ich ignorierte sie und kletterte mit zusammengebissenen Zähnen weiter. Niall sagte dazu nichts. Er kannte Scota nicht.

»Shark und Lynx waren auch auf der Suche nach dir. Sie könnten uns helfen«, sagte er ruhig.

»Das ist keine gute Idee. Ich habe die beiden getroffen.«

»Das weiß ich. Ich rieche Sharks Blut an dir. Willst du darüber reden?«

»Nein.«

Dabei beließ er es. Das war auch besser so, denn allein die Frage stachelte die kleine gemeine Stimme in meinem Kopf wieder an. Ich hatte keine Lust, mich schon wieder mit ihr auseinanderzusetzen.

Der Aufstieg war hart und forderte meine ganze Konzentration. Immer wieder hielten wir an und lauschten, weil wir ein Geräusch gehört hatten. Meine Nackenhaare waren gesträubt und die Angst machte mich schreckhaft. Bei jedem rollenden Stein machte ich mich bereit, mich auf Leben und Tod zu verteidigen. Ich rechnete jeden Moment damit, aus dem Hinterhalt angegriffen zu werden.

Nichts geschah. Niemand ließ sich blicken, weder Eilis, noch Scota oder Blaan. Und auch von Mistress' Energie fehlte jede Spur.

Ich betete, dass wir das Siegel intakt vorfanden.

Endlich erreichten wir den Gipfel. Angst kroch durch meinen Körper, als ich wieder die zerbrochenen Säulen und die Trümmer des Bodens sah.

Warum nur war ich wieder hier?

Die uralte Magie steckte in jedem Stein und wieder hatte ich das Gefühl, Mistress' Essenz zu spüren.

Vorsichtig sah ich mich um. Es war totenstill. Niemand war zu sehen. Mit einem Knoten in den Eingeweiden zog ich mich über die Kante und machte mich auf einen Angriff gefasst. Nichts passierte.

Niall kam hinter mir auf das Plateau. Wir duckten uns hinter einem knorrigen Busch und einer zerborstenen

Säule. Der metallische Geruch von Blut stieg mir in die Nase.

»Riechst du das?«, flüsterte Niall.

Ich nickte. So schwer und exotisch wie der Duft des Blutes war, musste es von Eilis sein. Scotas Jägerinnenblut roch anders.

»Ob sie tot ist?« Mein Blick suchte den kargen Tempelplatz ab, doch ich fand keinen Hinweis auf eine Leiche.

»Ich glaube nicht. Die Göttin wurde nicht befreit, das hätte ich gespürt«, meinte Niall. »Vielleicht sind Scota und Eilis beim Kämpfen über die Kante gefallen. Eilis wurde doch von einem Irrlicht begleitet, richtig?«

»Ja. Er hat eine Illusion erschaffen, als ich losrannte. Nur wenig später hätte mich das wahrscheinlich das Leben gekostet«, erwiderte ich finster.

Niall richtete sich auf. Erschrocken packte ich ihn am Handgelenk. »Was machst du denn da?«

»Wir müssen nachsehen. Wenn das Siegel noch hier ist, nehme ich Kontakt zu Laird auf, damit er mit den anderen herkommt. Gemeinsam können wir es endgültig unschädlich machen.« Er lächelte mir aufmunternd zu. »Dann kümmern wir uns um den Rest.«

»Das kann nur in Tränen enden«, murmelte ich und zwang mich, ihm zu folgen. Ich hatte ein beschissenes Gefühl, wie Lynx sagen würde. Der ganze Ort fühlte sich falsch an. Bedrohlich. Tödlich.

Und wir spazierten einfach mitten hindurch.

›Ich muss hier weg.‹

›Das denkst du schon seit über zwei Wochen. Und kein einziges Mal hast du darauf gehört‹, sagte die gehässige kleine Stimme. Und leider hörte ich auch dieses Mal nicht auf mein Gefühl.

Niall erreichte die Mitte der Plattform, während ich zur Blutlache ging. Die rote Flüssigkeit gerann bereits. Der Kampf musste Stunden her sein.

»Lupa«, rief Niall verhalten.

Mit klopfendem Herzen trat ich nehmen ihn. Das Loch war viel größer, als ich es in Erinnerung hatte. Ich betrachtete die Scherben und fragte mich, was an dem Bild nicht stimmte. Dann verstand ich es: Die Fliesen waren von innen gesprengt worden, als hätte etwas versucht, herauszukommen. Mit aller Macht.

Das Loch war aber nicht leer, stellte ich überrascht fest. Der Spiegelteller lag noch darin. Dieses kleine unscheinbare Ding. Mein Blick blieb an dem Moosachat hängen, der wie ein lebendiges Herz pulsierte.

Panik kroch in mein Herz. Erinnerungen schossen wie Blitze durch meinen Kopf. Der Kampf zwischen Eilis und Scota. Wie das Siegel versucht hatte, auf mich zuzugreifen. Wie ich mich an die Wölfin verlor. Die Erkenntnis, dass Scotas Plan gescheitert war und ich nicht einmal die Hälfte wusste.

Sie hatte mich getäuscht. Hintergangen. Und jetzt war sie verschwunden. Genau wie Eilis. Da stimmte etwas nicht.

»Wie mächtig es ist«, murmelte Niall, seine Stimme nur ein Flüstern. Ich spürte seine Erregung, doch bei mir überwog die Gefahr, die von diesem Ort ausging.

Irgendwo rollte ein Steinchen den Hang hinab. Ich fuhr herum, bereit, mich einem Kampf zu stellen, doch ich sah niemanden. Warum hatte ich dennoch das Gefühl, beobachtet zu werden?

»Niall, wir sollten gehen«, drängte ich, als sich die Luft um uns immer dichter anfühlte. Ich hielt es kaum noch aus. »Das Artefakt ist noch da, hier ist niemand mehr.«

Er schüttelte den Kopf. »Wir können es nicht einfach zurücklassen. Ich werde Laird kontaktieren. Dazu muss ich mich ein Stück entfernen, damit unsere Magien sich nicht berühren. Die Magie des Spiegeltellers ist zu stark, ich brauche Abstand, sonst blockiert sie jede Verbindung. Kannst du das Artefakt bewachen?«

Ich zögerte. »Ich will das nicht.«

»Mach dir keine Sorgen. Wir haben es fast geschafft. Ich bin gleich zurück, Lupa. Bleib wachsam.« Er verließ den Tempel in Richtung der untergehenden Sonne.

Mit klopfendem Herzen blieb ich zurück. Der Druck in meiner Brust wurde stärker. Ich sollte ihm folgen. Nicht nur, weil mein animalischer Instinkt mich dazu trieb. Die Wölfin wollte bei ihm sein, ihr Rudel schützen. Auch mein Verstand sagte mir, dass wir zusammenbleiben mussten. Nicht das Artefakt brauchte Schutz, sondern wir. Trotzdem blieb ich. Hielt mein Versprechen. Die Sirene in meinem Kopf lachte höhnisch über meine Dummheit.

›Ein Wolf ist eben nur ein großer dummer Hund.‹

Die Sekunden dehnten sich aus. Ich hatte kein Zeitgefühl, aber mein Instinkt sagte mir, dass es zu lange dauerte.

»Niall?«, flüsterte ich. Er antwortete nicht.

Panik stieg in mir auf, mein Herz raste. »Niall!«

Aus der Richtung, in die er gegangen war, kam ein Geräusch. Dumpf, wie ein Schlag.

›Was ist passiert? Was war das?‹

›*Das was passiert, wenn man so dumm ist und nicht auf seine Instinkte hört‹,* knurrte die Wölfin. Ausnahmsweise war die Sirene ihrer Meinung.

Steine fielen den Hang hinab, ich hörte das Klacken. Dann fiel etwas Schwereres hinterer. Mir blieb fast das Herz stehen. Panik schoss durch meine Adern.

Niall!

Ich rannte los und sprang zwischen die Säulen. Der Rand der Plattform kam in Sicht.

Kein Niall.

Wieder schrie ich seinen Namen.

Ich hastete an den Rand und sah hinab. Der Hang war zu hoch, ich konnte nichts erkennen.

Da war etwas. Ein Schatten, der über die Säulen huschte, kaum mehr als ein Flackern in meinem Augenwinkel.

Die Luft schien zu knistern, als wäre sie von unsichtbarer Elektrizität geladen.

Ich spürte den Luftzug eines Atems – dann war es zu spät.

Ich wirbelte herum.

Scota sprang auf mich zu. Ich schaffte es nicht einmal, meine Arme hochzureißen, da erwischte mich ein Fluch mitten im Gesicht wie ein Vorschlaghammer. Die Wucht presste die Luft aus meinen Lungen und warf mich zu Boden.

Ich versank in einer Dunkelheit voller Stimmen, tausend geflüsterte Geschichten, die sich wie Dornen in meinen Geist krallten. Sie rissen mich mit sich, erstickten mich. Ließen mich in der Schwärze verschwinden.

LYNX

Endlich erreichten wir den verschissenen Tempelberg.

Rhona führte den Trupp an, ihre Finger umklammerten das kleine Amulett, während sie einen Aufspürzauber flüsterte.

Zynische Genugtuung brannte in meiner Brust. Lupa und Niall waren zusammen unterwegs, genau wie ich es vermutet hatte. Meine Lippen verzogen sich zu einem kalten Lächeln.

»Ich glaube ja nicht, dass sie hergekommen sind, um es zu treiben«, sagte Carnie leise neben mir. Shark und Rhona gingen voraus, Nairne bildete die Nachhut. Ich hatte mich schon gewundert, warum der Sukkubus so offenkundig meine Nähe suchte. Anscheinend wollte Carnie etwas loswerden, das die anderen nicht mitbekommen sollten.

Ich sah sie scharf an. »Halte dich einfach raus, das geht dich nichts an«, knurrte ich.

Carnies linkes Auge zuckte, dann lächelte sie auf diese hohlköpfige Art, für die ich ihr eine Ohrfeige verpassen wollte, weil es einfach eine Masche war. »Ich glaube, es ist nicht schlecht, wenn du einmal darüber redest«, sagte sie. »Möglicherweise hilft das.«

»Ich brauche keine Hilfe.«

»Okay.« Sie tat so, als würde sie sich umsehen. »Ich will nur kurz etwas sagen, dann fehlt mir wahrscheinlich eh die Luft, um weiterzureden: Du bist sauer und verletzt. Nicht erst seit heute, sondern schon lange. Es geht auch gar nicht um Niall oder ob er und Lupa Sex haben könnten. Ich mag dich nicht besonders, weil du immer so fies zu mir bist, aber ich merke trotzdem, wie es dir geht. Versteh mich nicht falsch: Du bist weit davon entfernt, Mitleid von mir zu bekommen, aber im Ernst, Lynx: Irgendwann holt dich das alles ein. Geh es lieber selbst an, bevor es dich kaputtmacht. Danach wird es dir besser gehen. Vielleicht kannst du sogar lächeln. So richtig, nicht dieses Grinsen, das einem Gänsehaut macht.«

»So, Carnie, das reicht«, sagte Nairne und trat zwischen uns. »Ich denke, du hast schon mehr gesagt, als sie hören wollte.« Sie nahm Carnies Hand und zog sie mit sich. Dabei warf sie mir einen warnenden Blick über die Schulter zu, den Sukkubus in Ruhe zu lassen.

Ich war perplex. Wie konnte sie es wagen? Sie konnte doch nicht ... wie konnte sie glauben, dass sie wusste, wie es mir ging und was bei mir los war? Wie konnte sie mir ihre lächerlich dummen Gedanken dazu einfach so auf die Nase binden?

Meine Fäuste zitterten, während das Engegefühl in meiner Brust zunahm. Jeder Atemzug fiel mir schwer, der Kloß im Hals drückte, als würde er mich ersticken.

»Lynx!« Mein Kopf ruckte hoch. Rhona stand an der Baumgrenze und sah besorgt den Hang hinauf. Ich lief zu ihr, dankbar, dass sie mich aus meinen Gedanken riss, bevor ich die Nerven verlor und Carnie doch noch eine runterhaute.

»Was ist?«, fragte ich gestresst.

»Du hast die besten Augen, kannst du sehen, was das ist?«, fragte sie. Ihre Miene war angespannt, ängstlich. Sie deutete auf die Spitze des Hangs, den Gipfel.

Ich sah hinauf und erblickte Qualm. Erschrocken riss ich die Augen auf.

»Brennt es?«, fragte Carnie atemlos.

»Egal, wir müssen dort hoch«, sagte Shark. »Wenn da etwas los ist, hat es todsicher mit Lupa und Niall zu tun. Und egal, was es ist, wir müssen ihnen helfen.«

»Es bringt nichts, einfach kopflos dort hochzurennen«, hielt ich ihn auf. »Wenn wir oben angekommen sind, müssen wir den Anstieg erstmal verdauen.«

Sharks Gesicht verzog sich und ich machte mich auf die nächste Attacke gefasst, da rief jemand Rhonas Namen.

Ich fuhr herum und sah Laird aus dem Wald kommen. Direkt hinter ihm waren Tajna und die Drachenzwillinge. Alle waren außer Atem, ihre Gesichter waren gerötet.

Rhonas Miene wurde finster, als sie ihren Geliebten sah. Sie war offenbar immer noch wütend auf ihn. Das war ein dummer Zeitpunkt für Streit, doch ich hielt meinen Mund. Ausnahmsweise war es mir recht, nicht im Mittelpunkt der Aufmerksamkeit zu stehen.

Tajna sah sich um. »Mein Gott, hier im Wald wimmelt es vor gefährlichen Kreaturen. Wir sind in zwei Fallen getappt, die riesige Detonationen ausgelöst haben. Das eine Mal war so knapp, dass ich dachte, wir fliegen in die Luft. Smeja hat vor Schreck Feuer gespien. Jemand hat Fallen gestellt, damit wir den Berg nicht erreichen. Habt ihr ein Zeichen von Lupa gefunden?«, fragte sie und sah unruhig den Hang hinauf. »Hier stimmt etwas nicht. Und wo ist Niall?«

»Er hat nach mir gerufen und uns hergeleitet«, mischte sich Laird ein und sah sich unruhig um. »Es fühlte sich dringend an, deswegen sind wir direkt hergekommen.« Er kniff die Augen zusammen und betrachtete ebenfalls den Berg. »Der Qualm stammt vom Rückstoß eines Fluchs.«

Rhona riss die Augen auf. »Was?«

Laird schloss kurz die Augen. »Er war mächtig und ist vor Kurzem abgefeuert worden.« Er schluckte. »Wir sollten uns beeilen, Niall war dort oben.« Er begann, den Hang hinaufzuklettern, doch Tajna rief nach ihm.

»Warte noch«, sagte sie hektisch und strich ihr Haar aus ihrem tätowierten Gesicht. »Ich habe ein ganz dummes Gefühl. Wir müssen uns darauf gefasst machen, dass Niall etwas zugestoßen ist.«

Auch das noch. Für solche dummen Orakelsprüche fehlten mir eindeutig die Nerven.

»Niall ist mit Lupa zusammen hergekommen«, meldete ich mich zu Wort. Alle sahen mich an. Shark schlang die Arme um seinen Oberkörper, sagte aber nichts. Sein Mund war verkniffen. »Sie ist nicht sie selbst«, sprach ich weiter. »Es kann sein, dass sie uns angreift, wenn sie uns sieht. Wo sind die anderen? Kannst du Atra erreichen?«

»Das habe ich schon versucht, aber es ist mir nicht richtig gelungen.«, erwiderte Laird gestresst. »Sie haben auch zwei Detonationen ausgelöst. Atra konnte mir zumindest so weit ein Zeichen geben, dass es allen gut geht. Sie kommen so schnell sie können.«

Ich sah mit einem beschissenen Gefühl hinauf zum Gipfel. Was sollten wir tun? Einfach kopflos in unser Verderben rennen? Trotzdem hielt ich es nicht mehr aus. Ich musste jetzt dort hoch und mich vergewissern.

Mit zusammengebissenen Zähnen begann ich den Aufstieg. Wie sehr ich das alles hasste! Jeden einzelnen - und Carnie lag gerade mit Shark auf Platz eins.

Ich schüttelte den Kopf und versuchte, ihre Worte zu verdrängen. Stattdessen sollte ich mich darauf gefasst machen, eine tote Lupa vorzufinden. Und oben könnten Eilis und Scota auf uns warten. Und mit ihnen Mistress.

Meine Eingeweide verkrampften sich zu einem engen kalten Knoten. Es war dumm, einfach hochzusteigen. Wir müssten auf Ahearn, Larna und Giordyn warten. Was wir vorhatten, war Selbstmord. Die Katze sträubte sich vehement dagegen, weiterzumachen.

Der Hang war steil und ich musste mich konzentrieren, um die Füße sicher zu setzen. Meine Muskeln brannten vor Anstrengung und die scharfen Steine zerschnitten meine Hände.

Die anderen waren langsamer als ich; außer Nairne war auch niemand ähnlich stark wie ich. Ich warf einen misstrauischen Blick zurück auf Smeja. Verdammt, ich hatte keine Ahnung, welche Kräfte sie hatte!

Plötzlich knackte ein Ast. Reflexartig duckte ich mich, doch da war nichts. Oder? Mein Nacken prickelte vor Anspannung, und ich musste mich zwingen, weiterzugehen.

Immer weiter hinauf. Stein um Stein, Kante um Kante.

Ich quetschte mich durch ein Dornengestrüpp, das sich an den Hang klammerte, und spürte wieder den Schmerz wegen Lupas Attacke. Nein, ich hatte sie nicht vergessen und ich hätte nur gern die Gelegenheit, mich dafür zu rächen. Persönlich.

Plötzlich stutzte ich, weil ich aus dem Augenwinkel etwas wahrnahm. Ich runzelte die Stirn, klemmte meinen Fuß an die Wurzel eines Strauchs und drehte mich um.

Im nächsten Moment sprang ich erschrocken nach vorn. Mein Fuß rutschte von dem nackten Stein ab und ich bekam nur dank meiner Reflexe einen krüppeligen Ast zu fassen. Lange Dornen bohrten sich in meine Handfläche und ich stöhnte laut auf.

Ich biss die Zähne erneut zusammen, suchte nach Halt und schob mich dann hinüber. Zentimeter für Zentimeter. Hier war der Hang besonders steil. Ich musste höllisch aufpassen, damit ich nicht noch einmal abrutschte.

Endlich erreichte ich das Gestrüpp. Und den Körper, der schlaff wie eine Puppe in den Zweigen hing.

»Scheiße, das darf doch nicht wahr sein!«, flüsterte ich. Tränen stiegen in meine Augen. Ich versuchte, die Zweige aus dem Weg zu räumen, doch es waren zu viele und sie hatten sich in den Kleidungsstoff gebissen.

Ich verlor die Geduld und riss sie auseinander. Wieder schoss der scharfe Schmerz durch meine Hände, doch ich ignorierte ihn. Wut kochte hoch und gab mir die Kraft, die Hindernisse zu beseitigen.

Endlich war ich durch.

Ich schob mich noch näher und betete, dass ich keine Leiche gefunden hatte. Ich starrte seine blasse, reglose Gestalt an.

Mit zitternden Fingern fuhr ich durch das dichte Haar. Normalerweise hielt ich nichts davon, die Götter um Beistand anzuflehen, aber mir fiel gerade nichts Besseres ein.

»Verdammt, wenn du tot bist, werde ich richtig sauer«, flüsterte ich und legte meine zitternden Finger auf den Hals. »Bitte nicht… oh bitte, bitte nicht.«

Ich spürte einen Puls. Ein ersticktes Keuchen entwich meiner Kehle und mir fiel ein Stein vom Herzen, dessen Größe mich erstaunte.

Ich hatte ihn gefunden. Lebendig. Erleichterung durchflutete mich, aber ich biss die Zähne zusammen. Niemand durfte sehen, wie nah mir das ging.

»Niall«, sagte ich leise und rüttelte ihn. Er war verletzt und ohnmächtig. Seine linke Gesichtshälfte war zerschrammt und blutig.

Ich blickte den Hang hinauf. Es waren mindestens einhundert steile Meter bis zum Gipfel.

War er gestoßen worden? Von wem? Scota? Eilis? Mistress?

Lupa?

Seine Lider flatterten. Er kam zu sich.

»Lynx!« Laird kam zu uns. Er war unfassbar langsam, trotzdem war ich froh, ihn zu sehen. Mit einem Heilungszauber würden wir Niall wieder hinbekommen. Und dann musste er uns sagen, was passiert war.

»Es ist Niall«, rief ich verhalten zurück. Die Hänge warfen Echos zurück und ich hatte Angst, diejenigen zu warnen, die auf dem Gipfel sein mochten.

Ich versuchte, Niall aufzurichten, doch er war noch nicht ganz bei sich.

»Komm schon«, zischte ich mit brechender Stimme. »Reiß dich zusammen!« Wütend schüttelte ich den Kopf. Schluss mit der Heulerei!

Laird hatte uns fast erreicht, doch Niall war immer noch nicht wieder wach. Kurzentschlossen holte ich aus und schlug ihm ins Gesicht.

Sein Mund verzerrte sich und seine Lider flatterten, dann gingen sie auf. »Argh ...« Seine Augen fixierten mich, ich konnte zusehen, wie sein Blick klarer wurde. »Lynx?«

»Ja, verdammte Scheiße!«, fauchte ich.

Laird erreichte uns.

»Es war Scota«, murmelte Niall mit schmerzerfülltem Gesicht. »Sie hat oben auf uns gewartet. Ich habe Laird gerufen, da hat sie mich aus dem Hinterhalt angegriffen und über den Rand gestoßen. Ich dachte, ich gehe drauf.« Er versuchte, sich aufzusetzen, zuckte aber zusammen.

»Ich kümmere mich darum«, sagte Laird gepresst. »Erzähl du, was passiert ist.«

Mittlerweile hörte ich noch andere Schritte hinter uns. Stimmen. Sie waren viel zu laut. Wenn Scota noch da oben war, wusste sie todsicher, dass wir hier waren.

»Ich weiß es nicht«, gab Niall zu und unterdrückte einen Schrei, als sein Bruder den Heilungszauber anwandte. Um den Schaden im Körper rückgängig zu machen, musste man den Schmerz noch einmal durchleben, dann war er verschwunden. Ich hasste diesen Zauber. Wenn möglich, ließ ich meine Wunden lieber natürlich heilen.

»Es ist Niall!«, rief jemand hinter mir. Die Stimme klang nach Carnie. Ich könnte sie umbringen.

»Seid leise, verdammt!«, zischte ich über meine Schulter und wandte mich dem Wolfsblut zu. »Was ist mit Lupa? Ihr seid zusammen hergekommen, oder? Oder hast du sie im Wald zurückgelassen nach eurem Techtelmechtel?«

Laird warf mir einen scharfen Blick zu und ich zuckte innerlich zusammen. Da waren wir nun: die beiden Eifersüchtigen. Ich wünschte, ich müsste mich dieser Wahrheit nicht stellen.

»Was du von mir denkst…«, murmelte Niall. »Wir müssen zum Tempel«, sagte er zu Laird. Das Artefakt ist noch da. Wir müssen es wegbringen. Sie muss etwas Übles damit vorhaben, sonst hätte sie mich nicht angegriffen.«

»Dieses Miststück entgeht schon viel zu lange seiner Strafe«, knurrte ich. »Wenn ich Scota in die Finger bekomme, kann sie was erleben.«

»Sie ist verdammt stark und schnell. Ich habe sie nicht kommen sehen«, sagte Niall. Er sah an mir vorbei und sein Gesicht hellte sich auf. »Oh, du bist ja auch da.« Ein Lächeln kräuselte seine Lippen, bei dem mir die Galle hochkam.

Ich hatte Tajna schon gerochen, doch ich drehte mich nicht um. Ich ertrug es nicht, die beiden jetzt zusammen zu sehen. Nicht, nachdem ich solche Angst um ihn durchgemacht hatte. Das würde mir den Rest geben.

Stattdessen ließ ich Niall los und kletterte aus dem verschissenen Gestrüpp raus.

»Wenn du da bist, kannst du ja das Babysitten übernehmen«, sagte ich zu ihr, ohne sie anzusehen und hielt so viel Abstand, wie ich konnte, um ihr nicht doch noch wehzutun.

»Ich habe etwas wichtiges zu erledigen.«

KAPITEL 11

Der Aufstieg war die Hölle. Jede scharfe Felskante an meinen Fingern erinnerte mich daran, dass es noch nicht vorbei war. Und dass ich noch ein Problem zu lösen hatte – nachdem ich beendet hatte, was auch immer dort oben passierte.

Meine Wut trieb mich immer weiter, sie brannte wie Säure in meiner Kehle und gab mir die nötige Kraft.

›Lupa. Wir sind noch längst nicht fertig miteinander. Das werden wir nie sein.‹

Die Sonne war hinter den Gipfeln verschwunden, aber das kümmerte mich nicht. Meine Katzenaugen durchdrangen die Dunkelheit.

Ich musste endlich wissen, was mit Lupa los war. Und was zum Teufel plante Scota? Konnte wirklich jemand so wahnsinnig sein, Mistress befreien zu wollen? Ich konnte das kaum glauben, doch vor zwei Jahren hatte sie auch genug Verrückte gefunden. Warum sollte es jetzt anders sein? Weder Eilis noch Scota schienen zur Vernunft gekommen zu sein. Ich musste auf alles gefasst sein.

Shark kletterte mir nach. Trotz Lupas Angriff war er genauso wildentschlossen, sie zu finden, wie ich. Rhona, Carnie und Nairne waren direkt hinter ihm. Lupa konnte sich glücklich schätzen, solche Freundinnen zu haben. Ich hoffte für sie, dass sie überlebten. Es grenzte an ein Wunder, dass wir dieses Mal noch keine Verluste zu beklagen hatten. Nicht einmal Scana, die mehrfach hart daran gearbeitet hatte, umgebracht zu werden.

Manchmal war das Glück mit den Dummen.

Ich fragte mich, wo Ahearn und seine Begleiter waren. Wir bräuchten sie dringend. Die meisten von uns waren entweder magisch begabt, aber nicht stark oder umgekehrt. Hätten wir den Zentauren, die Harpyie und den Fuchsdämon an unserer Seite, sähe die Sache anders aus. Aber so?

Ich zog mich an einem weiteren Felsblock hoch und erkannte, dass der Aufstieg für Ahearn unmöglich sein würde. Ein Zentaur war schließlich kein Steinbock. Wir mussten das Beste aus unserer Situation machen. Meine Wut würde reichen, das spürte ich. Und wenn ich Scota selbst über die Kante werfen musste.

Plötzlich knallte es über uns. Ich sah hoch und riss die Augen auf. Geröll donnerte den Hang hinunter, direkt auf uns zu. Noch eine Falle! Mein Kopf ruckte nach links. Ich könnte einen Hechtsprung machen, doch die anderen hatten keine Chance.

›Kein Grund, mit draufzugehen‹, schoss es mir durch den Kopf. ›Tot nützt du niemandem etwas.‹

Ich sprang zur Seite. Rechts neben mir war ein Felsvorsprung, der die Steine abwehren würde. Ich krallte mich an der Kante fest, dann schwang ich mich darunter. Das Knallen der rollenden Steine war ohrenbetäubend. Sie trafen den Vorsprung, Dreck rieselte mir ins Gesicht. Ich duckte mich und machte mich so klein wie möglich. Mit lautem Donnern rollten die Steine über mich hinweg und fielen weiter den Hang hinunter.

Ich hörte Rufe. Schreie. Ich traute mich nicht, zurückzublicken. Ich wollte es nicht sehen.

»Lynx.«

Wieder diese Stimme. Ich sah zurück auf Tajna. Sie war anscheinend weiter links geklettert. Ihr Gesicht war vor Grauen verzogen.

»Sieh nicht hin«, sagte ich.

»Kann ich nicht.«

»Selbst schuld.«

»Wie kannst du nur so sein?«, entfuhr es ihr.

»Wie denn?«, zischte ich. »Weil ich überleben will? Weil ich keinen Retter-Komplex habe und nicht für jeden Trottel sterben will?«

Tajna verzog das Gesicht. »Nein. Weil du nicht einmal versuchst, so etwas wie ein Herz zu haben.«

Mein Blick verengte sich. »Vielleicht, weil meins schon zu oft gebrochen wurde.«

»Das hat damit nichts zu tun«, sagte sie gepresst. »Wir müssen den anderen helfen.« Sie sah hinunter.

Ich tat das nicht.

»Wir sind hier!«, rief sie dann, wieder viel zu laut.

Ich sah nicht zurück.

»Laird und Rhona?«, fragte ich.

»Sind unverletzt«, erwiderte sie rau.

»Dann sollen sie sich um die anderen kümmern. Ich muss weiter.« Ich kam hinter unserem Vorsprung hervor.

»Lynx, verdammt!«, fluchte Tajna hinter mir. »Fuck, das kann doch nicht wahr sein!« Dann hörte ich, wie sie hinter mir herkletterte.

»Tajna!«, rief noch jemand. »Was sollen wir machen?«

»Kommt mit«, sagte die Priesterin. »Wir brauchen sicher eure Hilfe.«

Ich warf einen Blick zurück und rollte mit den Augen. Ausgerechnet die Drachenzwillinge waren hinter uns. Das hatte mir gerade noch gefehlt. Drakan war dämlich, aber sehr von sich überzeugt, und Smeja war noch zickiger als ich. Ihr neuentdecktes Drachenfeuer machte die Sache nicht einfacher.

»Scheiße, das darf doch nicht wahr sein«, murmelte ich und kletterte schneller.

Endlich erreichte ich das Plateau. Meine Hände waren zerschrammt und ich war schweißgebadet. Ich hatte nicht einmal zurückgesehen. Die Angst, was ich sehen könnte, hielt mich ab.

Rhona und Laird würden sich um die Verletzten kümmern. Das bedeutete aber auch, dass sie eine Weile beschäftigt waren und mir nicht helfen konnten.

Ich schwang mich über die Kante, zog mich hoch und sah mich wachsam um. Schweigend nahm ich die umgestürzten Säulen und das Loch in der Mitte des Säulenkreises wahr. Ich wusste, dass das Artefakt dort war - es interessierte mich nicht. Was zählte, war, dass Mistress nicht hier war. Aber auch von Lupa fehlte jede Spur.

Mein Blick fiel auf die Blutlache auf dem Boden. Ich ging in die Hocke und versuchte vergeblich, anhand des Geruchs herauszufinden, ob es Lupa gehörte. Dafür reichten meine Sinne nicht aus. Stattdessen hörte ich, wie die Drachenzwillinge und Tajna den Tempel erreichten.

»Ist hier jemand?«, rief Drakan laut. Ich hätte ihn am liebsten über die Kante gestoßen, so wie Scota es bei Niall getan hatte.

»Mein Gott, halt die Fresse!«, fauchte Smeja. »Du bist laut wie ein Orchester!«

Ich drehte mich von ihnen weg und suchte nach Anhaltspunkten, nach einem Versteck, wo Scota Lupa hingebracht haben könnte.

»Sie ist nicht mehr hier«, sagte Tajna plötzlich neben mir. Ich zuckte zusammen - ich hatte nicht einmal bemerkt, dass sie sich herangeschlichen hatte.

»Sagt dir das dein rudimentäres Wolfsblut?«, zickte ich.

Tajnas Augenlid zuckte. »Vielleicht. Seit ich hier in Myrica bin, spüre ich, wie diese Blutlinie stärker wird. Meine Sinne schärfen sich. Deswegen kann ich dir sicher sagen, dass Lupa nicht mehr hier ist.« Ihre hellblauen Augen weiteten sich. »Aber wir sind nicht allein.«

»Was meinst du?«, fragte ich, da traf mich etwas mit voller Wucht.

Mein Mund öffnete sich zu einem stummen Schrei. Meine Arme zuckten an meinen Körper, meine Knie gaben nach. Ich stürzte auf den Boden, Schmerz schoss durch meine linke Körperseite. Ich war wie gelähmt.

»Lynx, oh Gott, was ist los?« Tajna kniete neben mir und zerrte panisch an meinen Armen, doch es war, als wären sie an meinen Oberkörper geschweißt.

Hinter Tajna fiel Drakan um wie ein gefällter Baum. Smeja schrie auf und warf sich über ihn. Jetzt verstand ich: Wir waren von einem Fesselungszauber getroffen worden.

Scota trat hinter einer Säule hervor, langsam, wie eine Raubkatze, die ihre Beute beobachtet. Auf ihrem Gesicht lag ein eiskaltes Lächeln. Das Miststück hatte uns die ganze Zeit beobachtet.

Mein Blick brannte vor Hass. Am liebsten hätte ich sie zerrissen.

Sie kam näher, doch sie würdigte mich keines Blickes. Stattdessen fixierte sie Tajna. »Steh auf«, befahl sie kalt.

Tajna versteifte sich, aber Scota packte sie am Arm. Die Priesterin keuchte auf und wand sich, doch Scota war viel stärker als sie. Die Jägerin lächelte grimmig.

»Wie praktisch, dass ich dich nicht mehr suchen muss. Da bist du ja, Wolfsherz. Wie schön, dass du freiwillig zu mir kommst. Ich hätte auch eher darauf kommen können, dass jemand aus der Erdwelt das Siegel brechen muss. Es ist mit menschlicher Hilfe erschaffen worden.« Ihr Lächeln verschwand. »Du wirst es brechen.«

Tajna schüttelte den Kopf. »Auf keinen Fall! Ich werde Mistress nicht befreien!«

Scota funkelte sie an. »Das sollst du auch nicht. Niemand bei klarem Verstand will das.« Sie zerrte sie mit sich. »Zerstören musst du das Siegel trotzdem, aber Mistress wird nie wieder einen Fuß auf diese oder eine andere Ebene setzen. Ehrenwort.«

»Das glaubst du doch selbst nicht!«, stieß Tajna hervor und versuchte, sich loszureißen.

»Es ist mir egal, was du glaubst. Du wirst es tun.« Scota schnaubte. »Erspar mir, dir anzudrohen, dass ich deine Freunde einen nach dem anderen umbringe. Ich habe es eilig und kann sie schnell töten. Oder ich schicke weitere Steine den Hang hinunter, bis ich alle erwischt habe.« Sie packte fester zu, Tajna schrie auf. »Also mach jetzt und kürz das Ganze ab. Wenn du dich nicht beeilst, kommt Eilis wahrscheinlich mit ein paar Freunden zurück, um Mistress zu befreien.«

Tajna wand sich und warf mir einen panischen Blick zu.

Ich wollte ihr helfen, aber ich war gefesselt. Verflucht, ich konnte nichts tun. Außerdem reagierte ich auf die Androhung von Folter. Katzen waren keine Märtyrer. Ich wusste nur nicht, ob das auch für Tajna galt.

Scota stieß sie zu dem Loch im Boden. Ich kämpfte verzweifelt gegen den Zauber, da warf sie mir einen eiskalten Blick zu. »Gib es auf, Lynx.«

Ich würde ja, doch ich glaubte ihr kein einziges Wort. Was sie vorhatte, war alles andere als harmlos. Selbst wenn sie Mistress nicht befreien wollte - warum war sie dann hier?

Scota trat direkt hinter Tajna und sah auf sie herab. Tajna kauerte auf dem Boden und starrte in das Loch mit dem Artefakt. »Du musst es herausholen«, befahl die Jägerin.

Tajna schluckte und griff nach dem Artefakt. Ihre Hände zitterten.

Meine Gedanken rasten. *Wolfsherz.* Jetzt verstand ich, warum Scota Lupa zu sich geholt hatte. Sie hatte nur auf die falsche Wölfin gesetzt. Diesen Fehler hatte sie nun korrigiert.

Mit geschlossenen Augen ging ich die letzten Wochen in Gedanken durch und fragte mich, wie viel von der Scheiße, die wir durchgemacht hatten, auf ihrem Mist gewachsen war. Hatte Scota einfach die Gelegenheit genutzt, als sie uns sah? Oder waren Ora und Payton auf ihre Initiative hin in die Höhle des Gottes vorgedrungen und hatten das alles in Gang gesetzt?

Das kam mir verrückt vor. Daran erkannte ich, dass es möglich war.

Und jetzt? Was wollte Scota von Mistress? Wenn sie sie nicht befreien wollte, warum dann das Risiko? Sie musste mehr im Sinn haben.

Und warum hatte sie es allein versucht, nur mit Lupas Hilfe? Allein wenn ich mich daran erinnerte, wie mächtig Mistress war, blieb mir fast das Herz stehen.

Ich riss die Augen auf, als die schreckliche Erkenntnis in mir aufstieg. Scota war nicht hier, um Mistress zu befreien – sie war hier, um etwas viel Schlimmeres zu tun. Panik packte mich mit eisernen Klauen, als ich mich verzweifelt gegen den Fesselungszauber stemmte. Ich musste Tajna aufhalten, bevor es zu spät war. Wenn das Siegel fiel, waren wir alle tot.

Aus dem Augenwinkel erhaschte ich eine Bewegung. Smeja stand auf, den Blick starr auf Scota gerichtet.

Diese erwiderte ihn eiskalt und berechnend. »Noch ein Schritt weiter, Menschenmädchen, und du fliegst wie der Druide über die Kante. Tu es, dann lass ich deine Freundin spüren, wie ernst es mir ist.« Langsam hob sie den Arm und richtete ihre Handfläche auf Smeja.

Tajna schluchzte leise, dann griff sie zögernd nach dem Artefakt. Ich kämpfte mit aller Gewalt gegen den Fesselungszauber an, doch ich war von einem unsichtbaren Seil so fest verschnürt, dass ich mich keinen Zentimeter bewegen konnte. Schweiß rann über meinen Körper, aber es brachte nichts.

Scota verharrte noch immer vor Smeja, die sie voller Hass anstarrte, während ihre Augen immer wieder besorgt zu ihrem Bruder und zu Tajna, die gerade ein tellerförmiges Artefakt aus der Erde hob.

Es fühlte sich an, als würde sich mein ganzes Sein auf dieses verschissene Artefakt konzentrieren – dieses verfluchte Ding, das uns alle ins Verderben reißen würde.

Ich erkannte das triumphale Glitzern in Scotas Augen, das fanatische Lächeln, das ihren Mund verzerrte.

Sie glaubte, sie hätte ihr Ziel erreicht.

Ich auch.

Tajnas Hände zitterten heftig, Tränen liefen über ihre Wangen. Zwischen ihren Fingern sammelte sich Licht.

Plötzlich erfüllte ein intensiver Geruch die Luft. Eiskalte Schauer liefen über meinen Rücken. Panik erfasste mich. Ich kannte diesen Duft. Ich wusste genau, zu wem er gehörte.

Mein Atem ging stoßweise, als ich mich verzweifelt gegen die unsichtbaren Ketten stemmte. Jeder Muskel in meinem Körper schrie vor Anstrengung, doch nichts bewegte sich.

»Tajna!«, schrie ich in meinem Kopf, auch wenn meine Lippen sich keinen Millimeter bewegten. »Hör auf! Tu es nicht!«

Doch mein Körper war fest wie Stein, und jeder Versuch, mich zu bewegen war wie ein Kampf gegen unsichtbare Eisenketten. Verzweiflung schnürte mir die Kehle zu, aber ich ließ nicht nach. Ich würde nicht einfach zusehen, wie Scota uns alle in den Abgrund stieß. Selbst wenn ich mir dabei jede verfluchte Sehne zerriss – ich würde nicht aufgeben!

Der Geruch wurde noch stärker und die Luft zum Schneiden dick.

Mistress.

Sie war fast hier.

Scota hatte gelogen.

Und wir waren alle so gut wie tot.

Das Licht zwischen Tajnas Händen strahlte wie ein Stern, der sie zu verschlingen drohte.

Mein Atem stockte. Grauen erfüllte mich und ich wünschte mir, ich könnte mich einfach über die Kante des Gipfels rollen und der Sache ein schnelles Ende setzen.

Ich konnte nicht. Stattdessen lag ich da und musste mitansehen, wie Risse in dem Teller entstanden.

Das Licht breitete sich aus, der schwere Geruch nach den Geheimnissen des Waldes wurde erdrückend.

Smeja stand wie versteinert vor Scota. Ihr Gesicht vor Grauen verzerrt, der Mund zu einem tonlosen Schrei geöffnet. Sie rührte keinen Muskel. Sie war starr vor Angst. Und ich konnte sie nicht einmal provozieren, damit sie Drachenfeuer spie.

Tränen rannen über meine Wangen. Alles war umsonst.

All die Mühe. All die Angst. All die Hoffnung.

Umsonst.

Ich hoffte, dass Lupa tot war. Das ersparte ihr das Schlimmste, das, was mir noch bevorstand. Dasselbe Schicksal erwartete Shark, falls Mistress ihn in die Finger bekam – wenn er nicht durch die Felsen umgekommen war.

Die anderen, die sich gerade gegenseitig am Hang halfen, ahnten nichts von dem, was hier geschah, aber vielleicht spürten sie es. Und vielleicht schaltete sich wenigstens heute ihr Verstand ein und riet ihnen, endlich abzuhauen.

Ich wünschte, ich könnte das auch.

Stattdessen würde ich hier zusammen mit Tajna und den Zwillingen sterben, zusammengeschnürt wie ein Paket. Es gab keine unwürdigere Art zu sterben.

Tajna schrie auf und krümmte sich über dem Teller zusammen.

Mein Blut gefror in den Adern, als ich sah, wie ihre Haut immer blasser wurde. Die weiße Strähne an ihrer Stirn wurde breiter und breiter. Das Artefakt sog die Lebensenergie aus ihr heraus, um das Siegel zu brechen.

»Ja ... Endlich«, hauchte eine Stimme.

Mir wurde eiskalt. Meine Eingeweide verkrampften sich zu einem harten Knoten.

Mistress.

Es war ihre Stimme.

Scotas Augen weiteten sich und sie wandte sich von Smeja ab und wieder zu Tajna.

Die Priesterin schrie noch einmal, dieses Mal so schmerzgepeinigt, dass mir schlecht wurde.

Ich kämpfte erneut gegen den Zauber. Verzweifelt stemmte ich mich dagegen - und drehte beinahe durch, weil ich mich endlich bewegen konnte. Es waren nur Zentimeter, aber es funktionierte. Scotas Konzentration lag auf etwas anderem als meinem Fesselungszauber.

Mit zusammengebissenen Zähnen zwang ich mich, weiterzukämpfen.

Plötzlich hörte ich Smejas verzweifelten Schrei. »Tajna! Verdammte Scheiße, Tajna!«

Doch es war Mistress' Stimme, die mir das Blut in den Adern gefrieren ließ: »**Mach weiter ... Du bist fast am Ziel.**«

Scota zog etwas aus ihrem Mantel – eine silberne Rolle voller Gravuren. Sie rieb sie zwischen ihren Händen und murmelte etwas vor sich hin.

Mein Atem stockte, als aus dem Silber eine gläserne Klinge wuchs und aus der Rolle einen Dolch machte.

Entschlossen hob sie die Waffe und trat auf Tajna zu. Meine Augen weiteten sich, ein Schrei sammelte sich in meiner Kehle, so grauenhaft, dass er nicht herauskam.

Wieder stemmte ich mich gegen den Zauber - dieses Mal brach ich durch.

Ich stieß ein Grollen aus, als ich mich aufrichtete. Mein Körper fühlte sich an, als wäre er ein ganzes Jahr gefesselt gewesen. Jeder Muskel brannte, jede Sehne protestierte gegen die Bewegungen.

Egal. Ich hatte keine Zeit zu verlieren.

»Tajna!«, schrie ich und sprang auf die Priesterin zu.

Scota wirbelte herum und verpasste mir einen Schlag, der mich Sterne sehen ließ.

Ich hatte verdrängt, wie schnell und tödlich sie war. Ich musste es dennoch versuchen. Aufgeben war keine Option, auch wenn ich nicht mehr wusste, ob ich noch beschützte oder mich nur noch rächte.

Mein Luchsblut protestierte. Die Katze wollte kein unnötiges Risiko eingehen. Es hatte keinen Sinn, mich zu opfern. Wenn ich jetzt floh, hatte ich eine Chance zu überleben – und das schlechte Gewissen würde ich irgendwann verkraften.

›*Vergiss es!*‹, zischte die Sirene in meinem Blut. Ihr Hass brannte unersättlich und verlangte Vergeltung für ihre tote Schwester - Lupa.

›*Ihr Name ist Lainia. Jetzt erinnere dich, wer du bist. Wer du warst. Du hast dich gut hinter dem Luchs versteckt, aber die Sirene ist auch ein Teil von dir. Nutze sie. Jetzt. Kassiana.*‹

Bei meinem Sirenennamen blieb mir vor Hass fast das Herz stehen – und vor Schmerz. Doch genau dieser Name gab mir in diesem Moment die Kraft, um Scota noch einmal anzugreifen. Ich würde nicht aufgeben.

Nicht nur als Lynx. Und auch nicht nur als Kassiana. Ich war mit vollem Herzen dabei, im Einklang mit meinen Blutlinien. Nie war ich besser. Und nie war es nötiger.

Ich tauchte unter Scotas Arm hindurch, als sie erneut nach mir schlug. Unsere Gesichter verfehlten sich nur um Zentimeter. Ich sah, wie sich ihre braunen Augen ungläubig weiteten.

›Damit hast du nicht gerechnet, Miststück! Ich bin nicht so leicht zu besiegen, wie du dachtest! Ich werde es dir zeigen!‹

Ein triumphales Grinsen breitete sich auf meinem Gesicht aus – da traf mich ihr Knie hart in der Magengegend.

Ein stechender Schmerz schoss durch meinen Körper. Ich krümmte mich zusammen und knallte auf den Boden. Ihr schwerer Stiefel traf mich in die Seite. Ich schrie und versuchte blind, mich zu wehren, doch sie trat erneut zu.

Ein Ächzen entfuhr mir, meine Sicht verschwamm. Der Schmerz betäubte meine Sinne.

Plötzlich hörte ich einen Schrei.

Tajna!

Ich schüttelte den Kopf und kämpfte darum, meine Sinne so weit zu klären, dass ich sah, was passierte.

Scota hielt inne und drehte sich zu ihr um. Ich rieb mir die Augen, dann konnte ich Tajna sehen.

Was ich sah, war grauenvoll.

Die Priesterin war zur Seite gesackt, ihre Hände umklammerten verzweifelt das Artefakt. Ihr Haar war schneeweiß geworden und ihre Haut wirkte wie Papier.

Lupa hatte mir einmal von Violas Tod erzählt. Sie hatte es schnell hinter sich gebracht, weil die Erinnerung ihr das Herz zerriss, doch ich hatte jedes Wort davon behalten.

»Es war, als würde sie vor meinen Augen verwelken. Ihre Haut wurde wie rissiges Pergament, dann verbrannte sie ohne Feuer. Ich sah mit an, wie sie sich auflöste.«

Und genau so sah Tajna aus.

Ich konnte nicht länger liegen bleiben.

Vor allem nicht jetzt, wo die Energie sich verdichtete – so stark, als wäre Mistress körperlich hier.

Wieder fiel mein Blick auf den Dolch in Scotas Hand.

Das war kein Glas. Es funkelte, als wäre die Waffe aus Eis geschmiedet. Eis, das weder von der Erde noch aus Myrica stammte. Pure Magie. Die Zieselierungen auf der silbernen Rolle, die jetzt der Griff war, sahen aus wie ein Blätterdach. Aber was …

Da bemerkte ich das Artefakt in ihrer anderen Hand. Das Kästchen, umwickelt mit Menschenhaar.

Ich kannte es. Ich hatte es schon einmal gesehen, sogar berührt - im Erdorden. Als alle anderen schliefen, war ich aufgestanden, ohne es zu merken. Erst als Lupa mich im Schlafraum ansprach, kam ich wieder zu mir. Das Kästchen hielt ich in der Hand und ließ es schnell verschwinden.

Auf dem Weg zu den Schwarzelfen wollte ich noch einmal danach sehen, doch es war weg. Ich entschied schließlich, dass ich es mir eingebildet haben musste.

Hatte ich nicht.

Fassungslos riss ich die Augen auf und schlug die Hand vor den Mund. Scota warf mir einen Blick über die Schulter zu. »Vielen Dank nochmal für deine Hilfe. Erinnerst du dich wieder daran?«

»Aber ... wie?«, stammelte ich.

»Sagen wir es so: Es gab einige Nächte, in denen ich euch sehr nahe war, während ihr durch Myrica geeilt seid.

Ich habe auch die Wirkung des Fluchs auf Payton verstärkt, damit ihr in Fahrt kommt. Und du, meine Liebe, hast mir ein kleines Souvenir mitgebracht. Dass du immer so zickig abseits der anderen schläfst, macht es fast zu einfach, dich für meine Zwecke einzuspannen.«

Die göttliche Energie schwoll an. Scota wandte sich wieder um. »Gleich ist es so weit. Wie schön, dich als Zuschauerin hier zu haben, Lynx. Vielleicht lasse ich dich am Leben, damit du allen davon erzählen kannst. Schließlich prahlst du so gern.«

»Das haben wir dann wohl gemein«, ächzte ich, während ich mich mühsam auf die Füße kämpfte. Jeder Muskel brannte vor Schmerz und von den Tritten war mir so übel, dass ich mich beinahe übergeben hätte. Scota hob den Dolch erneut und endlich verstand ich, was sie plante.

Dies war kein gewöhnliches Messer.

Es war eine Waffe, um Götter zu töten.

Und im gleichen Moment begriff ich, was meine ehemalige Meisterin vorhatte, wenn Mistress erschien: Sie wollte die Göttin nicht befreien. Sie wollte sie für immer vom Antlitz aller Dimensionen tilgen. Scota hatte die Wahrheit gesagt.

Wieder fiel mein Blick auf das Kästchen. Ich erinnerte mich an die ganzen Artefakte in Tajnas Orden. Und an manche Bezeichnungen. Das Kästchen war so besonders, dass ich es mir gemerkt hatte. *Sammelt Energie und wandelt sie um.*

Das machte für mich nur auf eine Weise Sinn: Die Jägerin wollte sich die Macht der Göttin aneignen. Sie führte den Plan zu Ende. Allein.

Tajna zuckte nur noch leicht. Ihr Körper war verkrampft, es sah aus, als würde sie jede Sekunde ihr Leben aushauchen. Es fehlte nicht mehr viel.

›Das lasse ich nicht zu! Nicht auch noch sie! Dass ich Lupa verloren habe, ist schlimm genug. Es reicht jetzt!‹

Ich zwang mich, aufzustehen, doch ein Blick in Scotas Gesicht sagte mir, dass sie mich töten würde, wenn ich nur einen Muskel rührte.

Aber welche Wahl hatte ich denn?

›Ich habe einen Entschluss gefasst. Jetzt muss ich dazu stehen. Sirene. Luchs. Welche Rolle spielt das? Es zählt nur ein Wort für dich: Freundin.‹

Ich ging leicht in die Knie und ballte die Fäuste.

Scotas Augenbraue hob sich warnend. »Lass es, Lynx.«

»Ich muss. Meine Katzennatur befiehlt es«, erwiderte ich mit einem freudlosen Grinsen.

Sie richtete die Spitze des Dolches auf mich, ihre Augen funkelten gefährlich. »Ich warne dich. Dafür habe ich jetzt keine Zeit. Lass mich oder du wirst es mit Mistress zu tun bekommen, hörst du?«

Mein Herz schlug schneller, als ich im Augenwinkel eine Bewegung wahrnahm, doch ich zwang mich, den Blick auf Scota gerichtet zu halten. Meine Gegnerin. Diejenige, die heute sterben würde.

»Dein Problem, nicht meines.«

»Du dumme Katze!«, fauchte sie. Ihre Stimme zitterte vor Wut, doch in ihren Augen blitzte etwas anderes auf. Meine Mundwinkel verzogen sich. Es war Angst. Also doch. »Was stimmt nicht mit dir und deinen Freunden? Wie dumm und selbstmörderisch kann man sein, immer wieder sehenden Auges in solche Gefahr zu laufen?« Sie presste die Lippen zusammen, ihre Stimme senkte sich zu einem gefährlichen Flüstern. »Ihr habt keinen Grund«, sagte sie dann dumpf. »Hinter euch ist nicht ganz Myrica her.«

»Du rührst mich zu Tränen. Ach nein, das ist Kotze. Tut mir leid, habe ich kurz verwechselt«, erwiderte ich, während ich mich auf ihren Angriff vorbereitete. Sie fasste den Dolch fester, wurde immer angespannter. Da begann mein Nacken zu prickeln, ein deutliches Zeichen, dass Gefahr drohte.

»Lynx, runter!« Die Worte zerrissen die Luft. Ich dachte nicht nach - ich machte einfach.

Reflexartig ließ ich mich auf den Boden fallen und bedeckte meinen Kopf mit den Händen.

Hitze rollte über mich hinweg, als wäre ich mitten in einen Waldbrand geraten.

Ich zog die Beine an meinen Körper und machte mich so klein wie möglich, dabei zog ich mir meine Lederjacke über den Kopf.

Dann kamen die Schreie.

Schauder rasten durch meinen Körper, so intensiv, dass sie schmerzten. Mein Herz krampfte sich zusammen.

Smeja.

Es gab keine andere Erklärung. Es war ihre Stimme gewesen, die mich gewarnt hatte. Jetzt fackelte sie alles ab. Die Hitze drückte unerbittlich auf mich herab, die Luft schien wie flüssiges Feuer, das sich in meine Lungen brannte. Ich presste die Lippen zusammen, um nicht zu schreien.

Wieder ein Schrei. Dann ein Knall - wie explodierendes Glas.

Mein Atem stockte. Das Artefakt! Smeja musste es zerschmettert haben! Sie hatte auf den Spiegelteller gezielt und das Siegel gebrochen.

›*Was bedeutet das? Ist Mistress jetzt für immer gebannt? Haben wir es geschafft? Oder steht uns das schlimmste noch bevor?*‹

Das Drachenfeuer verlosch. Smeja hustete, dann rief Drakan nach ihr.

›Wo ist Scota? Sie wird das nicht einfach hinnehmen, oder?‹

Plötzlich war alles still. Totenstill. Ich hielt den Atem an. Mein Körper gehorchte mir nicht. Ich wollte mich bewegen, doch meine Muskeln gehorchten nicht. Das war kein Zauber – da war Angst.

Mein Instinkt schrie: Totstellen! Nicht bewegen.

Ein dumpfer Aufprall. Noch immer die beängstigende Stille. Dann Schritte. Gänsehaut kroch über meinen Körper, mein Herz raste.

›Scota?‹

Langsam drehte ich den Kopf und sah Stiefel.

Sie gehörten nicht Scota. Ganz und gar nicht. Solche Stiefel hatte ich noch nie gesehen und ich würde sie nie vergessen.

Sie schimmerten wie Mondlicht auf Drachenhaut, wie ein magischer Nebel über einer verzauberten Flamme, wie Schnee, der an einem gefrorenen See glitzerte.

›Das sind niemals Scotas Stiefel.‹

Das Blut gefror in meinen Adern, als ein vertrauter schrecklicher Geruch in meine Nase stieg. Schwere Düfte, von denen ich immer gedacht hatte, sie wären orientalische Gewürze. Das waren sie nicht. Es waren Kiefernnadeln und sonnenbeschienener Waldboden. Giftige Früchte und Moos auf feuchtem Stein.

Sie hatte uns alle mit dem Duft nach Gewürzen getäuscht. Jetzt lichtete sich der Zauber, der das vollbracht hatte und zeigte, wer sie wirklich war.

Mistress.

Smeja hatte sie endgültig befreit.

Wir waren verloren.

Tränen der Verzweiflung brannten in meine Augen. Alles war umsonst gewesen. Und noch tausendmal schlimmer, als ich es mir jemals ausgemalt hatte.

Die Stiefel kamen immer näher.

»Scota«, flüsterte die Stimme meiner ehemaligen Meisterin. Der Klang schnitt wie ein Messer in meine Seele. Panik überrollte mich, so intensiv, dass ich glaubte, den Verstand zu verlieren. Jede Faser meines Körpers schrie, dass ich mich bewegen musste – und doch wenn ich es tat, war ich tot.

»Mistress«, erwiderte Scota, ihre Stimme eisig.

Plötzlich peitschte etwas Unsichtbares über das Plateau, wie ein rauer Wind aus den Tiefen der Gebirge. Ich hörte Schritte und kniff instinktiv die Augen zusammen. Etwas traf mich mit brutaler Wucht in der Seite und schleuderte mich wie eine Puppe durch die Luft. Die Luft wurde aus meinen Lungen gepresst und ließ mich aufkeuchen, dann stöhnte ich laut, als ich hart auf den Boden prallte.

Neben mir lag jemand - Tajna. Ihr Gesicht war mit Asche verschmiert, ihr Haar war versenkt und abgebrannt.

Ich griff nach ihrer Hand und suchte verzweifelt nach einem Puls.

›Warum? Sie ist doch sowieso tot. In fünf Minuten sind wir es alle, außer Mistress.‹

Trotzdem fühlte ich einen Funken Hoffnung, als ich einen schwachen Puls unter meinen Fingern spürte. Tajna hatte das Drachenfeuer überlebt. Gerade so.

Aus dem Augenwinkel erblickte ich Scota. Ihr stand jemand gegenüber, den ich sofort erkannte: Eilis, das andere Drachenblut.

Von Drakan und Smeja war nichts mehr zu sehen.

Mistress hielt sich außerhalb meines Sichtfeldes. Zum Glück.

»Hast du dich auch herbemüht?«, fragte Scota, ihre Stimme eiskalt vor Abscheu.

»Ich wäre schon eher hier gewesen, wenn du mich nicht mit allen Mitteln daran gehindert hättest!«, fauchte Eilis, die am ganzen Körper vor Wut zitterte. »Sie ist eine Verräterin, Meisterin! Sie hat Adair getötet! Und Blaan!«

Ich sah, wie sich Scotas Gesicht verhärtete. Sie hob den gläsernen Dolch, die Augen weit aufgerissen – und verharrte, als ob die Zeit für sie stehen geblieben wäre.

Eilis wirbelte herum und schrie mit einem Mal aus Leibeskräften, als stünde sie lichterloh in Flammen. Der Schrei traf mich wie ein Messerstich.

Mit zitternden Armen zwang ich mich hoch. Ich musste sehen, was geschah.

Als ich es sah, wünschte ich mir, ich hätte es nicht getan.

Mistress wirkte auf den ersten Blick unverändert: das schwarze Haar, das makellose Gesicht, die erhabene Haltung. Doch dann erkannte ich, dass sie erstarrt war wie eine groteske Statue, den Mund geöffnet, als wollte sie gerade Scotas Todesurteil aussprechen.

Mein Gehirn streikte vor diesem Anblick, mir stand der Mund offen und eisige Kälte kroch durch meinen Körper, als würde ich ebenfalls versteinern.

Ein Ton lag in der Luft wie ein nicht enden wollender Klang eines zerspringenden Glases, das gegen Kälte und Hitze kapitulierte.

Ich verstand das alles nicht.

Der gläserne Dolch lag noch in Scotas Hand, das Kästchen, das ich für sie besorgt hatte, in ihrer anderen.

Neben mir auf dem Boden glühte Tajna, als wäre sie der Jägermond in einer klaren Nacht. Sie war ohnmächtig, doch die Macht, die sie umgab, schien beinahe grenzenlos.

Mir stockte der Atem und ich wich vor ihr zurück.

Eilis schrie erneut und ich drehte schnell den Kopf zurück zu Mistress.

Ich zitterte am ganzen Körper, unnatürliche Kälte und Panik vermischten sich in mir.

Mistress' Haut zersprang, feine Risse durchzogen ihr makelloses Gesicht, während ihr Haar wie Staub in der Luft verwehte.

Ihr Körper löste sich auf - Stück für Stück, als wäre sie nie wirklich dagewesen.

Ich konnte es nicht begreifen, mein Verstand weigerte sich, das Gesehene zu verarbeiten.

Teile von ihr lösten sich ab und tanzten in der totenstillen Luft. Sie erreichten den Boden nicht. Sie zerfielen vorher.

Eilis Schreie zerrissen die Stille. Ihr Schmerz war so groß, dass ich ihn selbst spürte.

Mit einem letzten Seufzen verschwand Mistress.

Niemand musste es mir erklären, ich wusste es: dieses Mal war es für immer.

Die Göttin, so furchterregend und mächtig, existierte nicht mehr. Ein Teil von Myrica war mit ihr gestorben.

Eilis taumelte zurück, die Hände auf den Mund gepresst. Mein Schädel dröhnte von ihrem ohrenbetäubenden Geschrei, das noch immer in der Luft verhallte.

Das Drachenblut drehte sich zu Scota um, ihr Gesicht war eine Fratze mörderischer Wut. So hatte ich noch nie jemanden gesehen. Sie hatte nichts mehr zu verlieren – ihr Lebensinhalt hatte sich gerade aufgelöst.

Scota hob den gläsernen Dolch zur Abwehr, doch Eilis rannte wie von Sinnen auf sie zu.

Fassungslos sah ich zu, wie die beiden aufeinanderprallten. Der Dolch blitzte auf und schnitt mühelos durch Eilis' Kleidung und tief in ihre Haut.

Der schwere Geruch von Blut erfüllte die Luft, als die beiden Frauen zu Boden gingen. Ich krallte meine Hände in die zersprungenen Fliesen des Tempels und versuchte, auf die Füße zu kommen, doch ich war am Ende.

Ihre wilden Schreie erfüllten die Nacht. Sie krallten sich ineinander. Ihre Bewegungen waren zu schnell, zu chaotisch, um ihnen folgen zu können.

Beide Frauen kämpften verzweifelt, kamen wieder auf die Beine, nur um erneut zu Boden zu stürzen. Jeder Stoß, jeder Schlag sollte tödlich sein. Immer wieder blitzte der blutverschmierte gläserne Dolch auf.

Tajnas Hand zuckte in meiner, doch mein Blick klebte auf den Kämpfenden.

Wer würde siegen? Gegen wen musste ich uns gleich verteidigen, wenn dieser Kampf vorbei war?

Eilis holte tief Luft und spie einen Schwall Drachenfeuer in Scotas Richtung. Diese wich geschickt aus, das Feuer erfasste sie trotzdem. Ihr Schmerzensschrei durchbrach die Dunkelheit, der Geruch von verbranntem Fleisch stach mir in die Nase, vermischt mit dem Schwefelgestank der Magie. Der Boden unter mir fühlte sich eisig an, als hätte Mistress ihn vergiftet.

Dann machte Scota einen letzten verzweifelten Satz nach vorn und prallte gegen Eilis – und plötzlich waren beide verschwunden.

Ich blinzelte und kam langsam auf die Knie. Erst Sekunden später begriff ich, was passiert war - die beiden waren über den Rand des Plateaus gefallen.

Steine polterten den Hang hinunter, dumpfe Aufschläge hallten in der Stille wider.

Dann verstummten die Geräusche.

Die Sekunden dehnten sich, zogen sich wie zäher Nebel. Mein Kopf fühlte sich leer und schwer zugleich an.

Ich hörte nur noch meinen eigenen Atem.

Das Pochen meines Herzens.

Ich verstand nicht, was ich gerade gesehen hatte.

Plötzlich legte sich eine Hand auf meine Schulter. Ich zuckte zusammen, drehte den Kopf und blickte in Tajnas rußverschmiertes Gesicht, das von verbranntem Haar umrahmt war. Sie sah so furchtbar aus wie ich mich fühlte.

»Oh Gott«, hörte ich eine andere Stimme. Smeja trat hinter einem Felsen hervor, gefolgt von Drakan. Beide klammerten sich aneinander, ihre Gesichter aschfahl.

»Das wird mich für den Rest meines Lebens verfolgen«, stammelte Drakan.

»Lynx!«

Weitere Schritte näherten sich, und dann erschien Niall auf dem Plateau. Er hatte den Steinschlag überlebt. Erleichterung durchströmte mich, als er zu Tajna und mir lief. Er half erst mir, dann Tajna auf die Beine.

»Bist du okay?«, fragte er sie besorgt und griff ihren Arm, um sie zu stützen.

Tajna schüttelte den Kopf, Tränen glitzerten in ihren Augen. »Nein«, brachte sie erstickt hervor. »Und ich weiß nicht, ob ich es je wieder werde.« Ihr ganzer Körper zitterte unkontrolliert.

Niall zog sie in seine Arme und flüsterte ihr beruhigend ins Ohr. Er hatte nicht einen Blick für mich übrig.

Ich starrte die beiden an, unfähig, einen klaren Gedanken zu fassen. Mein Brustkorb fühlte sich eng an, wie zugeschnürt.

»Lynx?« Der Ruf riss mich aus meiner Starre. Ich drehte mich um und sah Rhona, Shark, Carnie und Nairne auf mich zukommen. Auch sie hatten überlebt. Sie sahen genauso mitgenommen aus wie ich, ihre Kleidung war zerfetzt und blutverschmiert. Dann erreichten auch die anderen das Plateau: Atra, Ora und Payton, genau wie Larna und Giordyn.

Rhona sah sich um, ein Ausdruck von Entsetzen auf ihrem Gesicht. »Wo ist Lupa?«, fragte sie mit zitternder Stimme, als hätte sie Angst vor der Antwort.

»Nicht hier«, antwortete ich, meine Stimme war dünn und brüchig. »Ich vermute, sie ist geflohen. Oder auch über den Rand gefallen.« Der Gedanke quälte mich, doch ich brachte es nicht fertig, Niall anzusehen, der immer noch Tajna im Arm hielt. Der Anblick war unerträglich.

»Sie muss geflohen sein«, sagte Niall schließlich, seine Stimme fest und entschlossen. »Hier gibt es keinen Hinweis auf ihr Blut.«

»Das kannst du riechen, trotz der ganzen anderen Scheiße, die hier passiert ist?«, fragte ich, ohne ihn anzusehen. Mein Blick schweifte über das zerstörte Plateau. »Meine Nase brennt von der ganzen Magie.«

Nairne trat einen Schritt vor. »Wir müssen Lupa finden! Jetzt sofort.«

»Nein, Ahearn ist auf dem Weg hier her, aber das dauert«, mischte sich Laird ein. »Wir brauchen ihn, um herauszufinden, was mit Eilis und Scota passiert ist und sicherzugehen, dass Mistress gebannt ist. Dieses Mal endgültig. Wenn nicht, müssen wir etwas unternehmen. Tajna, Lynx, was ...«

»Ich suche nach Lupa«, unterbrach ich ihn abrupt. »Alles andere kann warten. Mistress ist tot. Tajna, Smeja und Drakan können euch berichten, was mit ihr, Eilis und Scota passiert ist. Ich habe keine Zeit mehr.«

Ohne eine Antwort abzuwarten, lief ich los, weg von diesem verfluchten Plateau voller Blut und Schmerz.

Schritte hinter mir sagten mir, dass Rhona, Carnie, Nairne und Shark mir folgten, doch ich schenkte ihnen keine Beachtung. Ob sie mir folgten, war mir egal.

Ich wollte nur weg von hier.

Weg von diesem Ort, weg von den Erinnerungen, und vor allem – weg von Niall, bevor ich auch noch den letzten Rest meines Verstandes verlor.

KAPITEL 12

LUPA

Die Erde unter meinen Händen war kühl, feucht, und schwer von dem Duft des Waldes. Ein endloses Meer aus Nadeln und feuchtem Moos, das den Boden bedeckte.

Der Geruch von verrottendem Laub und frischer Erde lag in der Luft, vermischt mit dem metallischen Hauch meines eigenen Blutes. Licht und Schatten tanzten unruhig durch das Blätterdach über mir, als ob sie selbst nicht sicher wären, was kommen würde.

Ich blieb zwischen den Bäumen liegen, reglos, starrte nach oben in das dämmernde Licht. Ein stummer Schrei hatte sich in meiner Kehle verhakt, festgekrallt wie ein wildes Tier, das nicht entkommen konnte. Die Trauer um meinen Gefährten schnürte mir die Kehle zu, machte das Atmen schwer, erstickte die Tränen.

Die Welt zog vorbei, doch in mir waren nur Leere und Schmerz. Zeit wurde zu einer dicken, zähen Masse, in der ich gefangen war.

Ich wusste nicht, wie lange ich schon hier lag, nur, dass alles in mir auf die Wölfin reduziert war. Alles andere waren verschwommene Erinnerungen und Gefühle, verhüllt wie durch Nebel.

Irgendwo schrie ein Vogel. Es hörte sich an, als wolle mich das Jenseits anlocken.

Ich sah zur Seite, Schmerz durchzuckte mich. Ich war verletzt. Das war nicht gut. Fatal, denn ich war allein. Niemand konnte meine Wunden versorgen.

Wie war es so weit gekommen?

Langsam fügten sich die Bilder in meinem Kopf zu einer schwachen Erinnerung. Ein Kampf. Eine Menschenfrau. Sie stieß meinen Gefährten über die Kante des Plateaus. Dann kam sie zu mir. Ich sah sie auf mich zuspringen. Sie warf etwas nach mir, es traf mich mitten ins Gesicht und raubte mir alle Sinne.

Was danach kam, war noch verschwommener.

Meine Instinkte hatten die Oberhand gewonnen und ich war gerannt – immer weiter den Berg hinunter.

An einer Gruppe - ein Zentaur, eine Harpyie – war ich vorbeigeflogen, ohne zurückzublicken.

Irgendwann setzte der Schmerz ein. Scharf. Brennend. Alles verzehrend. Dann brach ich zusammen.

Seitdem wartete ich. Auf den Tod. Auf Hilfe.

Auf Erlösung.

Es fühlte sich an, als sei meine Zeit gekommen. Ich hatte genug durchgemacht. Das hier war das Ende. Entweder verblutete ich oder ein Raubtier fand mich. Es war beides in Ordnung für mich, wenn es nur nicht so weh tat. Ich hatte genug Schmerzen erduldet.

Wind strich über mein Gesicht und ich schloss für einen Moment die Augen. Ich suchte Frieden in mir, doch ich fand ihn nicht. Unruhe erfüllte mich. Wut.

Ein Knacken im Unterholz ließ mich den Kopf drehen. Sofort schoss der Schmerz durch meine Glieder.

Meine Sinne reagierten eindeutig: Gefahr.

Mit letzter Kraft rappelte ich mich auf. Wenn ich schon starb, dann nicht auf dem Boden liegend. Eine Wölfin hat ihren Stolz. Und sie kämpft bis zum letzten Atemzug.

Dann sah ich sie: eine Frau. Ein Mensch. Sie hatte kurzes rotbraunes Haar und blaue Augen. Ein goldener Ring verzierte ihre Nase und ihre Unterlippe begann zu zittern, als sie mich sah.

Müsste ich sie kennen?

»Lupa.« Ihre Stimme war sanft, doch ich blieb wachsam. Auch wenn sie nicht gefährlich aussah, konnte sie tödlich für mich sein.

Sie entdeckte meine Verletzung und schlug die Hand vor den Mund. »Sie hat dich erwischt!« Mit langen Schritten kam sie zu mir und nestelte an ihrem Rucksack herum. »Das bekommen wir wieder hin. Mach dir keine Sorgen.«

Ich wich vor ihr zurück und knurrte sie an. »Keinen Schritt weiter!« Sie sah mich erschrocken an.

»Lupa«, sagte sie dünn.

Ich schüttelte den Kopf. Der Name schien mir zu gehören, aber er war mir egal. Wieder knurrte ich sie an.

»Ich bin es. Rhona«, flüsterte sie.

Hinter ihr traten zwei weitere Frauen zwischen den Bäumen hervor. Eine Rothaarige mit großen blauen Augen, deren Blöße nur knapp von enger Lederkleidung bedeckt wurden, und eine weitere mit weißem langem Haar und funkelnden grünen Augen.

Auf sie sprangen meine Instinkte sofort an: sie war gefährlich. Stark. Ich roch eine unterdrückte Aggression an ihr. Sie konnte mich verletzen, vielleicht sogar töten, wenn ich nicht wachsam war.

»Du hast sie gefunden. Ein Glück!«, zwitscherte die Rothaarige. Sie wollte zu mir laufen, doch die Weiße hielt sie auf: »Warte, Carnie. Da stimmt etwas nicht.« Ich richtete mein Augenmerk auf sie. Sie war gefährlich.

Die Rote sah mich an. Ich roch ihren schweren Duft. Er wollte mich zu sich locken und mich verführen. Ich spürte, dass mein Widerstand geringer wurde. Ihr Duft und auch ihr Blick versprachen mir, dass ich es bei ihr gut haben würde. Sie würde sich um jedes meiner Bedürfnisse kümmern, vor allem um die Körperlichen.

Sie würde dafür sorgen, dass ich meinen Kummer vergaß, zumindest, solange ich bei ihr war.

Ein Sukkubus.

Ich wich knurrend ein paar Schritte zurück und schüttelte den Kopf, um diesen Geruch aus der Nase zu bekommen. Ich konzentrierte mich auf die schweren Gerüche des Waldes, die nichts mit Magie zu tun hatten.

Das war eine Falle. Sie griffen auf verschiedene Weisen an. Ich musste vorsichtig sein – und mir einen Plan überlegen, wie ich die drei loswerden konnte.

Zuerst die Weiße ausschalten. Dann die Rote, bevor sie mich doch noch einlullte. Als letztes die Menschenfrau. Von ihr ging kaum eine Bedrohung aus, dazu war sie viel zu erschrocken.

Das wurde hart. Die Verletzung raubte mir die Kräfte, es wurde immer schwerer, mich auf den Beinen zu halten.

»Was ist denn los?«, fragte die Rote ängstlich. »Warum sieht sie so aus?«

»Scota hat das mit ihr gemacht, ich spüre die Reste eines Fluchs an ihr«, sagte die Menschenfrau leise. »Ich glaube, sie erkennt uns nicht.«

Ich knurrte sie an. Menschen waren der Feind. Vor meinem geistigen Auge tauchten Erinnerungsfetzen auf. Eine andere Menschenfrau mit einem Dolch. Sie griff mich an.

»Was?« Die Rote sah mich fassungslos an und machte noch einen Schritt auf mich zu. Meine Nackenhaare sträubten sich.

»Verschwindet!«, fuhr ich sie an. Sie wich zurück und hob die Hände.

»Lupa«, sagte sie sanft. »Hey. Wir sind es doch. Das ist Rhona, deine beste Freundin. Hier ist Nairne und ich bin Carnie. Wir sind deinetwegen hier. Du bist unsere Freundin.« Sie stockte. »Unser Herz. Du hältst uns zusammen, sogar wenn wir uns nicht sehen.« Bei den letzten Worten begann ihre Stimme zu zittern. Etwas regte sich in meinem Brustkorb. Es berührte mich, aber ich wusste nicht, wieso.

Wütend kämpfte ich dagegen an.

Ich hatte kein Rudel mehr. Ich war allein. Verwundet. Beinahe tot. Diese drei waren eine Gefahr für mich.

Nichts weiter.

Wieder blitzten Erinnerungen auf. Die drei. Noch andere. Dann eine Bergspitze. Und panische Angst.

»Hey Wolfsmädchen«, sagte die Weiße jetzt. Ihre grünen Augen waren ruhig, doch ich erkannte das Feuer, das in ihrem Inneren brannte. Ich machte mich auf einen Kampf gefasst und ging leicht in die Knie.

»Komm zurück zu uns, okay?«, sagte sie mit völlig veränderter Stimme. Plötzlich war sie sanft und weich. »Wir brauchen dich.«

Jedes Wort traf mein Herz wie ein Schlag. Ich taumelte. Meine Verletzung setzte mir immer mehr zu. Ich musste hier weg. Bevor sie mich umbrachten.

»Lupa …«, sagte die Menschenfrau.

»Nein!«, schrie ich mich letzter Kraft. »Haut ab! Oder ihr werdet es bereuen.«

»Du bist verletzt, bitte lass mich dir helfen. Wir wollen dir doch nichts tun«, beharrte sie.

Ich schüttelte heftig den Kopf und machte einen drohen-
den Satz auf sie zu, als sie sich mir näherte.

Sie riss die Augen auf und wurde blass.

»Lupa, bitte«, flüsterte sie.

»Letzte Chance«, knurrte ich und zeigte ihr meine Reißzähne. Sie wich zurück.

»Verdammte Scheiße«, fluchte die Weiße hinter ihr.
»Mach so weiter und wir bekommen ein Problem.«

Mein Atem ging heftig und Schweiß rann über mein Gesicht. Mir wurde schwarz vor Augen und ich konnte mich
kaum noch auf den Beinen halten.

»Lupa!«, rief die Menschenfrau erschrocken und stürzte
zu mir. Die anderen beiden auch.

Ich war mittlerweile zu schwach, um mich zu wehren.
Hände griffen nach mir und hielten mich auf den Beinen.

Ich sah auf und blickte in die blauen Augen der Menschenfrau. Die anderen standen dicht hinter mir.

»Wir sind hier«, sagte sie leise. »Deinetwegen. Und wir
gehen nicht weg.« Sie zog den Ärmel ihrer Jacke hoch und
zeigte mir eine Tätowierung. Eine Windrose.

Die anderen beiden taten dasselbe. Ihre Arme zeigten die
gleiche Tätowierung. Vorsichtig schob die Menschenfrau
meinen Ärmel hoch.

Meine Augen weiteten sich, als auf meinem Unterarm
das gleiche Bild zum Vorschein kam.

Die Menschenfrau zeigte mit ihrem Finger auf die Buchstaben, die statt der Windrichtungen in meine Haut gesto-
chen waren. Statt des N für Norden zeigte meine Haut ein
L. »Lupa, du stehst für das Wasser und den Norden.« Ihr
Finger wanderte weiter. »Nairne steht für den Westen und
die Erde. Carnie steht für den Süden und das Feuer«, fuhr
sie fort und verharrte auf dem C, das dem L gegenüber-
stand. »Und ich, Rhona, symbolisiere den Osten und die

Luft.« In ihren Augen glitzerte es, als sie ihren Finger auf den letzten Buchstaben, das R, legte. »Deswegen funktionieren wir so gut zusammen. Wir vier sind alle so unterschiedlich, doch gemeinsam ergeben wir ein Ganzes. Egal ob als verrückte Band auf einem kopflosen Roadtrip durch die Erddimension oder als Team, das gemeinsam versucht, eine wahnsinnige Göttin zu stoppen oder auch einfach als Freundinnen, die ihren eigenen Weg suchen: Wir gehören zusammen, Lupa.

Und deswegen sind wir hier. Und wir gehen nicht ohne dich.« Ihre Finger schlossen sich um meine. Die anderen beiden legten ihre Hände darauf.

Ich sah sie an und kämpfte mit mir.

Mit meinen Instinkten.

Dann schloss ich die Augen, atmete tief ein ...

und ließ los.

Ich ließ die Wölfin toben, ließ all ihre Ängste herausbrechen. Knurren, fauchen, wild sein. Ich stürzte mich in einen inneren Sturm, ließ die Gefühle zu, die ich verdrängt hatte: Angst, Wut, Trauer, Enttäuschung. Die Zerrissenheit, das Gefühl der Machtlosigkeit. All das durchflutete mich, überwältigte mich, riss mich mit sich fort.

Und dann verschwand es.

Wärme breitete sich in meinem Inneren aus und ich spürte wieder die Hände der anderen drei.

Rhona.

Carnie.

Nairne.

Meine Freundinnen.

Mein Rudel.

Meine Familie.

Mein Herz.

Ich tauchte auf und kam zurück in meinen Körper. Die Wölfin fand ihren Frieden und zog sich langsam zurück. Sie räumte Lupa wieder den Raum ein, als wolle sie mir sagen, dass ich jetzt wieder stark genug war, es ohne ihre Führung zu schaffen.

Ich öffnete meine Augen und sah in ihre Gesichter.

»Hey Leute«, sagte ich schwach.

Rhona schloss mich weinend in die Arme. Schmerz schoss durch meinen Körper, doch ich ließ sie nicht los. Es fühlte sich einfach zu gut an.

»Ich kümmere mich«, sagte sie betreten und wühlte in ihrem Rucksack herum. Carnie und Nairne sahen mich besorgt an.

»Alles okay bei dir?«, fragte Carnie. »Abgesehen von deiner Verletzung?«

Ich spürte in mich hinein. Ja, ich war zurück, aber unvollständig. Ein entscheidender Teil von mir fehlte, und ich vermisste ihn schmerzlich.

Rhona legte mir ein Amulett um und murmelte eine Beschwörung. Sofort wurde mir warm und ich spürte, wie sich die Wunde schloss und meine Verletzungen heilten. Ich lächelte sie dankbar an und umarmte sie noch einmal richtig. Das gleiche machte ich mit Carnie und Nairne.

»Danke, dass ihr hier seid«, flüsterte ich.

»Immer«, erwiderte Nairne und trat zurück. Dann hoben sich ihre Augenbrauen, als sie über meine Schulter sah. »Da ist noch jemand, mit dem du reden solltest.«

Als ich mich umdrehte, entdeckte ich Shark zwischen den Bäumen. Schuld überflutete mich. Ich hatte ihn angegriffen. Es war Glück, dass er erst jetzt kam. Sonst hätte ich ihn dieses Mal vielleicht getötet. Ich strich das Vielleicht. Ich hätte ihn todsicher umgebracht.

Und jetzt war er hier. Er sah mich mit seinen goldenen Augen an. Erinnerungen kamen zurück. An eine Zeit, in der ich ihn gehasst hatte. An eine Zeit, in der ich ihn geliebt hatte.

Und jetzt?

Ich stand ihm gegenüber, meine Gedanken rasten. Abgesehen von der Schuld, spürte ich nichts, wenn ich ihn ansah. Mein Herz wurde schwer.

Ich hatte den Kontakt zur Sirene – zu meinen Gefühlen für ihn – verloren. Das Band zwischen uns war zerrissen.

Ich musste es ihm sagen. Irgendwie.

Ich musste ihm sagen, dass alles weg war.

Eine Erinnerung kam zurück. Eine Szene am Meer. Ein Stück von mir war herausgerissen worden. Es war mit Shark gegangen und hatte mich unvollständig zurückgelassen.

Ich hielt inne. Diese Szene hatte es nie gegeben. Sie war ein Traum. Eine Illusion. Und doch war dieses Gefühl echt.

Aber wie konnte das sein? Meine Liebe zu ihm hing nicht nur von der Sirene ab. Aber warum fühlte ich nichts mehr?

Eine Träne lief über meine Wange. Nicht nur meine Liebe zu Shark war mit der Sirene verbunden. Ich war immer noch unvollständig.

Rhona, Carnie und Nairne hatten mir einen Teil meines Herzens zurückgegeben, aber nicht alles. Und das, was fehlte, riss ein schmerzendes Loch in meine Brust.

Wieder sah ich Shark an. Dieser fehlende letzte Teil stand zehn Meter von mir entfernt und blickte mich aus goldenen Augen an.

Fragend. Vorsichtig. Ängstlich.

»Wie lange willst du hier noch herumstehen?«, fragte eine neue Stimme. Sie kam von der Seite.

Ich drehte den Kopf und sah Lynx, die Arme vor der Brust verschränkt, die Augenbraue spöttisch hochgezogen. »Du warst schon immer dramatisch, Lupa. Geh jetzt endlich zu ihm.«

Mir fehlten die Worte. Lynx seufzte abgrundtief und kam zu mir.

»Lasst uns mal ein bisschen Privatsphäre«, knurrte sie die anderen drei an. »Ihr hattet euren Auftritt schon.«

Tatsächlich machten sie Platz und Lynx stellte sich direkt vor mich. »Was ist los?«, fragte sie mit erstaunlich sanfter Stimme.

»Ich weiß es nicht«, flüsterte ich.

»Kann ich mir denken, du warst nie schnell im Kopf.«

»Du bist ein Scheusal«, erwiderte ich.

»Weiß ich. Ich arbeite dran.« Sie nahm meine Hand. Kühle Wärme breitete sich in mir aus. Ein Schimmer regte sich in mir, den ich verloren geglaubt hatte.

»Wir sind mehr als unser Blut«, sagte sie. »Wir sind mehr als Instinkte. Als unsere Ängste. Als unsere Wut. Wir sind auch mehr als das, was wir vorzuweisen haben. Manchmal ist es leichter, sich dahinter zu verstecken. Es schützt. Aber Lupa, hier sind fünf, denen du am Herzen liegst. Ja«, sie rollte mit den Augen, als ich eine Augenbraue hob. »Mir liegst du auch am Herzen.«

»Weiß ich längst«, erwiderte ich.

»Gut, dann kann ich aufhören, darüber zu sprechen. Du hast richtig viel Scheiße durchgemacht in den letzten Tagen. Und dann noch das alles. Mir fehlen zu viele Informationen, was genau mit dir passiert ist, aber das spielt jetzt keine Rolle. Ich sehe dich. Ich sehe, was diese Woche mit dir gemacht hat.« Ihre goldenen Augen verengten sich und sich kämpfte sichtlich damit, weiterzusprechen.

»Ich kann mir nur dunkel vorstellen, was Scota alles mit dir gemacht hat, um dich so zu manipulieren, dass du ihr hilfst. Was sie dir dazu gesagt oder dir angedroht hat. Sieh dich an: Sie hat dir viel genommen. Aber es ist nicht weg, es ist nur versteckt.« Sie sah mir direkt in die Augen, ihre goldene Iris brannte. »Jetzt krieg deinen Arsch hoch und such danach, verdammt. Bei den dreien da hat es doch auch geklappt. Und jetzt willst du ausgerechnet den Mann warten lassen, der buchstäblich durch jede Hölle für dich gehen würde? Komm schon, reiß dich zusammen.«

Ich hatte genug gehört. Ich drückte Lynx' Hand und ging dann an ihr vorbei. Mit langen entschlossenen Schritten.

Zu Shark.

Keine Ahnung, was mit mir los war, aber das spielte auch keine Rolle mehr. Lynx hatte recht. Das zuzugeben war nicht leicht, aber heute war es in Ordnung.

Ich war mehr. Ich war so viel mehr.

Er sah mich an, ich erkannte seine Unsicherheit. Seine Angst davor, dass ich ihn erneut angriff. Und die Hoffnung, dass ich zu ihm zurückkam.

Er liebte mich. So sehr, dass ich es riechen und schmecken konnte. So sehr, dass ich es im ganzen Körper spürte.

Ich zögerte, doch dann schlang ich meine Arme um seinen Nacken und küsste ihn. Seine kühlen Lippen legten sich auf meine und ich spürte ihn. Er brauchte noch eine Sekunde, dann umarmte er mich.

In diesem Moment kehrte alles zurück. Die Erinnerungen. Die Gefühle, inklusive all ihrer Höhen und Tiefen. Der Schmerz. Die Leidenschaft. Die Zweifel. Die Gewissheit, dass er derjenige war, der zu mir gehörte.

Das alles war nie weg, es war nur in mir vergraben, unter all der Magie und Manipulation. Jetzt hatte ich es wieder. Und es brannte nun heller als je zuvor.

Shark presste mich an sich und schmiegte seinen ganzen Körper an meinen. Er bebte. So fest hatte er mich noch nie gehalten.

Ich versank in uns. In dem Gefühl, endlich wieder vollständig zu sein. Die Sirene war zurück. Sie füllte den leeren Teil meines Herzens auf und machte mich zu Lupa.

Dank Shark, aber vor allem dank Lynx.

Er löste sich von mir. »Du beißt mich heute ja gar nicht.«

Ich grinste. »Warte es ab.«

Seine Augen leuchteten. »Da bist du ja, mein Wölfchen.«

»Und ich bleibe«, antwortete ich.

LYNX

Ich drehte Lupa und Shark den Rücken zu. Und rollte mit den Augen. Rhona, Carnie und Nairne standen da, sie sahen erleichtert aus. Wie schön für sie.

»Können wir dann?«, fragte ich.

»Du versaust jeden Augenblick, oder?«, fragte Carnie.

»Ihr wärt enttäuscht, wenn ich es nicht täte«, erwiderte ich. Es war leichter, sich hinter meinem Zynismus zu verstecken, als zuzugeben, wie es mir ging.

»Es wäre mal eine nette Abwechslung«, erwiderte der Sukkubus. Ich ließ sie stehen und verschwand zwischen den Bäumen. Mir reichte es. Diese Gefühlsduselei war mehr, als ich ertragen konnte.

Und ich machte auch noch mit. Ich hatte auch geheult wie ein Schlosshund. Mehrmals. Und gerade spürte ich wieder, wie Tränen in meine Augen schossen.

»Verdammte Scheiße«, knurrte ich und lehnte mich gegen einen Baum. Ich schloss die Augen, atmete tief durch und dann, ganz behutsam, ließ ich die Gefühle zu.

Wenn ich es langsam machte, war es nicht so schlimm. Dachte ich.

Stattdessen trafen sie mich mit voller Wucht.

Verzweiflung und Angst überwältigten mich, sie kämpften mit meiner Hoffnungslosigkeit und meinem unbändigen Überlebenswillen, der mich nie im Stich ließ.

Sie stürzten auf mich ein und brannten mich aus.

Dann kam die Eifersucht. Einerseits die, die immer in mir war, wenn ich Shark und Lupa sah. Mit ihr hatte ich gelernt, zu leben, doch sie hatte sich eine Freundin zugelegt, die sich auf Niall konzentrierte.

Niall. Er hatte mir mehrmals geholfen und mich unterstützt, wenn ich an meine Grenzen kam. Wortlos und ohne, dass ich ihn darum bitten musste. Ich ließ es gern zu, es war einfach und unverbindlich. Bis das auch nicht mehr ging, weil ich wieder eifersüchtig wurde.

Also lockte ich ihn in den Wald, um ihn zu verführen und aus meinem Kopf bekommen. Das funktionierte nicht.

Stattdessen verletzte ich ihn und stieß ihn weg.

Ich war eine Idiotin.

Und jetzt kamen er und Tajna auf mich zu.

Zum Glück waren die anderen bei ihnen. Alle, inklusive Ahearn, Larna und Giordyn. Die beiden Jäger vom Wesenrat sahen sich wachsam um. Das sagte mir, dass sie weder Scota noch Eilis gefunden hatten.

Die anderen waren uns also doch in den Wald gefolgt. Ein Glück kamen sie erst jetzt, sonst wäre Lupa wahrscheinlich auf Nimmerwiedersehen im Wald verschwunden.

Damit war die Ruhe vorbei. Und mein Emo-Moment auch. Ich riss mich zusammen, soweit ich es hinbekam, aber eins brauchte ich noch.

Ich ging direkt zu Atra, ohne die anderen zu beachten und riss ich sie in meine Arme. Sie gab mir Halt, obwohl sie mir nur bis zur Schulter reichte.

»Hey«, sagte die Schwarzelfe vorsichtig. »Bist du in Ordnung? Habt ihr Lupa gefunden?«

»Ja. Sie ist da hinten. Es geht ihr gut«, sagte ich so laut, dass alle es hören konnten. Ich spürte Nialls Blick, doch ich ignorierte ihn. Ich konnte das gerade nicht. Nicht jetzt, wo ich noch so in Aufruhr war.

Trotzdem versetzte es mir einen Stich, dass Tajna so nah bei ihm stand und vertraut mit ihm redete. Die Sache zwischen ihnen war glasklar. Und damit vorbei für mich.

»Was ist passiert, nachdem wir den Tempelberg verlassen haben?«, fragte ich Atra, um mich abzulenken.

»Dort hinzukommen war das reine Chaos«, erwiderte sie. »Wir mussten erst einmal verstehen, was dort passiert ist. Um zum Berg zu gelangen, mussten wir einen weiten Bogen gehen. Im Wald wimmelte es nur so vor Fallen. Sowohl Eilis als auch Scota haben das Gebiet regelrecht vermint. Es war unglaublich schwer, hindurchzukommen. Wir haben drei Fallen ausgelöst und mussten anhalten, weil Ora verletzt war. Dann haben wir Lupa gesehen, doch sie ist einfach an uns vorbeigelaufen. Danach ging es auf dem Berg los und wir haben entschieden, nach euch zu suchen, um euch zu helfen«, berichtete sie. »Tajna und die Zwillinge kamen uns entgegen, genau wie Laird. Sie haben erzählt, was oben passiert ist. Ich bin immer sprachlos.« Sie lächelte hilflos und zuckte mit den Schultern. »Unglaublich, wie knapp es war. Geht es dir wirklich gut? Tajna hat berichtet, was du durchgemacht hast.«

»Ja, mir geht es gut. Und irgendwann kapiere ich wahrscheinlich auch, was alles passiert ist. Das schaffe ich momentan noch nicht.« Ich sah in die Runde. Alle sahen abgekämpft aus, nicht nur ich. Aber mit den Ereignissen auf dem Berg würde ich mich auseinandersetzen, wenn es mir besser ging. Oder niemals.

Laird ging zu Rhona. Es wurde Zeit, dass er sich bei ihr entschuldigte.

Ich biss mir auf die Lippe. Auch ich musste noch jemanden um Verzeihung bitten.

Tajna kam zu mir und natürlich folgte Niall ihr auf dem Fuß. Schon breitete sich wieder dieses Vakuum in meiner Brust aus.

»Wie geht es dir?«, fragte Tajna besorgt. »Du hast ganz schön was abbekommen.«

»Bestimmt geht es mir besser als dir«, brummte ich und sah auf ihr schneeweißes Haar. »Das war das Schrecklichste, was ich je gesehen habe.«

Tajna sah zu Boden. »Ich werde lange brauchen, um das zu verarbeiten«, flüsterte sie. Niall legte den Arm um ihre Schultern. Ich sah schnell weg. Das Vakuum dehnte sich aus.

»Scota hat ihren Körper genutzt, um die Macht des Siegels umzuleiten«, erklärte Ahearn, der ebenfalls herangekommen war. Der Zentaur zeigte mir das kleine Kästchen, das er in der Hand hielt. »Kommt dir das bekannt vor?«

Ich nickte. Dieses Mistding verfolgte mich. »Ja. Ich habe es aus der Erdwelt mitgenommen. Mittlerweile weiß ich, dass Scota mich dafür benutzt hat. Was ist das?«

»Es hätte Mistress' Macht kanalisiert und auf Scota übertragen, wenn ihr Plan aufgegangen wäre. Du und Smeja habt das verhindert. Ich wünschte, ich wäre früher dort gewesen, um einzugreifen«, murmelte er so leise, dass ich es fast nicht gehört hätte. Dann wurde seine Stimme wieder lauter und ich war froh, dass der Moment vorbei war. Ein heulender Zentaur würde das Fass zum Überlaufen bringen. »Das Drachenfeuer hat eine so starke Magie, dass der Zauber verfälscht wurde und fehlschlug«, erwiderte der Zentaur. Ich nickte. Das hatte ich gespürt.

Jetzt, wo es ausgesprochen war, rann ein eiskalter Schauder über meinen Körper. Ich konnte es nicht fassen, wie machtgierig jemand sein konnte.

Nein, Scota war nicht machtgierig, korrigierte ich mich. Ich hatte gesehen, was sie umtrieb: Wut. Enttäuschung. Trotz. Und um sich zu rächen, hatte sie diesen wahnsinnigen Plan geschmiedet. Damit ihr niemand mehr auf die Nerven ging.

Ich war wahrscheinlich nur wenige Schritte davon entfernt, genau wie sie zu werden. Wahrscheinlich hielten mich nur meine Gefühle für Lupa und Atra davon ab.

Das war eine erschreckende Erkenntnis, die mich schwindelig machte.

»Wo sind Scota und Eilis?«, fragte ich mühsam.

»Wir haben sie nicht gefunden, aber ich denke, Scota ist tot«, sagte Larna und nickte den Zwillingen zu. »Sie berichteten, wie sie und Eilis über die Kante fielen. Es gab eine Stichflamme, vermutlich Drachenfeuer. Das kann sie unmöglich überlebt haben. Wahrscheinlich sind beide verbrannt.«

»Ihr würdet euch wundern, was Leute alles überleben können. Vor allem solche«, knurrte ich.

Die Harpyie zuckte mit den Schultern. »Mag sein, aber das wäre ein Wunder. Bei Eilis ist die Lage komplizierter. Sie könnte durch den Sturz tot sein, aber es besteht eine

Chance, dass sie überlebt hat, weil sie noch widerstandsfähiger ist. Außerdem könnte sie Hilfe haben. Wir hörten, dass ihre menschliche Komplizin entkommen ist.«

»Wir wissen momentan nicht, wie alt diese Information ist. Es könnte sein, dass sie es hierhergeschafft hat«, sagte Giordyn. Der Fuchsdämon sah sich wachsam um.

»Dara.« Ich verschränkte die Hände vor der Brust. »Soll sie doch nach ihrer Geliebten suchen. Das macht keinen Unterschied mehr. Mistress ist für immer gebannt. Ich habe es gespürt. Smeja hat sie ...« Ich suchte nach den passenden Worten und blickte das Drachenblut an. »Ich habe keine Ahnung, was du mit ihr gemacht hast, aber es war schwer beeindruckend.«

Sie zog die Augenbraue hoch und ich rechnete damit, dass sie mich wieder anfuhr. Stattdessen lächelte sie schmal. »Danke. Ich weiß es auch nicht, aber ich habe das gleiche gespürt wie du. Ich habe einfach versucht, Tajna zu beschützen. Da kam das Feuer.« Sie betastete ihre Kehle. »Ich hoffe, das muss ich nie wieder tun.«

»Das war das Krasseste, was ich je gesehen habe«, kommentierte ihr Bruder. »Ich frage mich, was notwendig ist, um mein Feuer zu erwecken.«

Ich ging nicht davon aus, dass er welches hatte, aber ich hatte auch keine Lust auf Diskussionen. Gleichzeitig mit mir hatte er sich auch aus dem Fesselungszauber befreit und sich einfach versteckt. Auch wenn er nur ein Mensch war, hätte ich mehr von ihm erwartet, es ging immerhin um seine Schwester.

Trotzdem gab es wichtigere Dinge als Drakan.

»Also habt ihr weder die eine noch die andere gefunden«, fasste ich zusammen.

Die Harpyie schüttelte den Kopf. »Nein, aber wir werden weiter nach ihnen suchen.« Sie wechselte einen Blick mit ihrem Partner. »Wir sollten wenigstens eine verlässliche Information haben, wenn wir zurückkommen. Der Rat wird ohnehin nicht mit uns zufrieden sein.«

»Ich hasse diese Aufgabe«, murmelte Giordyn.

»Merkt man gar nicht«, erwiderte ich.

»Dann sucht euch doch eine andere«, sagte Drakan. »Oder gibts hier keine freie Berufswahl?«

»Es gibt immer Gründe, warum das Schicksal einen bestimmten Weg einschlägt«, sagte Larna schmallippig. »Und der hat selten etwas mit Freiwilligkeit zu tun.« Die Harpyie streckte sich und schüttelte ihre Flügel aus.

»Du hättest uns da oben gut helfen können«, sagte ich vorwurfsvoll, doch sie winkte ab.

»Seitdem mein Flügel gebrochen war, bin ich ein viel zu leichtes Ziel in der Luft. Ich tauge fliegend höchstens als Kanonenfutter.« Wieder tauschte sie einen Blick mit Giordyn. »Wir haben alle unsere Probleme. Gut, ich denke, wir können nicht mehr viel für euch tun. Ihr habt eure Freundin gefunden, die Göttin ist gebannt und die Gefahr durch Scota und Eilis ist beseitigt. Ich denke, wir sind hier fertig.«

»Wenn ihr berichtet, vergesst nicht zu erwähnen, wie gering euer Anteil an diesen Ergebnissen ist«, sagte ich unfreundlich.

Smeja schnaubte, doch ich hatte ihr Lächeln trotzdem gesehen. Anscheinend hatte sie meinen Humor. Langsam gewöhnte ich mich an das biestige Drachenmädchen.

»Ihr wollt doch sicher auch nach Hause, oder?«, fragte ich Tajna. »Vielleicht solltest du dich in einem Menschen-Krankenhaus noch mal durchchecken lassen.« Ich holte tief Luft und sah Niall an. »Wird dir dort gefallen.«

Seine Augenbraue rutschte hoch. »Das denke ich auch.«

Danke für die Bestätigung. Dadurch fühle ich mich noch beschissener.

»Fein. Vielleicht kann euch Meister Ahearn ja helfen, ein Portal zu öffnen. Blaine und Leonda sind ja vorsichtshalber nicht wieder aufgetaucht.« Jetzt konnte ich immerhin die Bitterkeit in meiner Stimme zulassen und hoffen, dass niemand die richtigen Schlüsse zog.

»Ich vermute, dass sie dachten, die Arbeit wäre erledigt«, sagte Atra. »Ich habe Blaine nach dem Treffen mit den Elfen kurz gesprochen. Er hat nichts gesagt, aber er war am Ende. Die Bannung hat fast seine ganze Kraft gekostet. Leonda hat mir das bestätigt. Sie hat ihn weggebracht, damit er regenerieren kann. Gegen Mistress wäre er uns keine große Hilfe gewesen, obwohl ein paar Tage seit der Bannung vergangen sind.«

»Diese Zeit ist an niemandem spurlos vorbeigegangen«, sagte ich rau. Jetzt, da ich es sagte, merkte ich, wie fertig ich war. Nervlich, körperlich und alles, was noch möglich war. Ich konnte nicht mehr.

Keine Ahnung, wie ich mich auf den Beinen hielt, aber es war eigentlich ein Wunder.

Ich wollte mich nur noch hinlegen und schlafen.

Lange und traumlos.

Danach wollte ich mich waschen und etwas essen. Etwas richtiges, nicht nur kargen Proviant für eine anstrengende Reise. Und dann wollte ich weiterschlafen.

Mein Blick glitt zu Niall und schnell wieder weg. Es hatte keinen Sinn, sich darüber den Kopf zu zerbrechen, dass er neben mir liegen könnte. Das würde nicht passieren. Er hatte sich für Tajna entschieden. Ein Wolfsblut. Und ein freundlicheres Wesen als ich es je sein könnte.

Je eher ich das akzeptierte, desto besser.

»Vielleicht solltet ihr uns alle begleiten«, sagte Drakan da. »Unsere Familie besitzt ein Spa in der Erdwelt, in der Nähe des Ordens. Dort sollten wir eine Woche verbringen, um wieder klarzukommen.« Er roch an seinem Shirt und schauderte. »Und sauber zu werden. Ich brauche dringend eine Dusche.«

»Wer nicht?«, meinte seine Schwester. Wir tauschten einen kurzen Blick und wieder lächelte sie schmal. Auch das noch, jetzt dachte sie, ich wäre ihre Freundin.

Das klang zu gut, um wahr zu sein, aber ich würde ablehnen. Mit den anderen in einer Sauna abhängen und zusehen, wie Tajna und Niall sich schöne Augen machten?

Nein danke. Das kotzte mich noch mehr an als bei Shark und Lupa.

»Das klingt nach dem nächsten Horrortrip«, meinte ich deswegen laut. Wenigstens hielten die Zwillinge jetzt die Klappe.

Lupa kam zu uns, langsam, den Arm um Sharks Taille geschlungen. Rhona und Laird folgten ihnen, genau wie Carnie und Nairne. Wir sahen alle furchtbar aus.

»Es wird Zeit, dass wir aus diesem gottverdammten Wald herauskommen«, sagte ich. »Schnell, sonst drehe ich noch durch.«

»Ausnahmsweise hat Katzi recht«, sagte Carnie müde und lehnte sich an Nairne. »Meister Ahearn, können wir bitte hier weg?«

Der Zentaur nickte. Ich fand es unsinnig, ihn um Erlaubnis zu bitten. Er hatte genauso wenig für uns getan, wie die beiden Jäger vom Wesenrat. Abgesehen von ein paar Informationen, die wir uns auch selbst hätten zusammenreimen können, war seine Hilfe schwindend gering. Niemand brauchte Ahearn, um eine Entscheidung zu fällen. Und ich wollte auch nicht darauf warten, also marschierte ich los, wieder durch diesen ätzenden dunklen Wald, in dem es gefühlt keine Luft mehr gab, nach der ganzen Scheiße, die hier passiert war.

Die anderen folgten mir, wie ich zufrieden feststellte. Und falls Ahearn das störte, sagte er nichts. Vielleicht merkte er selbst, dass er hier nichts mehr zu melden hatte.

Ich zuckte zusammen, als Niall zu mir aufschloss. »Können wir miteinander reden?«, fragte er.

»Klar. Aber später. Ich bin jetzt zu müde, um zu denken. Zuhören liegt gerade außerhalb meiner Möglichkeiten«, antwortete ich und begann vorsichtshalber, mir eine Ausrede einfallen zu lassen, um ihn mir vom Hals zu halten.

»Es ist mir wichtig, ich möchte dir etwas erklären. Wenn du mich lässt«, sagte er.

»Habe ich verstanden. Später, okay?«, wiederholte ich und kotzte innerlich, weil ich keine Lust hatte, mir seine Rechtfertigung anzuhören, warum er Tajna mir vorzog. Es war mir egal. So egal. So scheißegal.

Weil er mir trotzdem nicht von der Seite wich, ließ ich mich zurückfallen, bis Atra zu mir aufschloss.

»Was hast du?«, fragte meine Freundin.

»Nichts«, wich ich aus.

Sie sah mich streng aus ihren silbrigen Augen an. »Lüg mich nicht an, Lynx. Nicht nach der Scheiße, die wir zusammen durchgemacht haben.«

»Will ich nicht, aber weißt du was? Über manche Dinge ist es einfach sinnlos, sich den Kopf zu zerbrechen. Gib mir noch ein paar Minuten, dann ist es gut«, erwiderte ich.

»Ich denke, du solltest darüber reden. Wenn nicht mit mir, dann mit ihm«, sagte sie.

»Ich denke darüber nach«, versprach ich, auch wenn ich nicht vorhatte, dieses Versprechen zu halten. Mir musste nur noch ein guter Fluchtplan einfallen.

KAPITEL 13

Es war nicht mehr so weit bis zu dem Lager, das wir am Waldrand aufgeschlagen hatten.

Ich kroch in mein Zelt, rollte mich zusammen und schlief ein. Mehr war momentan einfach nicht möglich.

Ich träumte davon, nicht mehr auf der Reise zu sein. Stattdessen hatte ich ein Zuhause und diejenigen um mich herum, die ich mochte und die mir nicht andauernd auf die Nerven gingen.

Ich fand Frieden.

Zufriedenheit.

Darüber konnte ich meine Wut überwinden. Endlich.

Ich genoss es in diesem Traum, nicht allein zu sein. Jemanden zu haben, dessen Nähe mir etwas bedeutete.

Ich ließ mich sogar zu Versprechen hinreißen, die ich einhalten wollte. Dabei fühlte ich mich gut. Als wäre ich, zum ersten Mal in meinem Leben, dort angekommen, wo ich hingehörte.

Dann wachte ich auf. Ich war immer noch hungrig, schmutzig und zerschlagen. Ich musste wieder damit kämpfen, mich von den Ereignissen nicht zerdrücken zu lassen. Energisch verdrängte ich die Erinnerungen an die letzten Tage. Und ich sah ein, dass der Traum nichts mit der Realität zu tun hatte.

Ich hatte niemanden, zu dem ich nach Hause kommen konnte. Ich gab keine Versprechen, die ich einhalten wollte. Und verdammte Scheiße, ich war nicht zufrieden.

Mit einem schweren Herzen machte ich mich auf die Suche nach einem Waschplatz, um zumindest einen Teil des äußerlichen Drecks loszuwerden.

Vielleicht nahm ich doch das Angebot mit dem Spa an - schlimmer als jetzt konnte ich mich eigentlich nicht mehr fühlen.

Es ging doch noch schlimmer, stellte ich kurz darauf fest. Am Lagerplatz standen Lupas Schwestern.

Mir stieg die Galle hoch.

›Ich dachte, wir sind die Fischfressen los! Sie haben sich erfolgreich vor den Gefahren gedrückt und uns andere die Drecksarbeit machen lassen. Und jetzt haben sie mitbekommen, dass Lupa zurück ist. Ich weiß genau, warum sie hier sind: Sie wollen uns daran erinnern, dass Lupa ihnen versprochen hat, den Bann zu lösen, der sie an Erskina fesselt. Ich würde ihnen am liebsten einen aufdrücken, der sie in die tiefsten Meeresgräben verbannt, die Myrica hat!‹

Ich blieb stehen und überlegte, hinzugehen und ihnen das ins Gesicht zu schleudern. Zusammen mit noch ein paar anderen Nettigkeiten, natürlich. Da fielen mir noch einige ein.

Dann sah ich Laird, Niall und Rhona kommen und entschied mich dagegen. Das stand ich nicht durch. Nicht so früh am Morgen.

Nialls und mein Blick trafen sich. Er öffnete den Mund und hob die Hand, doch ich drehte mich weg und marschierte zu dem Bach, an dem ich mich waschen konnte.

Dabei versuchte ich, den Zorn nicht wieder die Oberhand gewinnen zu lassen.

›Ich dachte, ich hätte aus dieser Sache etwas gelernt, aber anscheinend bin ich zu dumm dafür‹, dachte ich grimmig. ›Ich sollte schnell weg hier - ich brauche Abstand von diesen Idioten.‹

›Und dann?‹, fragte ich mich gleich darauf. ›Wohin soll ich dann gehen? Ich habe kein Zuhause und gehöre nirgendwo hin. Ach ja, fast vergessen: Und haben will mich auch niemand bei sich. Ziemlich beschissene Ausgangssituation.‹

Ich erreichte den Bachlauf und schälte mich aus meinen verdreckten Sachen. Dann warf ich mir einen Schwall Wasser ins Gesicht, um die ungebetenen Tränen abzuwaschen, die plötzlich über meine Wangen liefen. Das war ich jetzt also: eine verbitterte Heulsuse. Ich hasste Selbstmitleid und gerade zerfloss ich leider darin.

Das regte mich noch mehr auf.

Ich wusch mich und auch meine Sachen so gut es ging und kramte dann in meinem Rucksack nach meinem Handtuch und meiner Ersatzkleidung.

Ich trocknete mich gerade ab, als ich ein Knacken im Unterholz hörte. Ich fuhr herum und sah ausgerechnet Niall auf mich zukommen.

Schnaubend warf ich mein Handtuch hinter mich. »Du brauchst dich nicht zu verstecken. Ich zeige es dir freiwillig, weiß aber nicht, wie deine Freundin das findet.«

Er hatte den Anstand, einen roten Kopf zu bekommen, als hätte ich ihn ertappt. Ich wusste nicht, wie ich das finden sollte. Albern, wahrscheinlich.

Warum klopfte mein Herz dann schneller?

Ich griff nach meinen Sachen und zog mich an. Niall kam näher. »Entschuldige, ich wollte dich nicht beim Baden überraschen«, sagte er.

»Hast du nicht, ich war schon fertig. Wenn ich dir die Waldnymphe hätte vorspielen sollen, hättest du nicht so viel Zeit mit Lupas Schwestern vergeuden sollen.«

»Bei dir weiß ich immer gar nicht, was ich antworten soll«, murmelte er. »Es gäbe immer viele Antworten auf die ganzen Frechheiten, die du so ausspuckst.«

»Wer von uns kommt denn her, um mich nackt zu sehen?« Ich schnaubte. »Von wegen frech.«

Er holte tief Luft und schien drauf und dran, zu gehen. Dann schüttelte er den Kopf.

»Lynx, jetzt hör doch mal auf!«, fuhr er mich an. »Kannst du nicht einmal deinen Zynismus beiseitelassen? Immer versteckst du dich dahinter und machst eine vernünftige Unterhaltung fast unmöglich.«

»Vernünftig, soso. Dann rede mal vernünftig mit mir, Druide«, schleuderte ich ihm entgegen. »Oder spar es dir für deine Wolfsfreundin auf.«

»Du regst mich so auf«, sagte er gepresst. »Nur weil ich Tajna geholfen habe, bist du wütend? Nach dem, wie du mich behandelt hast? Du hast echt Nerven!«

»Es interessiert mich nicht, was zwischen dir und Tajna ist«, erwiderte ich katzenfreundlich. »Aber viel Glück euch beiden. Ich glaube, ihr passt gut zusammen.«

Niall rollte mit den Augen. »Wenn das Gespräch weiter in diese Richtung geht, fange ich ernsthaft an, darüber nachzudenken.«

»Reichlich spät, findest du nicht?«

Niall setzte sich auf einen Stein und raufte sich die Haare. »Ich will nicht streiten, verdammt«, sagte er. »Ich wollte nur in Ruhe mit dir reden. Dass du nackt warst, ist nur ein Bonus.« Er sah mir in die Augen. »Ich versuche, ruhig zu bleiben, obwohl du mich wirklich ärgerst. Aber ich will nicht schon wieder, dass ein Wort das andere gibt und wir wütend auseinandergehen. Im Gegenteil. Im besten Fall bist du am Ende dieses Gesprächs wieder nackt.«

Ich zog die Augenbrauen hoch. Mein Herz begann heftiger zu klopfen. Bevor ich wieder etwas Dummes sagen konnte, biss ich mir auf die Lippe. Ausnahmsweise sollte ich meine Klappe halten und ihn aussprechen lassen. Es könnte sich dieses Mal lohnen.

Oder ich rannte direkt weg und ersparte mir den Schmerz, wenn es nicht das war, was er andeutete. Mein Instinkt war beschissen. Ich konnte nur falsch liegen.

Ich blieb. Und wusste, dass ich es bereuen würde.

Aber vielleicht, ganz vielleicht, auch nicht.

Niall stand wieder auf und kam zu mir. Er sah mir prüfend in die Augen und ich spürte, dass es ihn viel Kraft kostete, dieses Gespräch zu führen. Und dass er es trotzdem unbedingt wollte. »Weißt du eigentlich, dass ich kaum die Augen von dir lassen kann?«, sagte er leise. »Schon kurz nachdem ihr im Druidendorf angekommen seid, ging das los.«

»Du hast erstmal Lupa angeschmachtet«, korrigierte ich ihn und biss mir auf die Zunge.

»Meine Instinkte haben auf sie reagiert«, erwiderte er sachlich. »Der Wolf hat die Wölfin erkannt und war interessiert, das stimmt. Doch ich als Niall«, er legte die Hand auf seine Brust. »Ich habe von Anfang an nur die wunderschöne blonde Kratzbürste gesehen, die sich alle Mühe gibt, niemandem zu zeigen, was für ein mitfühlendes und mutiges Herz sie unter ihrem ganzen Sarkasmus versteckt. Du versteckst es nur nicht gut. Jeder bemerkt, wie du dich reinhängst. Für alle. Klar musst du dabei immer mit deiner Katzenhaftigkeit kokettieren und alle aufs Blut reizen, aber wenn es etwas zu tun gibt, bist du da. Bedingungslos. Furchtlos. Dieser Sprung auf der Klippe, um Lupa vor dem

Fallen zu retten, war mehr als Beweis. Du liebst, Lynx. Von ganzem Herzen.« Er strich mir über die Wange. »Gib es doch einfach vor dir selbst zu.«

»Ist gar nicht so einfach, wenn man damit bisher jedes Mal auf die Schnauze gefallen ist«, sagte ich. Meine Stimme war belegt und meine Kehle fühlte sich eng an.

Niall trat an mich heran, sein Blick war ernst. »Ich verstehe dich. Zumindest zum Teil«, sagte er. »Aber so kommst du nicht ewig weiter. Irgendwann musst du ehrlich mit dir selbst sein, oder es wird dich zerstören.«

»Bitte spar mir die Moralpredigt«, sagte ich und machte einen Schritt zurück. »Das haben schon viele versucht. Erfolglos.«

»Ist wohl ein Katzending«, sagte er.

Meine Augenbraue rutschte hoch. »Kann sein«, erwiderte ich. »War es das dann?«

»Hast du eigentlich mitbekommen, dass ich dir gesagt habe, dass ich in dich verliebt bin?«, fragte er gereizt.

Ich sah ihm in die Augen und spürte, wie mein Herz einen Satz machte. »Nein. Davon hast du nichts gesagt. Nur etwas von Kratzbürste und dass ich mich selbst zerstören werde. Schön zu hören, dass du mich immerhin hübsch findest.«

Er schnaubte. »Mitfühlend und mutig habe ich noch gesagt.« Er verzog den Mund, ich stellte seine Geduld auf eine harte Probe.

»Stimmt. Verzeih mir.« Meine Lippen kräuselten sich spöttisch, obwohl ich es nicht wollte. Da war er wieder, der Sarkasmus. Er war so sehr Teil meiner Persönlichkeit geworden, dass ich ihn kaum noch kontrollieren konnte.

Das merkte auch Niall und ich sah ihm an, dass er die Lust an dem Gespräch verlor. Ich musste eingreifen. Ich wollte nicht, dass es zu Ende war.

Ich war eindeutig Masochistin, denn am Ende würde ich es eh versauen.

»Du sagst, du bist in mich verliebt?«, wiederholte ich seine Behauptung. Er nickte. »Das verstehe ich nicht«, sagte ich. »Du warst in den letzten Tagen nur mit Tajna zusammen. Ihr geht vertraut miteinander um. Deswegen bin ich davon ausgegangen, dass du dich für sie interessierst.«

»Das tue ich. Aber wie für eine Schwester. Gleiches gilt schon seit Längerem für Lupa«, informierte er mich. »Beide tragen auch Wolfsblut in sich. Das verbindet. Sie sind Teil meines Rudels. Ich akzeptiere das und es gefällt mir. Mein Herz hat sich allerdings eine Gefährtin gewünscht. Und es hat dich ausgewählt. *Ich* habe dich ausgewählt«, fügte er deutlich hinzu.

Ich sah ihn schweigend an und wusste nicht, wie ich damit umgehen sollte.

Ich fühlte mich auch zu ihm hingezogen.

Ich wollte gern in seiner Nähe sein.

Ich mochte es, von ihm berührt zu werden.

Er war derjenige, von dem ich geträumt hatte.

Doch ich hatte Angst.

Angst davor, dass es wieder in Tränen endete.

Dass er sich einige Zeit mit mir abgab und dann einsah, dass ich nicht so war und auch nicht wurde, wie er es sich vorgestellt hatte. Dass ein hübsches Gesicht und ein ansehnlicher Körper nicht reichten, um meinen schwierigen Charakter zu kompensieren.

Dass er genug von mir hatte, wenn ich mich endlich auf ihn einlassen konnte.

Dass er mir dann wehtat, indem er mich verließ.

Dass ich wieder einsehen musste, dass ich mich nur auf mich selbst verlassen konnte.

Das ertrug ich kein weiteres Mal.

Mein Herz war die Stelle meines Körpers, die ich am wenigstens mochte, weil es mich schon öfters im Stich gelassen hatte. Ich konnte nicht darauf zählen, dass es das tat, was ich wollte. In den schlechtesten Momenten entschied es anders als ich es brauchte.

Das hatte schon mehrmals bedeutet, dass ich verletzt wurde.

Ich sah in Nialls blaue Augen und fragte mich, wie lange es dauern würde, bis er mich auch verletzte. So wie alle anderen vor ihm.

Er trat an mich heran und nahm meine Hand. »Warum nur zweifelst du so stark?«, fragte er sanft.

»Weil ich noch nie bestätigt, dafür aber schon oft enttäuscht wurde«, erwiderte ich.

»Weißt du, was das Gute an Wölfen ist?«, fragte er.

Ich schüttelte den Kopf.

»Wölfe sind Rudeltiere«, sagte er und trat nah an mich heran. So nah, dass sich unsere Nasenspitzen beinahe berührten. Ich bekam Gänsehaut. »Wir sind treue Seelen. Beinahe dämlich in unserer Loyalität. Wenn wir einen Partner auswählen, dann meistens für immer. Das schließt sogar misstrauische störrische Katzen mit ein.«

»Stell dir vor«, sagte ich leise. So leise, dass ich es selbst kaum hörte.

Niall lächelte mit den Augen. »Wie ist es bei Luchsen?«

»Schwer«, erwiderte ich. »Sie sind furchtbar misstrauisch und störrisch.«

»Hab ich mir fast gedacht«, erwiderte er. »Lass mich etwas versuchen, einverstanden?«

Ich nickte noch, da küsste er mich schon.

Er tat es sanft, beinahe vorsichtig. Das war so seltsam, dass ich kaum damit zurechtkam. Ich hatte nicht damit gerechnet, dass es mir gefiel und ich mich fühlte, als hätte ich ewig darauf gewartet, dass das passierte.

Als er sich von mir löste, pochten meine Lippen und ich spürte meinen Herzschlag gegen meine Rippen. Meine Wangen glühten. Es fühlte sich wieder so an wie in meinem Traum von letzter Nacht.

Niall sah mir in die Augen. Er verstand mich, ohne dass ich etwas sagen musste.

Zum Glück, denn mir fehlten die Worte. Es war mein Herz, das entschied, noch einen Versuch zu wagen. Und es hoffte so sehr, dass es dieses Mal gut ging.

»Es wird alles gut«, sagte er und küsste mich erneut.

LUPA

Ich wachte erst mittags auf. In Sharks Armen. Seine Wärme hüllte mich ein und ich genoss seinen Duft. Sein Atem war ruhig, und für einen Moment schien die Welt stillzustehen. Es war das erste Mal seit Tagen, dass ich wirklich Frieden spürte. Dankbarkeit erfüllte mich, weil ich zu mir zurückgefunden hatte. Zu ihm. Und auch zu den anderen, denen mein Herz gehörte.

Ich konnte kaum glauben, dass diese Sache jetzt durchgestanden war. Dass wir sie alle überlebt hatten. Die Verletzungen waren dank Heilungszaubern verschwunden, jetzt ging es darum, die seelischen Wunden zu heilen.

Damit hatten Shark und ich in der letzten Nacht angefangen. Erst mit reden, dann hatten wir uns körperlich überzeugt, dass zwischen uns alles in Ordnung war. Mir fiel deswegen ein Stein vom Herzen.

Er verzieh mir meinen Angriff und wie ich ihn behandelt hatte. Jetzt musste ich versuchen, dasselbe zu tun. Das wurde nicht leicht, denn mein schlechtes Gewissen war immens.

Er öffnete die Augen und sah mich an. »Hey mein Wölfchen, du bist ja schon wach.«

»Ich glaube, es ist Zeit«, flüsterte ich. »Du bist nicht der einzige, um den ich mich kümmern muss. Ich habe noch andere verletzt, bei denen ich mich entschuldigen muss.«

»Ich hoffe, dass du das bei ihnen anders als bei mir tust«, sagte er und presste seinen nackten Körper an meinen.

»Versprochen«, murmelte ich an seinen Lippen und küsste ihn. Dann ließ er mich seufzend los.

»Ich denke über Tajnas Angebot nach, sie in die Erdwelt zu begleiten. Das wäre gut für uns. Hier hält uns nichts. Du hast deine Familie gerettet, aber deine Schwestern haben sich an der Suche nicht beteiligt. Scana wollte, Niana nicht. Sie hat stattdessen versucht, mich zu verführen.« Er schnaubte. »Du schuldest ihnen nichts.«

»Ich habe ihnen ein Versprechen gegeben«, erinnerte ich ihn. »Und egal, wie sie sind, ich halte meine Versprechen. Vielleicht nicht einmal ihretwegen. Aber meinetwegen.«

»Das weiß ich und das ist einer der vielen Gründe, warum ich dich liebe«, seufzte er und fuhr mit dem Finger die Linien einer Sirenentätowierung auf meiner Leiste nach. Ich bekam Gänsehaut und fing seine Hand ein.

»Jetzt nicht«, sagte ich leise.

»Du willst mich nicht?« Seine blauschwarze Augenbraue hob sich. Ich schüttelte lächelnd den Kopf.

»Ich will dich immer. Aber ich weiß, dass sie auf uns warten. Wir haben noch einiges zu regeln.«

Er seufzte und setzte sich auf. Wir zogen uns an und krochen aus unserem Zelt. Obwohl der Boden hart und die Isomatte dünn war, hatte ich geschlafen wie in einem Luxushotel auf der Erde. Das lag an meiner Erschöpfung und an der Gewissheit, dass ich in Sicherheit war.

Heute fühlte ich mich besser. Ich hatte vor, das beizubehalten.

Wir traten auf die Lichtung mit unserem Waschzeug, als uns Carnie entgegenkam. Sie sah die Taschen und schüttelte grinsend den Kopf. »Das könnt ihr vergessen. Lynx und Niall besetzen den Teich. Ihr könnt natürlich hin, aber ich war gerade in der Nähe und ... was soll ich sagen? Lynx ist sehr gelenkig. Sie gäbe auch einen guten Sukkubus ab.« Sie lachte vergnügt. So konnte auch nur Carnie reagieren, wenn sie jemanden beim Sex erwischte.

Ich sah sie groß an. »Lynx und Niall? Das ist ja ...« Ich überlegte kurz. »Unerwartet, aber ich freue mich für die beiden. Ich glaube, er könnte der richtige für sie sein. Wenn sie es zulässt.«

»Oh Lupa«, Carnies Grinsen wurde noch breiter. »Gerade lässt sie alles zu, was du dir vorstellen kannst.«

»Danke, reicht«, sagte Shark neben mir.

»Tu doch nicht so, als hättest du das nicht auch mit ihr gemacht«, sagte Carnie mit hochgezogenen Augenbrauen. »Seit wann bist du wieder ein Heuchler, Fischjunge?«

»Carnie«, sagte ich mahnend, doch sie warf uns lachend eine Kusshand zu.

»Macht euch woanders frisch und kommt dann zum Essplatz. Wir sollten uns noch einmal zusammensetzen und überlegen, was wir jetzt machen wollen.«

»Damit hat sie ausnahmsweise recht«, knurrte Shark und zog mich mit sich.

Als wir etwas später wieder zum Lager zurückkamen, sah ich verwundert, dass Niana und Scana auch hier waren. Sie standen bei Laird und Rhona und redeten leise miteinander. Meine Schwestern wirkten verändert. Ihre Gesichter waren weicher.

Als sie uns sahen, lächelten sie mir zu.

Ich blieb stehen und musste das kurz verarbeiten, weil es so unerwartet kam.

Scana lief auf mich zu und bremste vor mir ab. Ihre Wangen färbten sich blassrosa. »Lupa, ich bin froh, dass du zurück bist und es dir gut geht«, sagte sie betreten. »Ich habe mir solche Sorgen um dich gemacht. Unsere Sperre hat uns zurück nach Erskina gezogen, aber jetzt haben Laird und Rhona sie aufgehoben.« Sie lächelte wieder unbeholfen. »Ich hätte gern mehr getan, weißt du. Und trotzdem bin ich ... ich möchte ... ich weiß nicht ... ich ...«

Impulsiv zog ich sie in meine Arme. Scana erstarrte, ihre Augen weiteten sich.

Sirenen kannten keine Zärtlichkeiten. Mütter nahmen ihre Töchter selten in den Arm und wenn dann nur, wenn sie jung oder verletzt waren. Zu selten, um Empathie zu entwickeln. Körperkontakt war für Sirenen eher Mittel zum Zweck als Trost.

Ich bedauerte sie dafür. Das hatte niemand verdient. Niemand sollte so leben müssen.

Scana legte ihre Arme ungelenk um meine Taille und erwiderte meine Umarmung. Es wirkte, als würde sie das zum ersten Mal in ihrem Leben tun. Ich hoffte für sie, dass es nicht das letzte Mal blieb.

»Ich freue mich, dass ihr jetzt frei seid«, sagte ich in ihr Ohr. »Ich hoffe, dass sich für euch jetzt alles zum Besseren wendet.«

»Das wird es«, sagte Niana, die zu uns getreten war. Ich ließ Scana los und sah sie unschlüssig an. Sie machte keine Anstalten, mich auch zu umarmen, also ließ ich es. Wir verstanden uns zwar besser als vorher, aber einen solchen Sprung wie Scana und ich hatten wir nicht gemacht. Dafür stand noch zu viel zwischen uns.

Das war ein Thema für einen anderen Tag. Ein anderes Jahr.

»Lupa«, sagte Rhona und kam zu mir. Sie nahm mich ohne Umschweife in den Arm und wie immer fühlte es sich bei ihr absolut natürlich an. Ich drückte mich an sie und schloss kurz die Augen. Bei meiner besten Freundin fühlte ich mich ebenso geborgen und sicher wie bei Shark.

»Danke, dass du das für sie getan hast«, sagte ich leise.

»Natürlich. Wir haben es doch versprochen«, erwiderte sie, dann löste sie sich von mir. »Ahearn wird sich in Kürze auf den Weg zum Orden machen. Gleiches gilt für Larna und Giordyn. Sie werden beim Wesenrat erwartet. Einen Vorabbericht haben sie schon geschickt, aber wahrscheinlich werden sie auch zurückkommen müssen, um sich zu vergewissern, was mit Eilis und Scota passiert ist.« Sie fröstelte. »Ich habe die Theorie, dass beide tot sind. Ich habe mit jedem gesprochen, der beim Endkampf auf dem Berg war. Scota kann diesen Sturz nicht überlebt haben. Nicht bei den Verletzungen durch das Drachenfeuer. Und Eilis war vorher schon verletzt. Wenn überhaupt hat sie vermutlich den letzten Rest ihrer Kräfte gebraucht, um von dort zu entkommen.« Sie zuckte mutlos mit den Schultern. »Ich glaube, das ist nichts, was wir lösen können.« Sie nahm meine Hand und zog mich mit sich, dann hob sie den Arm und winkte.

Carnie und Nairne kamen heran.

»Weißt du, wir haben geredet«, sagte Rhona, als die beiden uns erreicht hatten. »Darüber, wie es weitergehen soll. Ich bin glücklich mit Laird im Druidendorf, doch noch glücklicher wäre ich, wenn ich mit euch zusammen sein könnte. Ich habe auch mit Laird gesprochen. Die Druiden sind zwar aufgeschlossen, aber wir alle wären zu viel für die Gemeinschaft. Außerdem weiß Laird, dass Niall es leid ist, sich zu verstellen. Also werden wir das Druidendorf verlassen.«

»Aber dann hat Laird doch keine Chance mehr, dem Zirkel vorzustehen, oder?«, fragte ich.

Rhonas Lächeln verrutschte ein wenig. »Das weiß er, aber er findet, dass es ihm guttut, noch eine Weile damit zu warten. Er hat eingesehen, dass er noch mehr Reife braucht, um dieses Amt zu übernehmen oder mit den Vorbereitungen dafür anzufangen. Außerdem ist sein Vater noch weit davon entfernt, nicht mehr zur Wahl anzutreten. Und es kann immer nur ein Druide pro Familie zur Wahl gestellt werden.«

»Es geht um Niall, oder?«, fragte Nairne ruhig. »Ich habe mitbekommen, dass es seinetwegen Spannungen zwischen euch gab.«

Rhona atmete tief durch, dann seufzte sie. »Ja. Wisst ihr, Laird hat eine hohe Erwartung an sich selbst. Sie ist so hoch, dass er ihr kaum gerecht werden kann. Jetzt hat er festgestellt, dass er wegen der ganzen Sache eifersüchtig auf Niall war - seinen Bruder, der sich auch noch sein Leben lang wegen seines Wolfsbluts verstellen musste. Das nagt an ihm. Für die meisten anderen wirkt er immer so perfekt und diszipliniert. Ich weiß, wie schwer ihm das manchmal fällt, und ich versuche, ihm zu sagen, dass das unnötig ist. Momentan ist das aber nicht so leicht. Ich denke, noch eine Weile fortzugehen, ist gut für uns beide.« Sie sah mich an. »Zusammen, wenn du das auch willst.«

»Wir sind auf jeden Fall dabei«, sagte Carnie und lehnte sich an Nairne. »Und wir hoffen natürlich, dass du und auch Shark mitkommt.« Sie pfiff durch die Zähne und kicherte. »Oh schaut nur, wer es endlich aus dem Wald geschafft hat!«

Ich drehte mich um und sah Niall und Lynx herankommen.

Dann sah ich, dass sie Nialls Hand hielt.

Bis eben hatte ich noch geglaubt, dass Carnie Witze machte oder wenigstens übertrieb. Jetzt glaubte ich es. Und noch mehr, denn sie sah anders aus als sonst. Die strenge Verbissenheit fehlte in ihrem Gesicht. Das wütende Funkeln war endlich verschwunden und hatte Hoffnung Platz gemacht. Hoffnung, dass es doch mehr für sie gab, als sie bisher angenommen hatte.

Es war ihr sicher nicht bewusst, aber in dieser Hinsicht ähnelte sie den Sirenen sehr. Umso mehr freute ich mich für sie, dass sie jetzt für sich einen Weg sah.

»Neidisch, Carnie?«, fragte sie fröhlich und ließ meine Freundin stehen, statt sie direkt anzugiften, wie sie es sonst immer tat. Carnie sah sie sprachlos an.

»An diese neue Lynx könnte ich mich gewöhnen«, meine Nairne.

Mein Blick huschte zu Niall. Er sah noch aus wie vorher - wenn man von dem seligen Lächeln auf seinen Lippen absah. Dass er in sie verliebt war, hätte ich vorher schon sehen können. Jetzt war es offensichtlich.

»Ich freue mich für sie«, sagte Rhona leise.

»Gut für dich. Du hast sie jetzt ja auch ständig am Hals, wenn sie deine Schwägerin wird«, stichelte Carnie. Sie konnte es einfach nicht lassen.

Lynx hatte das auch gehört, das sah ich ihr sofort an. Sie zeigte die Spitzen ihrer Reißzähne, sagte aber nichts.

Unsere Blicke trafen sich und sie lächelte mich an.

Frei und echt.

Die alte Lynx, die mir so oft das Leben schwer gemacht hatte, war noch da, aber jetzt war sie fröhlich. Zuversichtlich. Endlich.

Mir fiel beinahe die Kinnlade herunter. Ich freute mich für sie. So sehr. Wenn es jemand verdiente endlich glücklich zu werden, dann Lynx.

»Verrückt«, sagte Shark und kam ebenfalls heran. »Na Mädels, worüber redet ihr? Schmiedet ihr Pläne für die Zukunft? Ich hoffe, ich komme auch darin vor.«

»Darauf kannst du wetten«, erwiderte ich lächelnd.

Erst jetzt wurde mir bewusst, dass ich immer noch im Lager stand, meine Schwestern in Hörweite waren und mittlerweile alle aus unserer Truppe zusammengekommen waren. Inklusive der Drachenzwillinge, die offenbar wirklich Drachenblut in sich trugen. Dazu kamen die Harpyie Larna und der Fuchsdämon Giordyn, die ich bisher nur von meinem Kampf gegen sie kannte. Ora und Payton, die immer noch bei uns waren und mich gestern kaum loslassen wollten, als sie feststellten, dass es mir gut ging. Dazu Tajna, Atra und Ahearn. Und natürlich Shark und Laird.

Es war gut.

Meine Hand fuhr an die Veilchentätowierung auf meinem Arm, die mich immer an Viola erinnern würde.

Auch wenn sie immer fehlen würde: Es war gut.

Wir hatten es geschafft.

Die Idee, mit meinen Freundinnen einen Ort für uns zu finden, fühlte sich richtig an.

Ich war bereit, Myrica hinter mir zu lassen – für immer oder nur für eine Weile. Wohin der Weg auch führen würde, es war gut.

Ich legte Shark den Arm um die Taille und nickte Rhona, Carnie und Nairne zu. Ich war dabei. Mein Herz fühlte sich bei diesem Entschluss leicht an und als mein Blick zu Lynx wanderte, wünschte ich mir zum ersten Mal seit langer Zeit, dass sie mitkam und in meiner Nähe war.

Auch sie war ein Teil meines Herzens und sie gehörte dazu – nicht nur zu unserem Rudel, sondern auch zu mir.

Sie an meiner Seite zu haben, war alles, was ich mir wünschen konnte.

Das Ende

GLOSSAR

Nachfolgend werden die wichtigsten erwähnten magischen Wesen sowie Orte erklärt:

Berserker: Blutfluch, der den Betroffenen unkontrolliert und jähzornig macht. Sehr großes Gefahrenpotenzial für das Umfeld. Keine Heilung möglich.

Blutlinien: Zugehörigkeit zu einer Familie oder Art. Vereint eine Person mehrere Blutlinien in sich, spricht man von einem Mischwesen. Diese haben es meist schwerer als Personen mit einer Blutlinie.

Drachenblut: Der Legende nach vererbten manche Drachen Teile ihrer Magie und ihrer Eigenschaften an geringere Wesen oder Menschen. Diese sind aber sehr selten. Das Drachenblut lebt über Generationen unerkannt in den Nachfahren der Drachen weiter.

Druide: Magisch begabte Menschen, die einem Druidenzirkel angehören. Eng mit der Natur verbunden, sehr traditionsreich.

Dunkelelfe:	Dunkle Verwandte der Waldelfen, dunkle Haut und Haar, helle Augen, musikalisch sehr begabt, wirken Nachtmagie.
Erde:	Die zweite Dimension. Lässt sich durch Dimensionssprung leicht erreichen. Die beiden Dimensionen pflegen gute Kontakte zueinander. Für viele Magiebegabte ist es ein Teil ihrer Ausbildung, eine Zeitlang in der Erddimension zu leben und dort zu lernen, obwohl es dort weniger Magie als in Myrica gibt.
Erskina:	Heimatdorf von Lupa und Lynx, Sirenenkolonie.
Fuchsblut:	Tierchimäre mit Charakterzügen des Fuchses: scheu, klug, gerissen, auf den eigenen Vorteil bedacht, geschickt.
Fuchsdämon:	Tierchimäre mit Charakterzügen eines Fuchses und Zugang zu Fuchsmagie und Fuchsfeuer. Gefährliche und gerissene Wesen, denen nicht zu trauen ist, es sei denn, sie schwören ihre Treue.
Harpyie:	Fabelwesen mit Frauenkörper und Flügeln sowie Vogelkrallen statt Füßen. Sehr mächtige und starke Kreaturen, die gefährliche Winde erzeugen können und Stimmmagie gebrauchen können.

Irrlicht: Schwache Lichtgeister, die sich im Nebel verstecken und Verirrten falsche Wege aufzeigen, um sich an ihrer Lebensenergie zu bedienen. Können aber auch ohne diese Energie überleben, wenn sie ihre Magie entsprechend einsetzen.

Jäger: Menschen mit besonderem Gespür für die Jagd nach Tierchimären, waren früher sehr gefürchtet, da schnell, stark und äußerst klug. Die Jäger verpflichteten sich einst, keine Tierwesen mehr zu jagen und wurden in die magische Gemeinschaft aufgenommen.

Löwenblut: Tierchimäre mit Charakterzügen des Löwen: Rudeltier, auf Leitperson ausgerichtet, wild, stark, ausdauernd, Spieltrieb.

Luchsblut: Tierchimäre, die Charakterzüge des Luchs' aufweist: Einzelgängerisch, Spieltrieb, klug, gerissen, etwas hinterhältig.

Magie: Lebt entweder im Geist oder Körper ihres Nutzers oder wird erlernt (s. Menschen). Das Magiepotenzial ist von Wesen zu Wesen unterschiedlich. Am verbreitetsten ist Elementarmagie, die sich aus Wind, Erde, Feuer und Wasser speist. Zudem gibt es noch Geistmagie, die deutlich schwerer zu erlernen ist.

Mensch:	magisch begabte Menschen sind selten und werden meist von ihrer Familie oder ihrem Heimatdorf verstoßen. Menschliche Magie ist nach außen gerichtet und verwendet Energien der Umgebung/anwesender Personen, deswegen sind magiebegabte Menschen in der Magischen Gemeinschaft unbeliebt.
Myrica:	Erste Dimension, Entwicklungsstand aus Erdensicht ca. 1870, Landschaft und Länder ähnlich der Erde, doch kleiner.
Nixe:	Meereswesen, hauptsächlich sind die weiblichen Nixen bekannt, es gibt aber auch männliche. Leben in Kolonien im Meer zusammen und ernähren sich von Fisch. Scheu und aggressiv, wenn sie auf Menschen treffen. Haben Fischflossen.
Orden der Lichten Ewigkeit:	Schule für magisch begabte Wesen, die keine Familie haben oder verstoßen wurden. Der Orden liegt geografisch im irdischen Irland.
Orakel:	Überwiegend Frauen mit seherischen Fähigkeiten in Zukunft, Vergangenheit oder Gegenwart.
Reinblütig:	Die Blutlinie besteht ausschließlich aus Personen und Wesen einer Art und wurde nicht vermischt. Hierbei werden

die letzten drei Generationen berücksichtigt. Sehr selten und nur wenigen in der Gemeinschaft noch wichtig.

Sirene: Meeresbewohnerin, lockt Seefahrer mit ihrem Gesang zu Klippen und Untiefen, um die Schiffe zu versenken. Ernährt sich von Lebensenergie und Blut. Leben in Kolonien in Uferdörfern, kein Fischschwanz.

Sukkubus: weiblicher Lustdämon, der sich von Sexualenergie ernährt. Saugt dem Opfer beim Liebesakt Lebensenergie aus. Tötet nicht.

Wassergeist: Leben in Weihern und kleineren Seen. Wirken Wassermagie. Menschliche Gestalt, doch sehr ätherisch. Können unter Wasser atmen. Gefährlich, da sie andere unter Wasser ziehen und ertränken können.

Wesen: Bezeichnung für alle „Nichtmenschen", um sich abzugrenzen. Unter Wesen wird die Magische Gemeinschaft zusammengefasst und bezeichnet sich auch als solche. Für viele ist die Definition ihrer selbst sehr wichtig, jemanden zu fragen „was er ist", gilt als sehr unhöflich (solche Fragen stellen meist Menschen).

Windgeist: Kontrollieren die Luft und können Stürme erschaffen. Teilweise ist es

Windgeistern auch möglich, zu fliegen. In jedem Fall können sie sehr schnell laufen.

Wolfsblut: Tierchimäre, die wölfische Charakterzüge hat: Rudelgedanke, ausgeprägter Geruchssinn, große Ausdauer.

Zentaur: Tierchimäre, Mischung aus menschlichem Oberkörper und Unterleib eines Pferdes. Sehr große Magie, erdverbunden, Waldgeist.